Du hast mich krank gemacht

Der hier vorliegende Text entpricht der Wahrheit. Die Ereignisse, von denen berichtet wird, sind wirklich geschehen. Die meisten Namen, doch keineswegs die der Familienangehörigen, wurden geändert. Dies geschah zum Schutz der Schuldigen und der Unschuldigen.

JULIE GREGORY

Du hast mich krank gemacht

Meine Mutter ließ mich leiden

Aus dem amerikanischen Englisch
von Katharina Förs und Barbara Steckhan

Weltbild

Die englische Originalausgabe erschien 2003 unter dem Titel
Sickened. The True Story of a Lost Childhood
bei Bantam Dell, A Divison of Random House, Inc., New York.

Besuchen Sie uns im Internet:
www.weltbild.de

Genehmigte Lizenzausgabe
für Verlagsgruppe Weltbild GmbH,
Steinerne Furt, 86167 Augsburg

Übersetzung: Katharina Förs und Barbara Steckhan
Umschlaggestaltung: Studio Höpfner-Thoma, München
Umschlagmotiv: Getty Images, München
Gesamtherstellung: CPI Moravia Books s.r.o., Pohorelice
Printed in the EU
ISBN 978-3-8289-9360-0

2011 2010 2009 2008
Die letzte Jahreszahl gibt die aktuelle Lizenzausgabe an.

Vorwort

Das Münchhausen-Stellvertreter-Syndrom ist vielleicht die komplexeste – und bisweilen sogar tödliche – Form von Kindesmisshandlung, die man heute kennt. Man versteht darunter die Vortäuschung oder Herbeiführung physischer und/oder psychischer Krankheit eines abhängigen Menschen durch seinen oder ihren Betreuer. In den meisten Fällen handelt es sich bei dem Täter um die Mutter, und das Opfer ist ihr eigenes Kind. Baron Karl von Münchhausen, der im achtzehnten Jahrhundert gelebt hat, war ein Abenteurer und Soldat, der für seine haarsträubenden Geschichten berühmt wurde. 1951 entlehnte ein britischer Arzt den Namen des Barons und prägte den Begriff *Münchhausen-Syndrom* – bezogen auf Menschen, die Krankheit vortäuschen oder selbst verursachen, um bemitleidet und gepflegt zu werden und Kontrolle über andere zu gewinnen. Der in Anlehnung daran entstandene Ausdruck Münchhausen-Stellvertreter-Syndrom oder Münchhausen by Proxy (MBP) wird auf Personen angewandt, die zu dem gleichen Zweck einen Ersatz oder Stellvertreter (engl. *proxy*) benutzen. Vorsichtige Schätzungen gehen davon aus, dass in den USA jährlich eintausendzweihundert neue MBP-Fälle gemeldet werden und die Zahlen in anderen Ländern vergleichbar hoch sind. Eine Vielzahl weiterer Fälle werden nicht bekannt – oft bleiben sie sogar ganz und gar unentdeckt –, da sich die Misshandlungen im Verborgenen abspielen. Einer vor Kurzem veröffentlichten Studie zufolge sind bis zu fünfundzwanzig Prozent der Geschwister des erkrankten Kindes bereits verstorben, wenn ein Fall von MBP endlich aufgedeckt wird – höchstwahrscheinlich, weil sie zuvor Opfer des gleichen Täters geworden sind. Erst wenn innerhalb einer Familie bei einem zweiten, dritten oder gar vierten oder fünften Kind die gleichen Symptome auftreten, sehen sich Ärzte und Behörden gezwungen, zur Kenntnis zu nehmen, dass sich unter Müttern eine seltsame, mit Krankheit in Zusammenhang stehende Form des Missbrauchs entwickeln kann, die im Gegensatz zu Schlägen oder sexuellem Missbrauch nicht einfach zu erkennen ist. Obgleich der FBI seit einigen Jahren für MBP stark sensibilisiert ist, bleibt das Münchhausen-Stellvertreter-Syndrom eine Tragödie für die Volksgesundheit, über die die Öffentlichkeit paradoxerweise weitgehend im Dunkeln gelassen wird.

Ich habe mich der seltsamen Welt des MBP nur widerwillig angenähert. Zunächst primär am Münchhausen-Syndrom interessiert, widerstrebte es mir, mich dem schwer fassbaren und heiklen Thema Kindesmissbrauch zuzuwenden. Als »Münchhausen«-Experte musste ich jedoch versuchen, mich auch in die übrigen Ausdrucksformen dieses Krankheitsbildes einzuarbeiten. So war ich gezwungen, mich mit dem Kinderschutz zu beschäftigen, obgleich MBP-Täter ihre Taten fast immer leugnen, selbst wenn sie dabei auf Video aufgenommen werden. Seitdem bin ich in den USA in zahlreichen MBP-Fällen als Berater und Zeuge aufgetreten, oftmals vor Richtern und Geschworenen, die daran zweifelten, dass eine derart bizarre Form von Missbrauch überhaupt existieren kann. Ich habe über das Syndrom selbst Bücher geschrieben und zu Büchern anderer Autoren zu diesem Thema Kapitel beigesteuert, und ich habe in mehr als tausend Fällen Fragen zu dem Komplex per Telefon, Brief oder E-Mail beantwortet. Im Grunde beschäftige ich mich seit mehr als einem Jahrzehnt Tag für Tag mit dem MBP, und trotzdem bricht es mir noch immer das Herz.

Als ich eines Tages im Internet nach Links suchte, um meine Website zu erweitern, stieß ich auf eine neue und wichtige Perspektive im Hinblick auf das MBP. Eine Frau namens Julie Gregory hatte ihre eigene Site ins Netz gestellt, auf der sie ihre Geschichte als MBP-Opfer mittels lebendiger Sprache und eindrücklicher Fotos der Öffentlichkeit zugänglich machte. Sie erwähnte auch, sie sei daran interessiert, ein Buch darüber zu schreiben, und ich ermutigte sie per E-Mail zu diesem Schritt. So begann unsere Zusammenarbeit, deren Ergebnis hier vorliegt.

Du hast mich krank gemacht gibt einen noch nie da gewesenen Einblick in das Erleben eines MBP-Opfers. Es existieren zu diesem Thema zwar mehr als fünfhundert medizinische Artikel und Bücher, aber aus der Sicht einer Betroffenen ist die Geschichte des MBP noch nie erzählt worden. Julie Gregory wuchs nicht auf Spielplätzen unter Gleichaltrigen auf, sondern in der unheimlichen und antiseptischen Welt von Arztpraxen und Kliniken. Ihr Leben drehte sich allein um die künstlich konstruierte Welt ihrer verschiedenen »Krankheiten«, und Pflegepersonal und Ärzte, die ihr hätten helfen können, wurden dazu benutzt, ihrem Körper und ihrer Seele Schaden zuzufügen. In der Tat agieren die Ärzte beim Münchhausen-Stellvertreter-Syndrom, ohne es zu wollen, als Komplizen, denn es ist ihnen beigebracht worden, sich blind auf das zu verlassen, was ihnen von Patienten und deren Familien berichtet wird. Es lässt sich nicht leugnen, dass die Aussagen der Eltern gewöhnlich der beste Anhaltspunkt sind, wenn es zu entschlüsseln gilt, was einem Kind fehlt. Daher muss die Medizin umdenken und sich zukünftig darauf einstellen, dass die Geschichten unwahr sein können und die Mutter – wenn die Untersuchungsergebnisse normal sind, wenn keine Behandlung anschlägt, wenn auch noch so viele Untersuchungen nie »genug« sind – unter Umständen korrekterweise Täterin genannt werden müsste. Natürlich sind die besten Lügen die, in denen sich Fakten und Fiktion vermischen: Möglicherweise zeigt ein Kind tatsächlich echte Symptome, doch welche Ursachen sie haben, lässt sich geflissentlich verschleiern.

Es gibt Mütter, die unersättlich sind in ihrer Gier, aus den Leiden ihres Kindes emotionalen Gewinn zu ziehen. Eine solche Frau braucht gar nicht besonders gebildet zu sein, sie muss nur überzeugend wirken. Wenn MBP-Täter feststellen, dass das Interesse an ihrer tragischen, »selbstlosen« Fürsorge nachlässt, suchen sie sich möglicherweise ein neues Publikum: neue Krankenhäuser, neue Notaufnahmen. Oft durchforsten sie Fachbücher oder das Internet nach medizinischen Informationen, um ihren Auftritt, der manche gute Schauspielerin vor Neid erblassen lassen würde, noch perfekter zu gestalten.

Dem Leser mag es so erscheinen, als habe Julie in späteren Jahren als Komplizin ihrer Mutter ebenfalls versucht, die Ärzte zu täuschen. Hat sie das wirklich getan? Nein. Sie war einfach nur hilflos. Wie soll sich ein Kind der totalen Ichbezogenheit seiner Mutter, einer unzugänglichen Welt, die ein in sich geschlossenes System bildet, entziehen? Wir wissen, dass oft sogar erwachsene MBP-Opfer die wahren

Hintergründe ihrer Krankheiten verschweigen, weil sie fürchten, verlassen oder bestraft zu werden, wenn sie aufhören, krank zu sein. Andere Elemente schleichen sich in das Krankheitsbild des Münchhausen-Stellvertreter-Syndroms ein, wie zum Beispiel das *Stockholm-Syndrom*, von dem uns Patty Hearst berichtete, indem sie den Fall ihrer gewaltsamen Entführer aufrollte: Kinder schützen oftmals die Personen, die sie missbrauchen, und offenbaren sich nicht einmal medizinischem Fachpersonal und Mitarbeitern sozialer Dienste, die ihnen helfen könnten.

Bei *Du hast mich krank gemacht* handelt es sich nicht um Erinnerungen, die unter Hypnose oder durch die Fragen eines Therapeuten ans Licht gekommen und dementsprechend wenig vertrauenswürdig sind, sondern um Geschehnisse, die unvergessen bleiben – für Julie Fluch und Segen zugleich. Sie gewinnen noch zusätzlich an Wert, weil Julie auch den gesamten Wirrwarr ihrer Arztberichte zusammengetragen hat. Diesen Dokumenten können wir entnehmen, wie schnell die Lügen einer Mutter in heimtückische medizinische Tatbestände verwandelt werden.

Julie Gregory hat nicht nur eine bemerkenswerte Geschichte zu erzählen, sondern sie teilt auch ihre bemerkenswerte Seelenstärke mit uns. Zudem hat sie Glück, dass sie noch am Leben ist. Der Autor Philip Yancey hat geschrieben: »Das Leben ist kein Problem, das gelöst werden muss, sondern eine Arbeit, die zu leisten ist, und bei dieser Arbeit kommt manches Rohmaterial zum Einsatz, auf das wir lieber verzichten würden.« Julie ist auf eine Art unverwüstlich, wie man sie unter den gegebenen Umständen kaum für möglich halten würde. Dass sie das alles nicht nur mit intaktem Selbstwertgefühl überstanden, sondern sich auch noch den klaren Kopf bewahrt hat, sodass sie darüber schreiben kann, ist überaus erstaunlich. Ich hoffe, dass sie durch das Festhalten dieser in ihr Bewusstsein eingebrannten und wunderschönen Erinnerungen ein paar Dämonen der Vergangenheit zum Schweigen bringen und gleichzeitig jenen helfen kann, die noch im Spinnennetz des MBP-Missbrauchs gefangen sind.

Ich gehe davon aus, dass *Du hast mich krank gemacht* die Initialzündung sein wird, die das Münchhausen-Stellvertreter-Syndrom endgültig ans Licht bringt und dafür sorgt, dass Ärzte, Gesundheitsbehörden, Wissenschaftler, also alle, die sich mit Kindesmisshandlung befassen, sowie die breite Öffentlichkeit es nicht mehr ignorieren können. Der finstersten und schwierigsten Situation entsprungen, die ein Kind erleben kann, stellen die hier niedergeschriebenen Worte ein Denkmal dar, einen wahren Triumph des menschlichen Geistes.

Marc D. Feldman, M.D.
Abteilung für Psychiatrie und Verhaltensneurobiologie,
Universität von Alabama, Tuscaloosa

Was ich am meisten hasste, war das Rasieren. Wie viele Haare kann ein zwölfjähriges Mädchen schon auf der Brust haben? Trotzdem schäumen sie mich ein und fahren mit einer neuen Einwegklinge über meine kaum vorhandenen Brüste. Glatt und haarlos sollen sie sein, damit die kleinen weißen Knöpfe auch an den jeweiligen Punkten im Umfeld meines Herzens kleben bleiben und sie meinen Herzschlag aufzeichnen können. Während der Vorbereitungen schwebe ich über meinem Körper, betrachte konzentriert die rauen weißen Deckenfliesen und male mir ein auf dem Kopf stehendes Zimmer aus, in dem ich leben möchte, ein Zimmer fern von der Unordnung in unserem Zuhause, fern von diesem Krankenhaus – inmitten von reinem weißem Frieden.

Der Geruch der Rasiercreme zieht mich wieder zurück auf den Boden. Die gleiche Sorte, wie Dad sie benutzt hat. Jeden Morgen vor Tagesanbruch hatte er seine fürchterlichen Hustenanfälle. Dann schleppte er sich auf die Toilette und versuchte, sich das Herbizid Agent Orange aus den Lungen zu würgen. Manchmal, wenn die Welten zwischen Wachen und Schlafen einige benommene Momente lang nahtlos miteinander verschmolzen, kam das Würgen auch aus den Kehlen der geisterhaften Gestalten meiner Träume. Gewöhnlich rasierte er sich, nachdem er erbrochen hatte.

In unausgesprochenem Einverständnis drückt sich die

Krankenschwester einen dicken Batzen Creme aus der Dose in die Handfläche, so viel, dass ihre Haut meine nicht berührt, wenn sie mir die drei Zentimeter dicke Schicht auf die Brust schmiert.

Irgendwann ebbte die Agent-Orange-Flut schließlich ab. Normalerweise lehnte Dad sich dann erschöpft an den Türpfosten. »Ich kotze mir die Seele aus dem Leib, Sissy. Hast du verstanden? Die Seele. Die Seele. Die Seeeele.« Anschließend lachte er in sich hinein und wischte sich mit der dicken Faust über die Lippen.

Die Krankenschwester nimmt eine neue Klinge mit blauem Griff und zieht sie säuberlich an meinem Brustbein entlang. Ein weiterer frischer rosa Streifen Haut zeichnet sich ab.

Was kann man morgens um sieben schon anderes machen, als in das Lachen seines großen, sich schwerfällig bewegenden Vaters einzustimmen, wenn er so tut, als wäre der Türpfosten ein Laternenpfahl, an dem er sich betrunken festklammert, und sich seine Lungen heraushustet.

Irgendwann ist alles fertig. Die weißen Tellerchen sind mit einem durchsichtigen Haftgel an sechs unterschiedlichen Stellen befestigt worden. Ihre Kabel vereinigen sich zu einem breiteren Kabelfluss, der mein Brustbein entlang zum Bauch läuft und am Reißverschluss in meine Hose, als hätte ich da drinnen das neueste Modell eines Pay-TV-Decoders verborgen. Die Elektroden mit den Gummiknöpfen füttern ein Aufzeichnungsgerät, das sich in ein rechteckiges Lederetui schmiegt und wie eine Handtasche aussieht. Sein Riemen liegt auf meiner Schulter, und während mein Siebtklässlerleben dahintickt, versanden meine dazugehörigen Herzschläge in dem Kasten.

Ich war schon von klein auf häufig krank, dünn wie eine Bohnenstange und empfindlich wie ein Soufflé aus dem Backofen. Ständig holte ich mir blaue Flecken und fühlte mich oft schlapp und elend. Die Kinder in der Schule fragten mich ganz ungeniert, ob ich magersüchtig sei. Aber das war ich nicht, ich war nur krank. Meine Mutter riss sich schier ein Bein aus, um herauszufinden, was mir fehlte. Dass mit meinem Herzen etwas nicht stimmte, ließ sich nicht übersehen. Irgendwie lag bei mir alles im Argen und war zu so vielen undurchdringlichen Schichten geronnen, dass es unmöglich schien, zur Wurzel des Übels vorzudringen. Es war, als wollte man einer Zwiebel die durchsichtigen Häute einzeln abziehen, und als ich alt genug war, mich an diese Aufgabe zu wagen, brachte mich jede dieser Häute zum Weinen.

Ich wuchs in dem kranken Leib einer kranken Mutter heran, die sich selbst kasteite, indem sie hungerte, und auf diese Weise auch mich aushungerte. Zum Zeitpunkt meiner Geburt litt sie unter schwerer Anämie und war aufgrund einer Blutvergiftung vorübergehend erblindet – wie sie mir erklärte, war die Blutversorgung der Augen durch ihren Bluthochdruck unterbrochen gewesen. Kaum drei Pfund schwer, wurde ich vorzeitig in die Welt gestoßen, ein durchscheinend schimmerndes Frühchen, und als man mir den Klaps auf den Hintern verpasste, gab ich keinen Mucks von mir. Zunächst hielt man mich für tot. Der Arzt, der meinen bläulichen Körper an den Fersen hielt, sagte, nachdem er einen ersten Blick auf mich geworfen hatte: »Mein Gott, was für große Füße sie hat.« Dann verfrachtete man mich eilig in einen Brutkasten, wo ich wie alle Frühgeborenen den Zeitpunkt meines Eintritts in die reale Welt außerhalb der schützenden Fruchtblase erwartete. In der Folge war mein Gesundheitszustand so labil, dass man sich ständig mit meinem Befinden und der Frage, wo der Ursprung des Übels lag, beschäftigen musste.

Da waren die frühen Nasen- und Halsentzündungen, ein bellender Husten, der meine zarte Erscheinung Lügen strafte, heftige und hartnäckige Migräneanfälle, geschwollene Mandeln, die, sobald ich Ahhhh sagte, nach einer Operation schrien, eine deformierte Nasenscheidewand, die mich dazu zwang, mit offenem Mund zu atmen, undefinierbare Allergien, die mir ein für alle Mal den Verzehr der vier wichtigsten Nahrungsmittelgruppen verboten. Als wir der Ursache meiner rätselhaften Krankheiten in der Kardiologie näher kamen, verschrieb sich Mom der Logistik meines in allen Einzelheiten ausgearbeiteten Behandlungsplans mit der Gewalt einer Furie.

»Verdammt noch mal, Sie sehen doch, dass dieses Mädchen krank ist, oder nicht? Schauen Sie doch selbst! So wahr mir Gott helfe, wenn sie stirbt, weil Sie nicht feststellen können, was ihr fehlt, werde ich Sie auf jeden einzelnen Cent verklagen, den Sie besitzen.« Mom hatte die Augen in ihrem schmalen Gesicht zusammengekniffen, und wie immer, wenn sie wütend war, bildete sich auf ihrer Unterlippe ein weißlicher Schaum aus dickflüssigem Speichel. Ihre Stimme verfolgte jeden Arzt, der einzuwenden wagte, man habe bereits alle Untersuchungen durchgeführt, sie hallte ihm den Gang hinunter nach und zerriss die Krankenhausstille.

»Das darf doch nicht wahr sein!«, zischte sie, wenn sie ins Untersuchungszimmer zurückkehrte. »Was für ein unfähiger Trottel!«

»Mach dir keine Sorgen, Mom. Ist schon gut. Wir suchen uns einen anderen.«

So tröstete ich sie, mit der Versicherung, dass wir nicht aufgeben würden.

»Ach, ich will doch nur dein Bestes! Ich opfere mein Leben, damit wir herausfinden, was dir fehlt. Also vermassele es nicht wieder, indem du beim Hereinkommen so tust, als wäre alles normal. Zeig ihnen, wie krank du bist, und *lass uns der Sache auf den Grund gehen.* Ist das klar?«

»Ja, alles klar.«

Tag für Tag hockten wir zusammen – Mom, Dad, der kleine Danny, ich und dann später noch die Pflegekinder –, aber Dad erfuhr nie, dass man mir die Brust rasierte. Mom staffierte ihn nur dann mit ein paar »anständigen Sachen« und den sorgfältig verpackten weißen Slippers aus, wenn im Krankenhaus eine Demonstration väterlicher Fürsorge angesagt war. Ansonsten blieb er der x-ten Wiederholung von *M*A*S*H* und dem Berg Nussschalen überlassen, die er mit seinen rotfleckigen Pistazienfingern auf dem Bauch angehäuft hatte.

Wir wohnten damals in einem Trailer von doppelter Standardbreite, am Ende einer unbefestigten Straße im Hinterland von Ohio, einer wilden und üppig grünen Gegend des Bundesstaates. Die Cinemascope-Pracht der endlosen Kette von Bergen, die sich vor uns entfaltete, ließ einem den Atem stocken, und man meinte ständig, im Säuseln des Windes leise Banjoklänge zu hören.

Meine Eltern hatten ihren schwarzen Samtdruck von Jesus dem Gekreuzigten, dem von der Dornenkrone seitlich am Kopf plastisch ausgebildetes Blut herabsickerte, aus dem fernen Arizona über sechs andere Stationen bis in dieses Tal und in die Burns Road geschleppt. Dort ließen wir uns dann nieder.

Unser Wohnzimmer war mit einer urtümlichen veloursbezogenen Kopie der Sofas aus der Pionierzeit ausgestattet, und Jesus hing an einer grellorangen Samttapete, die einfach über die Holzvertäfelung geklebt worden war, sodass sich deren Fugen als hohle, dunklere Streifen abzeichneten. Klebrige Wollfäden (als hätte jemand Honig verschüttet und anschließend aufgesaugt) wallten wie Seegras ungehindert über den Boden. Unseren Hinterhof schmückten Betonminiaturen der Tiere auf dem Bauernhof, in Paaren oder Grüppchen aufgestellt – weiße Küken, kleine Kühe mit rosafarbenen Eutern, Hennen, die sich um einen Hahn scharen, ein Esel mit Sombrero –, und wenn wir zu einem meiner Arzttermine in die Stadt fuhren, hielt Mom mit Adleraugen Ausschau nach Ergänzungen für ihre Hinterhofmenagerie.

Ich erinnere mich noch gut, wie Dad damals war: wie eine Seekuh, dick, weich, blank geschrubbt, als habe man ihn auf seinem Fernsehsessel durch eine Autowaschanlage gerollt. Nackte bleiche Haut von der Farbe weißen Tons spannte sich über seinen mächtigen Bauch. Nichts hören. Nichts sehen. Nichts sagen. Aus dem abgedunkelten Wohnzimmer unseres Trailers drang nichts – bis auf den gelegentlichen Ausbruch dröhnenden Gelächters über das endlose Geblödel von Hawkeye und Hunnicut.

Einmal, als ich sieben war, lag ich im Bett und war gerade am Einschlafen, als Dad rief: »Siiisssy! Siiissssy!« Ich dachte mir, es sei irgendetwas passiert, sprang auf und stolperte in meinem Schlafanzug mit den angenähten Füßen durch den Flur.

»Mach mir ein paar Scheiben Toast, ja?« Dad hatte die Hände über dem Bauch gefaltet, die dicken Waden auf die ausziehbaren Fußstützen gelegt und wandte den Blick nicht eine Minute vom Fernsehgerät.

Abgesehen von den Ausflügen zum Arzt hielten wir uns fast ständig in unserem Trailer am Ende der unbefestigten Straße auf. Zwischen dem, wie wir wirklich waren, und dem, wie wir wirkten, wenn wir uns einmal fortbewegten, bestand ein himmelhoher Unterschied. Ich besitze ein Foto aus einem Urlaub an den Niagarafällen, auf dem ich etwa sieben bin und mein Bruder Danny knapp vier. Wir hocken in einem künstlichen Holzfass, das scheinbar gerade den Wasserfall herabstürzen will, und unser Lächeln wirkt ebenso künstlich wie die Wasserwirbel im Hintergrund. Ich bin, Clairol sei Dank, inzwischen natürlich blond, trage ein pastellfarbenes Kleid aus dem Versandhauskatalog und strahle vor Glück.

Aber Glück hat einen anderen Stellenwert, wenn man als Zwölfjährige mit einer Gänsehaut, die an ein gerupftes Hühnchen erinnert, in einem mit Chromstahl ausgestatteten Untersuchungszimmer sitzt und raues Papier in die feuchten Achselhöhlen gestopft bekommt. Bis jetzt sind die Antworten in den Bergen vor uns verhallt. Mal ein leichtes Herzrasen, mal ein Symptom, das auf das Marfan-Syndrom hindeutet, doch nichts aussagekräftig genug, um eine komplette und offizielle Diagnose zu erstellen. Trotzdem wurde weitergesucht. Denn Mom war überzeugt, dass die Ursache in meiner Herzkrankheit zu finden war. Eine Mutter weiß so was. Schließlich hatte sie mit angesehen, wie ich im Gesicht aschegrau wurde, hatte meinen flatternden Puls gefühlt und miterlebt, wie ich abmagerte bis auf die Knochen, während ich zur gleichen Zeit in die Höhe schoss. Deshalb blieben wir am Ball, immer auf der Jagd nach der Antwort. Sie war stets zum Greifen nahe, man musste sie zu packen bekommen, und schon würde sich alles zu einem plausiblen Ganzen zusammenfügen. In gewissem Sinne hatte sie sogar recht. Doch inzwischen lief mir womöglich die Zeit davon, und als Mom auf einer weiteren Untersuchung bestand und sie uns verweigert wurde, machten wir, dass wir hinauskamen. Und begaben uns auf die Suche nach jemandem, der wirklich etwas von dem verstand, was er tat.

Meine Mutter, Sandy Sue Smith, wurde von ihrer eigenen Mutter im zarten Alter von siebzehn Jahren mit einem Mann namens Smokey verheiratet, der schon mehr als fünfzig Jahre zählte und einen Zirkus am Stadtrand betrieb. Smokey war ein kleiner, strenger Mann, unter dessen schwarzem Cowboyhut dicke, krause Koteletten hervorlugten. Er besaß Reitpferde, die speziell für die Zirkusarena abgerichtet waren, und er brachte Sandy Sue halsbrecherische Kunststücke bei, die er »Der fliegende Apache« und »Hals über Kopf« nannte. Im Anschluss an diese Nummer pflegte er Sandy an eine hölzerne Scheibe zu schnallen, die er dann in Bewegung setzte, um mit fünfundvierzig Zentimeter langen Messern nach ihr zu werfen. Wenn sie die zehn scharfen Klingen überlebt hatte, die entlang ihres Körpers in das zersplitterte Holz gefahren waren, winkelte sie wie ein Model das Bein an, lächelte strahlend und winkte triumphierend mit einer ihrer zarten Hände. Das war, bevor ich zur Welt kam, aber ich habe Fotos gesehen, und die sind wirklich atemberaubend: Sie steht hoch aufgerichtet auf dem sattellosen Rücken eines wilden weißen Pferdes, das vor dem Hintergrund eines rubinrot und orange gestreiften Himmels über ein Feld galoppiert.

Auf einem anderen Foto lässt Smokey eine fast acht Meter lange geflochtene Lederpeitsche in Sandys Richtung schnellen. Sie lehnt mit ausdruckslosem Gesicht an dem Wohnwagen, und die Peitsche windet sich wie eine Schlange, die im Begriff ist, sich um ihren Hals zu wickeln. Sie tragen beide schwarz-weiße Satinhemden mit Druckknöpfen aus Perlmutt, Hosen mit muschelbesetzten Säumen und Gürtelschnallen, so groß wie Platzteller.

Das Ende von Sandys Geschichte mit Smokey sieht ungefähr so aus: Sie hat eine Mutter und einen Vater und einen älteren Bruder namens Lee, der ein bisschen neben der Spur ist. Der Vater kümmert sich nicht um seine Familie, viel lieber beschäftigt er sich mit seiner Sammlung von Waffen, die er überall im Haus hortet. Die Mutter, Madge, stammt aus einer Familie in West Virginia, bei der es an der Tagesordnung war, dass der Bruder mit der Schwester schlief und umgekehrt und anschließend wie zum Beweis schielende Kinder zur Welt kamen. Gelegentlich wird Sandy Männern überlassen, die ihr in einem dunklen Keller schreckliche Dinge antun. Der Vater mit seinen Waffen wird eines Tages durch einen anderen Waffen tragenden Vater ersetzt, nur dass dieser eine Polizeimarke sein Eigen nennt. Er lässt Sandy auf dem Rücksitz seines Motorrads mitfahren, seine Hand liegt dabei auf ihrem nackten Bein. Er bringt sie zu abgelegenen Fischgründen, deren Ufer mit hohem Gras bewachsen sind, und die Angler, die sich dort gelegentlich einmal aufhalten, blicken geflissentlich in die andere Richtung. Zwei Jahre später entdeckt Sandy bei der Heimkehr von der Schule, dass dieser neue Dad sich die Pistole in den Mund gesteckt und sich mitten auf dem Wohnzimmersofa erschossen hat.

Madge ist zehn Jahre zur Schule gegangen, hat in ihrem Leben jedoch noch nie gearbeitet. Nur selten ist etwas zu essen im Haus. Sandy bekommt auch kein Geld für eine Mittagsmahlzeit, und im Alter von fünfzehn ist sie halb verhungert. Die Mangelernährung führt dazu, dass sie einmal nach der Schule, während sie einen Fußboden mit Ammoniak schrubbt, zusammenbricht. Unter den weißen Krankenhauslaken zeichnen sich sichtbar ihre Hüftknochen ab, und man päppelt sie mit drei Mahlzeiten am Tag auf. Als sie wieder so weit bei Kräften ist, um entlassen zu werden, gibt ihre Mutter sie Smokey, einem Mann, der am Ende der Straße einen Bauernhof hat und Pferde hält, einem Mann, der sich um sie genauso gut kümmern kann wie um seine Tiere. Und gelockt von dem Versprechen, ein eigenes Pferd zu bekommen, steigt sie in seinen Lieferwagen. Die Zukunft scheint ihr rosig. Sie geht fort mit einem Mann. Mehr weiß sie nicht.

Jahre vergehen, in denen Sandy an die Scheibe gebunden wird: weißes Leder, das Lächeln eines Showgirls. Kohlrabenschwarzes Haar, in der Mitte gescheitelt und mit Lederstreifen zu Zöpfen geschnürt wie bei einer Squaw – das betont den leichten Cherokee-Einschlag, dem sie auch ihre hohen Wangenknochen und die vollen roten Lippen verdankt. Sie rennt neben dem Pferd her, ihrem Geschenk, während es in vollen Galopp fällt, greift in die lange, wehende Mähne, springt dann, den Knauf umklammernd, geschmeidig wie ein Panther in den Sattel und richtet sich vorsichtig auf, bis sie in voller Größe auf dem Pferderücken balanciert. Die Zuschauer applaudieren begeistert. Bei unverändert halsbrecherischer Geschwindigkeit lässt sie sich dann unter den Bauch des Pferdes gleiten und streckt mit großer Geste einen Arm aus – ta-daaaa. Das ist der »Russische Todesritt«. Sie hat das Publikum in ihren Bann gezogen und erlebt zum ersten Mal, seit sie denken kann, etwas anderes als ein Dasein, einen Körper voller Schmerzen.

In einem der für Ohio typischen harten Winter erkrankte Smokey an einer schweren Grippe, wie er sie jedes Jahr einmal hatte. Sandy hatte eine böse Vorahnung. Wenn Smokey nicht gerade auf Sommertournee war und mit seiner Vorstellung dem Grand Ole Opry hinterherreiste, arbeitete er Doppelschichten in der Großwäscherei Swan, wo er die ganze Zeit über der dicken, chemikaliengeschwängerten Luft ausgesetzt war. Gewöhnlich wurde er jeden Winter krank. Doch ganz gleich wie schlimm er hustete oder wie viel Blut er spuckte, es war Sandy unmöglich, ihn zu einem Arztbesuch zu bewegen. Nein, Smokey hatte keine Krankheit, die sich nicht mit einem Schluck des Magenmittels Pepto-Bismol heilen ließ. Als er am Weihnachtstag mit einer Gesichtsfarbe wie schmutziges Wischwasser aufwachte, schickte er Sandy also in die Stadt, damit sie ihm das Mittel besorge. Das Brennen in seiner Brust beruhte wahrscheinlich auf nichts anderem als Verdauungsstörungen, wie sonst auch. Als Sandy im Auto saß, überkam sie der Wunsch, immer weiter zu fahren und nie mehr zurückzukehren. Vor ihrem inneren Auge sah sie sich ins Haus kommen und Smokey mit schmerzverzerrtem Gesicht und kalt und starr dort liegen. Sie wollte nicht noch einmal bei ihrer Heimkehr einen toten Mann vorfinden. Während sie so stundenlang über kurvige Landstraßen fuhr, überlegte sie verzweifelt, wen sie anrufen könnte. Aber sie hatte niemanden außer Smokey. Als sie ein paar Stunden später dann doch zurückkehrte, stand Smokey sternhagelvoll und stinkwütend, dass er sein Weihnachtsessen zu spät bekam, in der gekiesten Auffahrt. Sie gingen an diesem Abend gegen zehn Uhr zu Bett. Keine halbe Stunde später richtete sich Smokey urplötzlich auf und gab einen Strom schäumenden Blutes und ein Todesröcheln von sich. Anschließend sank er starr und leblos in die Kissen.

Mit den Pferden und den Rechnungen, einer Hypothek auf dem neuen Hof und massenweise Sätteln und Zaumzeug, Decken und Bürsten bleibt Sandy zurück. Und obwohl es sich so anhören mag, als sei ihre Ehe vom Teufel arrangiert worden, hatte sie Smokey geliebt. Er hatte sie besser behandelt als jeder andere Mann, dem sie je begegnet war, und sei es auch nur insofern, als dass sie von ihm nie geschlagen worden war. Jetzt muss sie nicht nur ohne ihn zurechtkommen, sondern auch ohne Versicherung, ohne Geld, ohne Arbeit und ohne Familie. Sie verkauft die Pferde und die Scheibe zum Messerwerfen, die Sättel und das Zaumzeug, nur um sich einen Sarg für den Mann leisten zu können, zu dessen Begräbnis niemand kommt. Sandy steht bei Smokeys Beerdigung allein in einer namenlosen Friedhofshalle und trauert neben seiner Leiche, bis der Bestatter sie hinausschickt, weil die bezahlte Zeit abgelaufen ist. Sie ist sechsundzwanzig Jahre alt.

Also. Irgendwo am anderen Ende der Stadt gibt es einen lächelnden, mageren neunzehnjährigen Jungen, der gerade aus dem Vietnamkrieg nach Hause geschickt worden ist, weil er ein paar fragwürdige Dinge getan hat, um in einem Militärhospital unterzukommen. Sein Gesicht ist gezeichnet von den jahrelangen Misshandlungen durch einen Vater, dem die Tomatenpflanzen in seinem Garten wichtiger waren als seine Kinder, und sein Blick ist stets argwöhnisch und wachsam, denn wenn ihn jemand, irgendjemand, zu genau oder zu lange ansieht, dann ist ihm klar, dass dieser Jemand etwas über ihn weiß, was er nicht wissen sollte, und dann gilt es entweder zuzuschlagen oder wegzulaufen. Gewöhnlich zuschlagen. Diesen Blick hat er auch nach Vietnam mitgenommen, wo er eine Lunge voll dioxinhaltigem Agent Orange abbekam und dann mit ansehen musste, wie sein bester Freund aus der Highschool neben ihm im Dschungel in Stücke gerissen wurde. Als er den zerfetzten Kopf seines Freundes in den Händen hielt, drangen gepresste, erschöpfte Schluchzer aus seiner Kehle. Vier Monate später bekommt er seine Entlassungspapiere, geht mit einem leisen hohen Summen zwischen den Ohren aus der Psychiatrieabteilung des Militärhospitals hinaus in die Sonne – nur ein leichter, nicht ganz eindeutiger Fall von paranoider Schizophrenie. Das ist mein Vater, Dan Gregory der Erste. Insgesamt verbrachte er nicht mehr als einige Monate in Vietnam.

Sandy und Dan begegneten sich kurze Zeit später zufällig auf dem Parkplatz der Tankstelle, bei der er arbeitete, und sie stürzten sich mit einem so bohrenden Verlangen aufeinander, dass ihre Seelen zu Kannibalen wurden. Sandy wollte bei Lane and Sullivan eigentlich nur tanken, doch als sie den Mechaniker bat, das Öl zu kontrollieren, erfuhr ihr Leben eine jähe Wende. Mein Vater stieg in ihr Auto und kam nie wieder heraus. Drei Monate lang umwarben sie einander, dann machten sie es amtlich. Unverbrüchlich. Dad wollte katholisch heiraten. Der Priester knöpfte sich Sandy vor und fragte: »Mein Kind, sind Sie sich darüber im Klaren, dass dieser Mann verrückt ist? Er ist verrückt.« Später erklärte sie

wiederholt, sie habe keine Ahnung gehabt, dass er jemals in psychiatrischer Behandlung gewesen sei, und verbuchte die neunzehn Jahre, die sie mit ihm verbrachte, als Erfahrung, aus der man ja bekanntlich lernt.
Nun gut. Es ist eine Sache, in den Papieren des Kriegsveteranenamts zu lesen, dass dein Vater verrückt ist, und von deiner Mutter immer wieder bruchstückhafte Geschichten zu hören, die das bekräftigen. Etwas ganz anderes ist es, dieses Konzept aufzugeben und sich Jahre später, zurückblickend, zu fragen, ob diese Frau, deine Mutter, in Wirklichkeit nicht viel verrückter ist als der Mann, der dein Vater ist – nur dass es keine Dokumente gibt, die das belegen würden.

Meine ersten Erinnerungen an gesundheitliche Katastrophen stammen aus der Zeit, als wir nach Arizona zogen, um in der Nähe von Moms Mutter Grandma Madge zu wohnen. Ich war damals drei und hatte langes, dünnes, karamellblondes Haar, das zu einem Pferdeschwanz zusammengebunden wurde. Damals genoss ich alle Freuden einer typischen Dreijährigen, lief geschützt durch ein auf den Hintern gebundenes Kissen Rollschuh, briet in der Mittagshitze von Phoenix auf dem Bürgersteig ein Ei, lernte vom mexikanischen Nachbarsjungen spanische Schimpfwörter und besuchte Grandma, die weiter oben an der Straße wohnte.

Grandma gehörte damals den wiedergeborenen Christen an und war eine eifrige Sonntagsschullehrerin. Passend zu ihrer fröhlichen Natur trug sie eine Stoffmütze mit einem aufgenähten Smiley. An den glutheißen Nachmittagen von Phoenix fuhr sie mit mir an den See, um Sonnenfische zu angeln. Unser Weg führte uns vorbei an den Bergen, deren Gipfel sich im Smog der Großstadt verloren, ehe er sich über der Wüste auflöste. Wenn wir den höchsten der Gipfel passierten, den Encino Mountain, parkte Grandma ihren Wagen auf dem staubigen Seitenstreifen, beschirmte die Augen mit der Hand und suchte den Berggipfel nach der Verkörperung Jesu ab. Sobald sie ihn entdeckt hatte, zog sie mich auf ihren Schoß, sodass ich aus dem Fahrerfenster blicken und die Offenbarung mit ihr teilen konnte.

»Siehst du ihn, Schätzchen?« Sie zeigte mit ihrem faltigen Finger an meinem Kopf vorbei. »Er ist genau dort.« Dann kniff sie das Auge zusammen, als würde sie durch ein Zielfernrohr blicken. Manchmal sah ihn Grandma Madge, wie er im Gebet kniete, manchmal stand er auch einfach nur da, die Bibel in der Hand. Und gelegentlich vergoss sie angesichts der reinen Schönheit dieses Anblicks ein paar Tränen. Dann zeigte sie wieder mit dem Finger. »Siehst du ihn denn nicht, Schätzchen? Er ist dort, ganz genau dort!«

Tut mir leid, Grandma, ich glaube, ich kann nichts sehen. Grandma Madge geriet über mein mangelndes Vorstellungsvermögen so in Wut, dass ich mir aus der bruchstückhaften Erinnerung an die Bilder der Sonntagsschule seine Kleidung zusammenreimte:

»Oh, Grandma, ist er das dort, in dem braunen Gewand? Mit der jungen Ziege? Ja, ich glaube, jetzt kann ich ihn sehen.«

Grandma Madge erschauerte vor Begeisterung, als ich von seinen Riemensandalen zu reden begann. Doch dann umklammerte sie plötzlich meine schmalen Arme und schwang mich zu sich herum, sodass mich ihr fauliger Atem mit voller Wucht traf.

»Hast du wirklich dort droben Jesus gesehen?«, fragte sie. »Du lügst mich doch nicht an, oder? Denn Lügner kommen dirrrekt in die Hölle.« Das Wort »dirrrekt« schien geradewegs aus jener Tiefe zu hallen, die mir damals als der Höllenschlund schlechthin erschien. Es war das einzige Mal, dass Grandma Madge auf mich zornig wurde – als ich ihr vorlog, auf dem Gipfel des Encino Mountain, inmitten der öden Industrielandschaft außerhalb von Phoenix, Jesus gesehen zu haben. Künftig sah ich ihn etwas früher, und nachdem ich mir in der Sonntagsschule weitere Einzelheiten seiner Erscheinung eingeprägt hatte, glaubte ich es allmählich selbst. Ich hätte schwören können, dass jener Felsen, auf den mein Auge traf, wenn es Grandma Madges ausgestrecktem Zeigefinger folgte, die Form eines bärtigen, ins Gebet vertieften Mannes annahm.

Anschließend fuhren wir weiter zum See, hockten uns auf die glatt gewaschenen Ufersteine und fingen Fische, die sich kratzig anfühlten, wo immer ich sie berührte. »Sonnenfische« nannte Grandma sie, weil sie im Sonnenlicht, das sich auf dem Wasser fing, so schön glitzerten. Es gibt ein Foto aus jener Zeit, auf dem ich x-beinig im Wasser stehe, mit der Sonne um die Wette lache und eine Angelrute hoch über den Kopf halte, an deren Leine ein magerer kleiner Fisch zappelt. Wir schenkten den Fischen in der Regel die Freiheit, und das war für mich das Schönste daran: Ich gab sie Grandma, die ihnen den Haken aus dem Maul zog, und dann hockten wir am Ufer und sahen ihnen nach, wie sie davonschwammen. Für diejenigen, die mit dem Bauch nach oben trieben, hoffte ich und betete zu Jesus, dass es ihnen wirklich so gut ging, wie Grandma Madge behauptete, nachdem sie den Haken entfernt hatte.

Wenn die Sonne sank und sich die Wasserfläche sanft kräuselte, stiegen Grandma und ich wieder ins Auto, fuhren los und bauten einen Unfall.

Besonders dramatisch war es nie. Ein Frontalzusammenstoß hier, ein Auffahrunfall da, immer bei geringer Geschwindigkeit und gewöhnlich mit Leuten, die ähnlich alt waren wie sie. Etwa so wie beim Autoskooter, nur in echt. Manchmal sagte sie: »Jetzt geht's los!« Das bedeutete, dass ich mich zusammenkauern, am Türgriff festhalten und die Augen zukneifen musste. Unser anvisiertes Ziel war für gewöhnlich etwas Rotes: Ein Verkehrsschild oder die Bremslichter eines Wagens. Nachdem sie mit einem anderen Fahrer zusammengestoßen war, sprang sie aus dem Auto und verschwand in der kleinen Gruppe von Menschen, die sich rasch ansammelte.

Ich kletterte aus der offenen Beifahrertür (Grandma war immer so nett, sich über mich zu beugen und sie mir von innen zu öffnen, ehe sie ausstieg) und lief durch die Menschenmenge. Meist gab es irgendeinen Fremden, der entsetzt war, dass ich dort am Unfallort auf der belebten Kreuzung stand, ohne zu wissen, wohin ich gehörte. Ich wurde hochgehoben, und man redete auf mich ein, stellte mir unzählige Fragen, brachte mich in einen Tankstellenshop oder zu einem Laden für Anglerzubehör oder zu sich nach Hause, bis dann irgendwann meine Mutter kam, um mich abzuholen.

Grandma wurde nie ernsthaft verletzt, nie musste sie ins Krankenhaus; sie baute diese Unfälle, um mit Leuten ins Gespräch zu kommen. Mitten auf der Straße, ein Bein lässig auf einen Reifen gestützt, durchwühlte sie ihre riesige weiße Kunstlederhandtasche, fischte ihre Geldbörse heraus und zeigte den Leuten Fotos von ihrer vierjährigen Enkeltochter, die sie begleitete – und keinem fiel auf, dass diese Vierjährige verschwunden war.

Obwohl Grandmas Begeisterung angesichts eines Unfalls etwas Ansteckendes hatte, nahm man sie schließlich doch fest. Ein Polizist baute sich vor ihr auf wie eine steinerne Sphinx und hielt ihr einen Vortrag über die Gefahren ihrer unangebrachten Zechtouren. Grandma Madge lächelte nur, segnete ihn und setzte sich dann ohne jeden Widerstand auf den Rücksitz des Streifenwagens, wo sie sich die Bibel auf den Schoß legte und sie streichelte wie ein Perserkätzchen. Auf diese Weise verlor Grandma ihren Führerschein. Man verbot ihr, mich jemals wieder im Auto mitzunehmen und mit mir wegzufahren. Doch nach wie vor kam sie zu uns zum Babysitten, wenn meine Eltern ausgehen wollten.

Während Mom sich anzieht, setzt Dad mich auf sein Knie und lässt mich darauf reiten. »Hoppe, hoppe Reiter, wenn er fällt, dann schreit er.« Ich schüttele meine lange Mähne. »Aber Dad, ich bin doch kein Reiter! Ich bin doch deine Prinzessin«, erwidere ich kichernd.

Ich liebe meinen Vater heiß und innig. Er fährt mit mir zum Tankstellenshop und schnappt sich einen Schokoriegel aus dem Regal. Er reißt ihn auf, bricht mir eine Hälfte ab und lässt das Einwickelpapier sanft wie eine Feder aus der Hand zu Boden gleiten. Dann gehen wir hinaus, steigen in unseren Kleinwagen und düsen los. Den ganzen Weg bis nach Hause schütteln wir uns vor Lachen.

Wenn Grandma auf mich aufpasst, spielen wir Brettspiele. Wir nehmen ein Schaumbad, und ehe ich zu Bett gehe, gräbt sie in ihrer Handtasche und befördert aus deren unergründlichen Tiefen etwas hervor. Brocken von weichem zusammengeklebtem Zuckerpopcorn mit einem seltsamen Beigeschmack oder komische verklumpte Bonbons, deren Einwickelpapier sich bereits auflöst. Süßigkeiten von seiner

Großmutter abzulehnen, ist ein Verstoß gegen alle Regeln des guten Benehmens, den selbst eine Vierjährige vermeidet. Also sitze ich am Küchentisch und lutsche mit einem vorgetäuschten »Mmmmh« jedes eigenartige Produkt, das sie mir vorsetzt. Sie beobachtet mich dabei, und wenn ich es geschafft habe, fragt sie mich:

»Geht es dir auch gut, Liebes? Du siehst ein bisschen elend aus.«

Es geht mir gut, während ich auf dem Weg zu meinem Zimmer, wo ich mich ausziehen will, den langen Flur durchquere und dabei die Hand an der schimmernden Tapete entlanggleiten lasse. Grandma Madge folgt mir und denkt laut: »Ach, Süßes, ich mache mir solche Sorgen. Du siehst wirklich krank aus. Komm her, Grandma möchte mal deine Stirn fühlen.« Sie schiebt mir die blonden Strähnen aus dem Gesicht und berührt mit ihren eiskalten Fingern meine Wange.

»O Gott, Schätzchen, du glühst ja! Ich glaube, ich muss den Krankenwagen rufen.« Grandmas ernstes, vor Sorge verzerrtes Gesicht schwebt nur wenige Zentimeter vor meinem. Sie zieht meine Augenlider auseinander und sucht nach Krankheitsanzeichen, die sie den Ärzten berichten kann. Vielleicht habe ich ja doch ein komisches Gefühl im Bauch. Womöglich habe ich auch Fieber. *Bin ich krank, Grandma?*

»Oh, meine Kleine, du bist ja so krank. Aber wir warten lieber, bis deine Mutter nach Hause kommt. Dann fahren wir alle zusammen ins Krankenhaus. Ich würde dich ja jetzt gleich hinbringen, aber dein Daddy möchte das nicht. Du wirst schon nicht sterben, bis sie heimkommen. Wenigstens hoffe ich das, Kleines.« Sie tätschelt mir kopfschüttelnd die Wange.

»Und jetzt lass uns beten!« Grandma legt ihre Hand in die

meine und senkt den Kopf. Ich beginne zu schluchzen. Ich will nicht sterben. Aber Grandma weiß nicht, ob ich es überleben werde. Mein Magen hat sich verknotet wie ein geflochtener Zopf. Sie steckt mich ins Bett und türmt am Kopfende Kissen auf, sodass ich daliege wie die Neunzigjährige weiter unten an der Straße, die lange dahinsiechte, ehe sie im letzten Jahr starb.

Erneut fragt mich Grandma nach den heftigen Schmerzen in meinem Bauch, und um selbst nachzutasten, lasse ich die Hand unter die Decke gleiten. Ich traue mich nicht mehr, normal zu atmen. Grandma geht im Zimmer auf und ab, zwischen mir und dem Telefon hin und her. Sie nimmt den Hörer hoch, wählt die Nummer der Ambulanz, legt aber wieder auf, als sich jemand meldet. Stattdessen wickelt sie sich die Spiralen der Telefonschnur um den Finger, löst sie wieder, späht aus dem Fenster, fühlt meine Stirn, geht noch einmal zum Telefon, nimmt den Hörer ab, lauscht dem Freizeichen und legt dann wieder auf.

Irgendwann gleitet sanftes Scheinwerferlicht über die Auffahrt. Ein Auto rollt in die Garage, der Motor wird abgestellt. Mom und Dad kommen leise durch die Haustür. Madge schaltet resolut das Deckenlicht an, treibt sie zur Eile, erklärt ihnen hastig, dass ich etwas Komisches gegessen habe, dass ein fremder Mann gekommen sei und ihr Zuckerpopcorn geschenkt und sie gedacht habe, es sei in Ordnung, weil der Schwarze so nett gewesen sei und nicht so ausgesehen habe, als könnte er etwas Gefährliches tun wie das mit den Rasierklingen, wovon man heutzutage so viel hört.

Die Hände gleich einer Gottesanbeterin vor der Brust gefaltet, zwitschert Grandma Madge wie ein Vogel, höher und immer höher.

Meine Eltern stehen blinzelnd da. Sie brauchen einen Augenblick, ehe sie das Gesagte begreifen. Als es ihnen endlich klar wird, platzt Mom los: »Du meine Güte! Wie konntest du nur, Madge! Was ist los mit dir? Sie ist doch noch so klein. Wie konntest du zulassen, dass sie Süßigkeiten isst, die ihr ein Schwarzer gegeben hat?«

Stumm lässt Dad den Blick zwischen den beiden Frauen hin- und herpendeln, als würde er ein Tennisspiel verfolgen. Dann lässt er das Kinn auf die Brust sinken, seufzt tief auf und trottet an uns vorbei, um sich zu Bett zu legen. Er war damals fünfundzwanzig.

Mom hingegen ist außer sich. Sie rennt durchs Haus und sucht Dinge zusammen, die sie mitnehmen will, für den Fall, dass ich im Krankenhaus bleiben muss, *für den Fall, dass ich es nicht schaffe*. Dabei ruft sie Grandma Madge Anweisungen zu.

Und dann werde ich plötzlich hochgenommen, in Decken gewickelt und im Laufschritt zum Auto getragen. Auf dem Weg zum Krankenhaus jagen wir schleudernd um Kurven und rasen über rote Ampeln. Hin und wieder wendet sich Mom an Madge: »Wie geht es ihr?« Die reckt einen schlaffen Arm nach hinten und lässt ihn auf meiner Brust ruhen, um zu ertasten, ob sie sich noch mit meinem Atem hebt und senkt.

Als wir auf dem Parkplatz vor der Notaufnahme anhalten und Grandma, deren Sitz im Dunkeln liegt, nach ihrer riesigen Handtasche tastet, dreht sich Mom zu mir auf dem Rücksitz um. Im gelben Schein der Straßenlaterne scheint ihr Gesicht zu leuchten, als würde sie von innen glühen. Sie greift nach hinten und streicht die Falten an meinem Schlafanzug glatt, dann nimmt sie mich fest ins Visier.

»Also, mein Schatz, ich möchte, dass du dem Doktor zeigst, wie krank du zu Hause warst, ja? Ich will nicht, dass er dich wieder heimschickt, während du Schmerzen hast, als ob eine Rasierklinge durch deine Eingeweide wandern würde.«

Nach unserem fünften Ausflug in die Notaufnahme sagte Dad schließlich: »Diese Madge ist ein alter Drachen. Wir gehen zurück nach Ohio.« Und so verfrachteten wir unseren schwarzen Samtjesus auf den Transportanhänger und suchten vor Grandma Madge und ihren Horrorszenarien das Weite. Während der Fahrt auf den in den Siebzigern noch leeren Highways zwischen der Wüste und den spärlichen Hügeln des Mittleren Westens saß ich auf Moms Schoß und stöberte in ihrer Handtasche.

»Suchst du nach deinen Lutschern, Liebes? Warte, ich hole sie dir.«

Mom holt ein neues Streichholzbriefchen heraus und zieht behutsam die Lasche zurück. Zum Vorschein kommen zwei frische rote Reihen von Miniaturlutschern, wie sie sie mir gibt, seit ich denken kann. Mir läuft das Wasser im Mund zusammen, als ich die karmesinroten Köpfe erblicke. Der Erste ist immer der Beste. Ich reiße mir einen ab, schiebe ihn rasch in den Mund und warte darauf, dass der metallische Schock auf meine Geschmacksknospen trifft. Sobald sich die härteste Schicht abgelöst hat, schiebe ich das Streichholz an meine Backenzähne und knabbere die weicheren Teile vom Stiel. Das weiße matschige Papier spucke ich auf den Boden, den Rest schlucke ich herunter.

Eins nach dem anderen vertilge ich das ganze Heft, Mom zuliebe. Mom nimmt derweil ihre Bürste heraus und fährt mir damit durch mein langes blondes Haar. Mit jedem ihrer Bürstenstriche wird mein Kopf zu ihr nach hinten gezogen. Sie lächelt mich sanft an, während ich an meinem Lutscher kaue und Dad geistesabwesend das Lenkrad umklammert, um uns so schnell und so weit er kann von dieser Verrückten namens Madge fortzubringen.

Doktor Phillips, mir ist aufgefallen, dass Julie meistens krank ist, wenn sie zur Schule muss. Dann hat sie hohes Fieber und wirklich schlimme Halsschmerzen. Vielleicht eine Streptokokkeninfektion oder eine Mandelentzündung?«

Inzwischen wohnen wir in Ohio. Nachdem wir so oft umgezogen sind, dass ich fünfmal den Kindergarten wechseln musste, haben wir uns schließlich in einem piekfeinen Vorort niedergelassen, denn Dad hat mittlerweile beim Rickenbacker Luftwaffenstützpunkt einen festen Job mit vollen Sozialleistungen.

So gut ging es uns noch nie: ein weißes, zweistöckiges Haus mit himmelblauen Teppichböden, einem Arbeitszimmer im Souterrain, Erkerfenstern mit Usambaraveilchen auf dem Sims, Hitze und gebrochenem Sonnenlicht, das durch frisch geputzte Doppelscheiben hereinströmt.

Da wir jetzt voll krankenversichert sind, muss Mom einen festen Kinderarzt für mich finden. Das Ärztehaus der Stadt liegt etwa sechzehn Kilometer von uns entfernt. Seit meiner ersten Untersuchung bin ich schon mehrmals wegen Halsweh, Übelkeit und Kopfschmerzen dort gewesen. Mom vermutet, ich sei allergisch auf die neuen Teppichböden in unserem Haus, aber Dr. Phillips setzt mich auf Diät, um herauszufinden, ob es an meiner Ernährung liegt. Er rät ihr,

Schokolade, Fleisch, Eier, Milchprodukte und Brot komplett von meinem Speiseplan zu streichen.

Nach dem Arzttermin schlendern Mom und ich durch die Gänge des Supermarkts, und, die Finger um die Metallstäbe des Einkaufswagens geschlungen, beobachte ich, was sie aus den Regalen zieht: Kekse, Schweinekoteletts, Eier der Güteklasse A, Milch mit zwei Prozent Fettgehalt und ein paar Laibe Weißbrot. Anscheinend führt Bay's Lebensmittelladen keines der Nahrungsmittel, die ich auf Dr. Phillips´ Rat hin essen soll.

Heute bin ich wieder in der Stadt beim Arzt, diesmal wegen meiner Kopfschmerzen. Mom und ich sitzen im Sprechzimmer und warten darauf, dass er hereinkommt.

»Und wie verhältst du dich, wenn du krank bist, Julie? Mach es mir vor.« Ich sinke krumm und mit schlaffen Gliedern am Tisch in mich zusammen. Dann lasse ich die Zunge heraushängen und die Unterlippe unter den Zähnen wegsacken, sodass ich wohl aussehe wie die Pygmäen mit Lippenteller in *National Geographic*.

»Sehr gut. Was meinst du wohl, was der Doktor sagt, wenn er hier reinkommt und du aufrecht dasitzt und grinst wie ein Honigkuchenpferd? Meinst du, er glaubt mir, wenn ich ihm erkläre, dass du krank bist? Du musst ihm zeigen, wie schlecht es dir geht, wenn wir nicht beim Arzt sind. Wir müssen der Sache auf den Grund gehen, damit Mommy mal ein bisschen zur Ruhe kommen kann.« Sie leckt ihren Daumen an und wischt mir ein wenig getrocknetes Ei aus dem Mundwinkel. Ihr Atem riecht faulig.

»Alles klar, Liebling?«

»Alles klar, Mommy.«

»Sie sagen also, Mrs Gregory, Julie hätte Fieber und manchmal auch Halsschmerzen gehabt?« Dr. Phillips lehnt entspannt an seinem Spülstein und schreibt Notizen auf mein Krankenblatt.

»Ja, einmal hatte sie fast vierzig Grad. Sonst hat sie oft eher Untertemperatur und dann dazu diese, wie soll ich es nennen, Kopfschmerzen, offenbar. Nicht wahr, Julie?« Als sie mir einen Blick zuwirft, nicke ich. »Erzähl dem Doktor von deinen Kopfschmerzen.«

»Könnte es sein, dass sie durch irgendwelche Nahrungsmittel hervorgerufen werden, die sie isst, Mrs Gregory?«

»Nennen Sie mich doch einfach Sandy, Herr Doktor. Nun, ich versuche ja, sie zum Essen zu bewegen, aber seit wir mit der Allergiediät begonnen haben, ist sie so wählerisch, dass sie kaum noch was zu sich nimmt. Und wenn sie was isst, wird ihr übel.«

»Tritt die Übelkeit gemeinsam mit den Kopfschmerzen auf?«

»Keine Ahnung. Julie, wird dir übel, wenn du Kopfschmerzen hast?« Den Kopf auf den abgespreizten Daumen gestützt, gibt Mom die Frage an mich weiter. Beim Arzt hält sie sich immer sehr gerade und fixiert den Kopf zwischen ihren abgewinkelten Fingern, damit man ihr gelegentliches nervöses Kopfzucken nicht bemerkt.

»Sind die Schmerzen in der Stirn? Also hier?« – Dabei zieht er sich mit den Fingern die Haut über den Augen straff – »Oder« – Jetzt presst er die Hände zusammen – »laufen sie so um den Schädel herum?«

Mein Blick wandert zwischen den beiden hin und her. Was sind Kopfschmerzen denn eigentlich? Ist es das, wenn mir die Augen wehtun? Oder wenn mir im Bus schwindelig wird? Mir bleibt nur das Raten. Hoffentlich gebe ich die richtige Antwort.

»Ich weiß nicht so genau.«

»Was heißt, du weißt nicht so genau, Julie?« Mom dreht sich hastig zu mir um und kneift die Augen zusammen. Ich schlucke. Die Sekunden dehnen sich zu einer Ewigkeit. Ich sitze in der Falle. Ihre Augen fesseln mich an meinen Stuhl. Erst als sie sich mit einem lauten Klatschen aufs Bein schlägt und sich angewidert abwendet, ist der Bann gebrochen. »Lieber Himmel, Julie, wir haben doch gesehen, dass du krank bist! Du hast mir die ganze Woche lang erzählt, dass du im Auto Kopfschmerzen hattest. Weißt du noch, wie dir beim Fahren schlecht wurde?«

Dann richtet sie ihre Worte wieder an Dr. Phillips: »Tut mir leid, Herr Doktor, keine Ahnung, was mit ihr los ist, dass sie mir das antut. Wenn ein Kind sich nicht mehr daran erinnern kann, wie krank es gestern noch war, muss mit ihm ja wohl etwas nicht stimmen. Also, Julie, hör auf, dem Mann die Zeit zu stehlen, und erzähl ihm, was mit dir los ist! Sonst werde ich böse.«

»Sie sind in der Stirn, wie Sie zuerst gesagt haben.«

Dr. Phillips nimmt den Faden sofort wieder auf.

»Ist es wie ein eiserner Reifen, der sich um deinen Kopf legt, oder eher ein dumpfer, pochender, indirekter Schmerz?«

»Äh, ein eiserner Reifen.«

»Aha, das klingt ganz nach Migräne. Ich gebe Ihnen ein Ärztemuster Ergostat, Sandy, probieren wir es erst einmal damit. Nächste Woche können Sie mir dann berichten, ob es hilft.«

»Vielen, vielen Dank, Herr Doktor.«

Wenn Mom sagt, dass ich keine Kopfschmerzen habe, fahre ich auf meinem Fahrrad bis zur nächsten Straße und kurve durch die leere Gasse wieder zurück. Rasch sause ich den sanft gewundenen Fluss aus Asphalt entlang, bis in die Sackgasse inmitten von blühenden Wilden Möhren und anderen hochragenden Kräutern. Die Troddeln an meinem Lenker schwirren im Fahrtwind, und die farbenfrohen Speichen über dem Tretlager verschwimmen vor meinen Augen. Das Nummernschild flattert wie wild, wenn ich meine Beine vom glitzernden Sattel löse und in die Pedale trete. Mein langes blondes Haar fällt mir über den Rücken, und ich lasse es im Wind zu allen Seiten wehen, während ich über die ganze Breite der Fahrbahn kurve und singe: »Ohne dich kann ich nicht lächeln, ohne dich will ich nicht lachen. Und ständig frag ich mich, was soll ich machen …«

Moms Ellbogen sahen aus, als wären sie mit Schrot gefüllt oder wie ein Kugellager. Wenn ich im Auto auf der Rückbank saß, streckte ich die Arme über die Vorderlehne, sodass ich das schlaffe Fleisch zwischen meinen Fingern hin und her gleiten lassen konnte, und verschob fasziniert die körnigen Steinchen unter ihrer Haut. Als ich sie fragte, wieso sie Kiesel in den Armen habe, erzählte sie mir, dass Grandma Madge sie eines Abends mit einem Auto voller Jungen mitgeschickt habe und dass sie aus dem Fenster springen musste, als der Wagen mit hoher Geschwindigkeit auf den Highway einbog. Sie sei so hart am Boden aufgeschlagen, dass ihr die Kieselsteine unter die Haut gedrungen und für immer dort geblieben seien.

»Warum bist du aus dem Fenster gesprungen, Mom?«

»Weil ich musste, Julie.«

»Aber warum?«

»Das erzähle ich dir irgendwann mal, wenn du größer bist.« Mit zitternden Lippen wendet sie sich ab.

Dad schaltet das Radio ein und lehnt sich ans Seitenfenster. Ich rolle die Haut am Ellbogen zwischen meinen Fingern hin und her und isoliere jeden einzelnen der blauschwarzen Kiesel, um ihn näher in Augenschein zu nehmen. Tränen fließen ihr übers Gesicht. »Es tut mir leid, Mommy!«, sage ich. »Tut mir leid, dass du heute so traurig bist.« Trotzdem rolle ich weiter.

Eine weitere Woche ist vergangen, und nichts hat sich geändert. Ich mache immer noch ins Bett, und wenn ich morgens aufwache, bin ich nass bis zu den Knien. Meine Bettwäsche und mein Schlafanzug sind feucht und stinken. Es ging los, als wir hierher zogen. Ich kann nichts dafür. Und ich kann nicht damit aufhören.

Mom und ich sitzen in der Praxis und warten auf Dr. Phillips. Ich durchstöbere das Wartezimmer nach Ausgaben von *Reader's Digest* und überfliege die Kurzgeschichten und Comics am Ende der einzelnen Artikel: »Lachen ist die beste Medizin«, »Leben in den Vereinigten Staaten«, »Humor in Uniform«. Hoffentlich kann ich Mom so weit ablenken, dass sie den nassen Schlafanzug vergisst, den sie mir heute Morgen ausgezogen hat. Wenn der Arzt mich fragte, warum ich ins Bett mache, obwohl ich schon sieben bin, würde ich vor Scham vergehen.

»Mommy, ich glaube, meine Kopfschmerzen sind schlimmer geworden. Ein Mädchen in der Schule hat eine Brille bekommen und hat jetzt nie mehr Kopfweh.«

»Wirklich, Sissy? Spürst du, dass sie schlimmer werden?« Mom wendet den Blick nicht von ihrem *Ladies' Home Journal.* »Das müssen wir unbedingt dem Arzt erzählen. Gut, wenn du auch darüber nachdenkst, was mit dir nicht stimmt.«

Im Sprechzimmer sagt Mom: »So, jetzt werden wir Dr. Phillips von dem dumpfen Schmerz in deinem Kopf erzählen.« Sie presst die Finger an meinen Schädel, um die richtige Stelle zu finden. »Ungefähr hier.« Um mich daran zu erinnern, wie die Schmerzen sich anfühlen, drückt sie mit aller Kraft zu.

»Ich möchte nicht wieder so einen Reinfall erleben wie beim letzten Mal, verstanden?«

»Verstanden.«

»Ich bin deine Mutter, und ich weiß, was vor sich geht. Wenn er also Fragen stellt, dann gebe ich die Antwort.«

Dr. Phillips kommt hereingeweht und entschuldigt sich, dass er uns hat warten lassen. Mom bringt ihn bezüglich meiner Allergiediät auf den letzten Stand und zieht die Liste meiner neuesten Symptome hervor. Manches schreibt er sich auf, bisweilen hört er auch nur zu. Seine Augen wandern zwischen ihr und seinem Krankenblatt hin und her. Ich sitze in meiner Leidenshaltung da und bin so gut wie sicher, dass Mom das nasse Bett inzwischen vergessen hat.

Als sie die Symptome herunterrattert, wird mir klar, dass nicht alles davon stimmt. Und während ich auf dem Rand der Untersuchungsliege sitze und den Blick auf meine Knie gerichtet halte, spüre ich, wie Worte in meiner Kehle aufsteigen. Worte der Richtigstellung, die sich in meinem Mund sammeln und herausdrängen. Sie prallen aufeinander und türmen sich zu einem Damm auf. Ich muss die Zunge gegen den Gaumen pressen, um all die Worte, die ich nicht sagen darf, zurückzuhalten. Kleine Schnalz- und Klicklaute schwirren in meinem Mund herum und entwischen mir über die hängende Unterlippe.

Schnalz. Nein, ich habe nicht *jeden Tag* Halsweh, bloß gestern. Klick. Nein, als ich zum letzten Mal Fieber hatte, waren es nicht *weit über vierzig Grad*.

Schnalz, Schnalz! Nein, ich gehe nicht *jeden Tag* zur Schulkrankenschwester. Mitten im Satz hört Dr. Phillips zu schreiben auf und mustert mich.

»Alles in Ordnung, Julie?«

Ich nicke.

»Sehen Sie, was ich meine, Doktor? Irgendwas stimmt nicht mit ihr.« Als der Arzt den Raum verlässt, um uns ein weiteres Ärztemuster zum Ausprobieren zu holen, kneift mich Mom ins Knie und brummt, ich solle jetzt besser damit aufhören.

Nachdem wir Arizona verlassen hatten und in das weiße, zweistöckige Haus gezogen waren, fuhren wir nach Columbus, um zum ersten Mal seit meiner Geburt meinen Grandpa – Dads Vater – zu besuchen. Ich war begeistert. Meinen Großvater mütterlicherseits hatte ich nie kennengelernt, und der Uropa, der mir einst liebevolle Briefe geschrieben hatte, war gestorben, bevor ich seinen Namen glucksen konnte. Mom hatte mir erzählt, dass er sie aus dem Krankenhaus abgeholt habe, als wir entlassen wurden. In letzter Minute hatte er Mom gebeten, den Wagen zu steuern, damit er mich in seine langen Arme nehmen und festhalten konnte. Ich sei das schönste Baby überhaupt, eine Elfenkönigin, hatte er gesagt, und mich fortan »Prinzessin« genannt. Seit ich gehört hatte, wie sehr er mich liebte, wünschte ich mir inständig, ihm zu begegnen, doch er war auch der erste Mann, der aus meinem Leben verschwand. Da Dad es verboten hatte, dass ich in Grandma Madges Nähe kam, und seine eigene Mutter bereits vor meiner Geburt gestorben war, war Chester also meine einzige Chance, jemanden von meinen Großeltern kennenzulernen.

Die Wohnanlage für Kriegsveteranen, in der Chester lebte, wirkte bei unserer Ankunft wie ausgestorben.

Mom verschränkte die Arme vor der Brust. »Ich warte im Auto, Dan«, sagte sie. »Bleib nicht so lange weg.«

Dad hatte Chester nicht mehr gesehen, seit er im Alter von sechzehn Jahren zur Marine gegangen war, und auch ich war nervös. Heute bekam ich einen neuen Großvater.

Dad und ich standen auf dem Bürgersteig. Er holte tief Luft, und ich tat es ihm nach. Wir sahen uns an, nahmen uns bei der Hand, und während wir das Haus nach Lebenszeichen absuchten, traten wir auf den Eingang zu. Am oberen Rand waren die Gardinen von Zigarettenrauch vergilbt und mit schwarzen Rußstreifen durchzogen; aus dem Briefkasten quoll die Post, und von der Witterung gezeichnete Werbeprospekte stapelten sich vor der Glastür und unter der Fußmatte. Aber als wir klopften, dröhnte eine raue Stimme: »Die Tür ist offen.«

Geblendet von weißen Lichtflecken, Fragmenten der Julisonne, blieben wir in der Diele stehen und versuchten, uns an die Dunkelheit zu gewöhnen. Chester hatte vor dem einzigen Fenster im Wohnzimmer bis zur Decke Bierkästen aufgestapelt, um das Licht auszusperren. Dad setzte sich auf den Polsterhocker zwischen Chester und dem Fernseher, und ich kletterte auf Dads Knie.

»Du kannst ›Grandpa‹ zu Chester sagen, Sissy. Nicht wahr, Chester?«

Chester nickte. »Wie war doch gleich dein Name, kleines Mädchen?«

Ich deutete mit dem Daumen auf meine Brust. »Ich bin Julie, aber Dad nennt mich Sissy.«

Während der Werbung war eine Unterhaltung mit Chester möglich, aber als der Film wieder anfing, lehnte er sich zur Seite und sah an uns vorbei, obwohl Dad ihm alles Mögliche erzählte: von Arizona, von meiner Schule, von seiner Arbeit auf dem Luftwaffenstützpunkt, von Mom. Chester gab ein paar Mal »aha« und »ach, wirklich« von sich, bis er schließlich einen langen, pfeifenden Seufzer vernehmen ließ und mit dem Daumen auf den Lautstärkeregler der Fernbedienung einzudrücken begann, bis der Fernseher Dad übertönte.

In der nächsten Werbepause sagte Chester: »Schön, dass du vorbeigekommen bist, Peggy.« Peggy war Dads Schwester. Dies hieß, wie ich wusste, dass wir gehen sollten, obwohl wir erst vor einer Viertelstunde angekommen waren. Dad regte sich nicht. Tränen schossen ihm in die Augen und liefen ihm ungehindert die Wangen hinab. Dann senkte er den Kopf und stand langsam auf. Ich rutschte von seinem Knie, als wäre ich nichts weiter als ein Stück Papier. Rasch schlang ich ihm die dürren Arme um den Bauch und umarmte ihn, die Hände hinter seinem Rücken verschränkt, so fest ich konnte. Am liebsten hätte ich ihn nie wieder losgelassen. Er stand mit leerem Blick da, und fast schien es, als würden sich seine muskulösen Arme allein durch meine Kraft am Körper halten.

»Ich hab dich lieb, Papa.«

»Ich dich auch, Sissy.«

Gewöhnlich verschlimmerte sich meine Migräne immer dann, wenn Mom die kleine weiße Pille unter meine Zunge geschoben hatte.

»Ich merke schon, dass du bald wieder Kopfschmerzen kriegst. Hier, mach den Mund auf. Und jetzt die Zunge hoch. Braaaav!«

Manchmal musste ich mich fast übergeben. Meistens aber genügte es, dass ich wieder ins Bett kroch, während sich die Tablette unter meiner Zunge auflöste und zu einer kreidigen Masse zerschmolz. Ich wusste immer noch nicht, ob die Schmerzen im Hinterkopf saßen oder in der Stirn. Trotzdem setzten sie meinen ganzen Kopf in Flammen, und meiner Kopfhaut war übel, und unten in meinem Hals sprang und lief es, als würde ein Wachhund an seiner Leine zerren.

Mom konnte sich nie eine Arbeit suchen, weil ich so krank war. Sie konnte ja nicht voraussehen, wann sich eine Migräne anbahnen, ein Fieber auf an die vierzig Grad steigen oder mein Hals sich wegen eines Infekts röten und anschwellen würde, wann sie also alles stehen und liegen lassen musste, um mich in die Stadt zu bringen.

Tagsüber putzt und wienert sie nacheinander die Zimmer unseres großen Hauses, und an Tagen, an denen sie vermutet, ich könne krank sein, lässt sie mich nicht zur Schule gehen, damit sie mich unter Beobachtung behalten kann. Manchmal höre ich sie in der Küche laut lachen. Wenn ich dann den Kopf hineinstecke und sie frage, was denn so lustig ist, fährt sie zusammen. »Ach, ich dachte gerade an einen Witz, den nur die Sprechstundenhilfe und ich kennen«, erwidert sie.

Eines Nachmittags setzt sie mich ins Auto. »Wir müssen was mit deinen Haaren machen«, sagt sie.

Nachdem ich im Friseursalon auf dem Drehstuhl Platz genommen habe, erklärt sie der Dame mit der Schere, sie solle meine lange Mähne zu einem Bubikopf mit Schrägpony schneiden. Die Friseurin blickt auf meine Haare herab. Ich bin von Natur aus blond, doch Mom sagt, meine Haare würden mit der Zeit nachdunkeln, genau wie ihre. Bald würden sie einen schmutzigen Braunton annehmen, der an Spülwasser erinnert. Aber an diesem Tag, mit meinen sieben Jahren, ist mein Haar noch blond, glatt und seidig, die Spitzen von der Sonne fast weiß gebleicht.

»Sind Sie sicher?«, fragt die Dame.

»Ach, ich habe immer wieder versucht, sie dazu zu bringen, dass sie etwas mit ihrem Haar anfängt, aber es kommt nichts dabei heraus. Also schneiden Sie die verdammten Zotteln einfach ab!«

Ich bin noch nie zuvor beim Friseur gewesen. Als mich die Dame auf dem Stuhl dem Spiegel zudreht, frage ich mich verzweifelt, wo meine Haare geblieben sind. Sie reichen mir nur noch bis zu den Ohren und sind braun – nicht mehr blond, wie ich es gewohnt war.

»Gebt mir meine Haare zurück!«, kreische ich.

Ich sehe hässlich aus, wie ein Junge, und das weiß ich deshalb so genau, weil sogar Mom lachen muss, als sie mich sieht.

Mom sagt, sie kann mich nicht mehr ertragen, sie hat es satt, niemand hilft ihr. Kannst du nicht etwas mit ihr unternehmen, Dan? Herr im Himmel, sie treibt mich in den Wahnsinn.

Wir sind oben in meinem Zimmer, als Dad zur Haustür hereinkommt. Mama stürmt hinter mir her, zerrt an meinem Schrägpony, tut mir weh mit ihren harten Händen. Dad stapft die Treppe herauf. »He, was ist denn hier los?« Er betritt das Zimmer gerade in dem Augenblick, als ich mich ducke. Mom steht mit dem Rücken zur Tür, Strähnen ihres widerspenstigen Haars kleben an ihrem Gesicht, das nass ist von Spucke und Schweiß.

»Sandy, verdammt noch mal, was ist denn bloß in dich gefahren?«

»Gottverflucht, Dan!« Sie wirbelt herum und hält sich am Pfosten meines Betthimmels fest. »Das Kind weigert sich, sein Zimmer aufzuräumen, sie hört einfach nicht auf mich. Und niemand hilft mir. Ich habe die Nase voll, Dan, das meine ich ernst. Und du bist ja auch nie zu Hause. Ich ertrage es nicht mehr!«

Schweigend hört mein Vater zu. Er starrt auf seine Schuhe. Dann trottet er quer über den Teppich, lehnt sich an meinen Schrank und rollt die Ärmel hoch. »Lass mich mal machen, Sandy.« Als er mir das Gesicht zuwendet, glaube ich ein Blinzeln zu sehen. Mom weicht zurück. Zuerst schreit er leise, doch da seine blinzelnden Augen meine suchen, höre ich auf zu weinen, denn mit dem Pakt, den wir gerade geschlossen haben, hat mein Vater mich gerettet: Spielen wir ihr was vor, dann sind wir sie los. Aber je weiter Mom fortgeht, desto lauter wird Dad, und dann werden seine Augen ganz dunkel, und ich schluchze noch verzweifelter, weil ich meinen Vater noch nie so laut brüllen gehört oder so wütend gesehen habe.

Dad umklammert mein Handgelenk und zerrt mich aus dem Zimmer. Im Türrahmen, wo Mom steht, hält er inne. »Jetzt sagst du deiner Mutter, dass es dir leid tut.«

»Es tut mir leid, Mommy.«

»Sag ihr, dass du sie lieb hast.«

»Ich hab dich lieb, Mommy.«

»Und jetzt gehst du zu ihr und umarmst sie.«

Mom steht mit verbittertem Gesichtsausdruck und zusammengepressten Kiefern da und blickt in die Ferne. Dicke Tränen rollen ihr über die Wangen. Ich umschlinge ihre verschränkten Arme und drücke sie leicht, nur einen kurzen Augenblick lang.

Dad sagt: »Du kommst heute mit mir mit, Kind, wir bringen dich außer Mommys Reichweite.« Dann zieht er mich die plüschbezogenen Stufen hinunter. Mom folgt uns. »Ich halte es nicht mehr aus, Dan. Ich brauche Hilfe hier im Haus, verstehst du?«

Dad sagt: »Ich weiß, Sandy, ich weiß«, dann lässt er die Tür hinter uns ins Schloss fallen.

Wir steigen ins Auto, und Dad lenkt es hinaus. Unter den Reifen spritzt der Kies am Zaun hoch, Spuren drücken sich ins Gras am Seitenstreifen. Ich stütze mich am Armaturenbrett ab und erhasche einen Blick auf Mom, die die Stirn gegen den Rahmen der Eingangstür gelehnt hat und, von Schluchzern geschüttelt, die Fingerspitzen langsam die Glasscheibe hinabgleiten lässt. Als das Auto auf den Asphalt rollt, schaltet Dad die Automatik auf Fahren, und wir rasen die Straße entlang. Er schlägt aufs Lenkrad. »Das haben wir geschafft, Sissy. Für heute sind wir ihr entkommen!« Mir ist fast schwindelig vor Freude, die diese verbotene, gestohlene Freiheit in mir auslöst, so als wären wir gerade in dem Moment aus der Praxis entschlüpft, in dem Dr. Phillips hereinkommt.

Aber während wir weiterfahren, lehne ich meinen Kopf an das Fenster, und Tränen stehlen sich unter meinen Wimpern hervor. Ich kann den Anblick meiner Mutter nicht vergessen, die im Haus hinter der von einem Eisengitter geschützten Glastür gefangen ist, da wir ja das einzige Auto genommen haben. Mein Vater ist jetzt ruhiger. Er streckt die Hand aus und tätschelt mir das Knie.

»Mach dir keine Sorgen, Sissy«, sagt er. »Mom ist nur schlecht gelaunt, weil in ihrem Bauch ein Baby wächst.«

Dad und ich verbringen unseren gestohlenen Sonntag, indem wir Hand in Hand durch das riesige Einkaufszentrum schlendern. Die Ohrfeigen sind in meiner Erinnerung schon fast verblasst. Noch nie habe ich einen ganzen Tag mit meinem Dad allein verbracht. Wir gehen an alten Leuten vorbei, die uns von ihren Bänken aus zunicken, wir bewundern die Zimmerpalmen und stehen inmitten der rauschenden Brunnen, in deren Becken wir Pennys werfen. Dad hält mich davon ab, die Hand hineinzutauchen, um mir ein paar Vierteldollars für den Süßigkeitenautomaten herauszufischen. Ich habe noch nicht mal das Bedürfnis, in ein Spielzeuggeschäft zu gehen: Ich will einfach nur mit meinem Dad zusammen sein.

Irgendwo hinter uns erklingt eine Lachsalve, deren Echo in dem vierstöckigen Einkaufszentrum widerhallt. Dad fährt bei dem Geräusch zusammen und wirbelt herum. Der Schrecken steht ihm ins Gesicht geschrieben. Das Gelächter kommt von einer Gruppe von Freunden, die vor einem Laden stehen, und ich fange auch an zu lachen, denn um was immer es auch geht, lustig muss es ja sein. Dad blickt mit einem schwer zu deutenden Ausdruck von oben auf mich herab. »Sissy, mein Schatz, weißt du denn, warum diese Leute da drüben lachen?«

Ich schüttele den Kopf.

Er schiebt seine riesige Hand unter mein Kinn und hebt mein Gesicht, bis es seinem ganz nah ist. »Es wird dir wehtun, mein Liebling, aber sie lachen über dein hässliches Haar. Du bist nicht so hübsch wie andere Mädchen. Ich weiß, dass du noch nicht groß genug bist, um das zu verstehen, aber ich bin dein Dad, und ich beschütze dich, Julie. Ich werde dafür sorgen, dass dir niemand auf die Füße tritt, also brauchst du keine Angst zu haben, meine Kleine. Ich bin bei dir und passe auf dich auf.«

Ich werfe einen Blick zurück auf die Leute, die über mich gelacht haben. Jetzt sehen sie mich nicht mal mehr an, sondern stehen im Kreis und sind mit sich selbst beschäftigt. Mir wird klar, wie raffiniert sie sind: Wenn sie wissen, dass du sie dabei ertappt hast, wie sie sich über dich lustig machen, wenden sie sich einfach ab.

Dad schlendert weiter, doch ich schaue immer wieder über die Schulter zurück und versuche, sie auf frischer Tat zu ertappen.

»Ich hab dich lieb, Sissy.« Dad drückt mit seiner großen Hand meine kleine.

»Ich dich auch, Dad.«

Am Tag als mein Bruder geboren wurde, sprang ich in den Schulbus und rief dem Fahrer zu: »Wir haben grad ein Baby bekommen!«

Daniel Joseph Gregory II. – samt römischer Ziffern, damit der Name nach Adel klingt – brachte stolze neun Pfund auf die Waage und war so kerngesund, dass er förmlich aus Mom herausgeschnitten werden musste. Der kleine Danny Joe sah aus wie ein großer, saftiger Truthahn, und im Unterschied zu mir kam er mit dichter Haarpracht und einem kräftigen Schrei zur Welt.

Danny kam unerwartet – eine Überraschung oder ein Unfall, je nachdem, ob man Mom oder Dad fragte –, war aber auf jeden Fall ein Wunderkind, denn die letzten beiden waren noch im Krankenhaus gestorben.

Dad trällert: »Joe, Joe, tat sich weh, beim Büffelreiten am großen Zeh«, und strahlt seinen Sohn an, dessen Name in dem Lied vorkommt, das ihm so gut gefällt.

Jetzt, da wir Danny haben, kommen wildfremde Leute bei uns vorbei, um sich das Baby anzusehen. Entfernte Verwandte schicken uns Einladungen zu Familientreffen, von denen wir bisher nichts ahnten. Sogar Grandma Madge erzählt Mom, sie wolle die Pilgerfahrt von Phoenix auf sich nehmen, um den kleinen Joe, wie Dad ihn mittlerweile nennt, in Augenschein zu nehmen.

Mom gurrt in seinen Babykorb und sagt: »Das hat Gott gern«, wenn Danny irgendetwas tut, etwa die Windeln voll kacken, in seiner Hüpfschaukel herumhopsen oder zahnlos ins Leere lächeln.

Ich ahme Mom nach, ihre Worte, ihre Stimme, ihre Glückseligkeit.

»Das hat Gott gern, guuuck doch nur, ist er nicht süüüß?«

Am Telefon melde ich mich im Tonfall der perfekten Hausfrau, wie ich es aus Werbesendungen kenne, dazu moduliere ich meine Stimme, um wie meine Mutter zu klingen.

»Hallo, hier ist Familie Gregory, was kann ich für Sie tun?«

»Äh, Sandy?«

»Oooh« (gespieltes Erstaunen). »Nein, hier ist Julie, ihre siebenjährige Tochter. Wenn Sie einen Augenblick dranbleiben, hole ich sie Ihnen an den Apparat. Darf ich fragen, wer spricht?«

Mom übernimmt den Hörer, und ich verstecke mich hinter der Küchentrennwand.

»Das ist meine kleine Gehilfin, Gott hab sie gern.«

Gott hatte mich tatsächlich gern, und ebenso meine Mom. Für Danny mag »Das hat Gott gern« reserviert gewesen sein, aber »Gott hab sie gern« galt nur mir.

Mit dem Neugeborenen gingen all die Gefahren einher, die einem Baby auf dem Weg vom Säugling zum Kleinkind drohen: panische Fahrten zur Unfallstation des Krankenhauses, wenn Mom den Jungen mit blauem Gesicht in der Wiege liegen sah; ein hastiger Sprint zur Feuerwehr wegen eines möglicherweise giftigen Spinnenbisses. Doch Danny war das süßeste und gesündeste Kind, das der Familie Gregory je entsprossen war, und sein Talent, einen großen Bogen um alle Verletzungen und Krankheiten zu machen, war enorm. Dad hatte das Agent Orange, Mom die Blutvergiftung, Madge war ein alter Drachen, Lee war neben der Spur, Chester hirntot und ich kränklich. Ganz anders aber Danny: ein grinsender, engelsgleicher, zappelnder Wonneproppen von einem Baby, dessen Appetit, Regsamkeit und Frohsinn keine Grenzen kannte. Und er war ansteckend. Seit Danny da war, fühlten wir uns alle wohler, besonders ich. Meine Migräne verschwand auf wundersame Weise. Ich musste keine Tabletten mehr unter der Zunge zergehen lassen und machte auch nicht mehr ins Bett. Jetzt, da ich nicht mehr ständig krank war und zu Hause bleiben musste, entwickelte ich mich allmählich zu einer Einserschülerin, die sich freiwillig bereit erklärte, Gedichte von Shel Silverstein vorzutragen. Im Lesen war ich in der dritten Klasse eine der Besten – ich las sogar schon mit Viertklässlern –, und all das verdankte ich Danny.

Danny wurde das Teleskop, mit dem wir aus unserer wolkenverhangenen Kuppel hinausschauten und einen flüchtigen Blick auf eine andere Galaxie erhaschten, die voller Licht und Lachen und Hoffnung war.

Eines Tages lief ich in der Schule über den Spielplatz. Als die Pausenklingel ertönte und ich mich in die Reihe eingliedern wollte, stolperte ich über einen Turnschuh. Beim Aufprall aufs Pflaster spürte ich, wie etwas in meinem Handgelenk entzweiging. Ich wusste, es war gebrochen. Aber ich weinte nicht, ich drückte die Hand nur fest gegen die Brust und zupfte die Pausenaufsicht an der Bluse. Diese sagte, ich solle zu meiner Lehrerin gehen. Meine Lehrerin schickte mich weiter zur Schulkrankenschwester. Und die Schulkrankenschwester wiederum rief meine Mutter an und sagte, sie müsse mit mir zum Arzt gehen.

Den ganzen Nachmittag sitze ich in einem der blausamtenen Drehstühle in unserem guten Wohnzimmer, während Mom in den übrigen Zimmern zugange ist, Geschirr spült, zu den Klängen des Radios pfeift und Danny wickelt. Der Knochen in meinem Arm ragt ein Stückchen aus der Haut heraus. Inzwischen habe ich pochende Schmerzen, und mir fließen Tränen über das Gesicht, so heiß wie das Pulsieren in meinem Handgelenk. Ich will zu Dr. Phillips. Ich will, dass er mein Gelenk in Ordnung bringt. Aber Mom sagt, es ist wahrscheinlich nur eine Verstauchung.

»Es ist einfach noch zu früh, um etwas feststellen zu können, mein Schatz. Warten wir erst mal ab, ob die Schwellung zurückgeht. Mommy hat hier noch viel zu tun. Ich muss das Essen fertig haben, bevor dein Dad heimkommt. Ob wir zum Arzt fahren, entscheide ich.«

Es ist beinahe fünf Uhr, als Mom in der Praxis anruft und fragt, ob sie wegen dieser Bagatelle vorbeikommen oder lieber noch einen Tag warten soll.

Dr. Phillips zeigt Mom die Röntgenaufnahme, mein Handgelenk ist an drei Stellen gebrochen.

»Hmm, wer hätte das gedacht«, meint sie.

Sie habe gut daran getan, mich herzubringen, sagt der Arzt. Ein bisschen später, und mein Handgelenk könnte nicht mehr richtig zusammenwachsen. »Sollte so etwas noch einmal passieren, dann zögern Sie nicht, Sandy, sondern bringen Sie sie gleich vorbei.«

Als er hinausgeht, um das Material für den Gips zu holen, fährt Mom herum: »Sieh mich nicht so an, es hätte ja genauso gut nur eine Verstauchung sein können.«

Als ich in der vierten Klasse wieder einmal hinfalle, weiß ich, noch bevor ich auf den Fußweg aufschlage, dass mein anderes Handgelenk gebrochen ist. Aber Mom sagt, ich müsse warten, bis mein Vater zurück sei, denn er müsse hier auch endlich mal seinen Pflichten nachkommen, und ausnahmsweise solle er mich mal zum Arzt bringen.

Zu der Zeit, als ich mir den Arm brach, war mein Vater auf dem Land unterwegs und suchte ein neues Zuhause für uns. Es gefiel ihm nicht, dass die neugierigen Nachbarn hinter geschlossenen Vorhängen zu uns herüberspähten oder die Prediger betont langsam an unserem Haus vorbeifuhren, um uns ein schlechtes Gewissen zu machen, damit wir jeden Sonntag in die Kirche gingen. Dad wollte, dass wir von all den Spinnern hier wegkamen, besonders von den Schwarzen, die sich an Straßenecken und auf den Parkplätzen der Tankstellen herumtrieben. Seiner Meinung nach warteten sie nur auf eine günstige Gelegenheit, um einen von uns zu entführen und an einen Kinderpornoring zu verkaufen.

Solange wir zu Hause waren oder auf dem direkten Weg zum Ärztehaus, gab es keine Probleme. Wenn wir aber zu einem von Dads Terminen beim Veteranenversorgungsamt in die Innenstadt fuhren, wurden Mom und Dad nervös und ihre Augen weiteten sich vor Angst.

»O mein Gott, Dan, schau dir den da drüben an der Ecke an. Die Ampel schaffst du noch, los!«

Dad fasst mich im Rückspiegel ins Auge. »Julie, verriegel die Tür, und kurbel das Fenster hoch!« Verstohlen sieht er zu dem Schwarzen hinüber, der darauf wartet, die Straße zu überqueren; aus seiner mächtigen Haarmähne ragt ein Kamm heraus. »Schnell, das Fenster hoch, Julie! Sandy, verriegel deine Tür! Steck die Handtasche unter den Sitz!«

»O Scheiße, Dan, die Ampel schaltet um. Fahr durch, Dan, bleib nicht stehen!«

Mom versucht verzweifelt, eine Handtasche von der Größe einer Bowlingkugel unter dem Sitz zu verstauen, ich kurbele wie wild das hintere Fenster hoch, während Dad die Verriegelungsknöpfe herunterdrückt, dann noch mal hochzieht und erneut herunterdrückt, aber diesmal fester, für alle Fälle.

Mit geschmeidigen Bewegungen schlendert der Mann vom Fußweg über die Straße und kommt mit seiner anzüglichen, verruchten Gangart ganz nah an unserem Auto vorbei, wie ein Löwe bei einer Safari. Und wir sitzen in unserem Wagen, dessen Schnauze in die Kreuzung ragt, und halten den Atem an, während der Mann uns mustert, als wären wir nicht ganz bei Trost.

Als er vorüber ist, drückt Dad auf die Tube, und wir jagen mit quietschenden Reifen davon.

»Himmel, das war knapp«, meint Mom.

Dads breite, von glänzendem Schweiß überzogene Stirn erscheint im Rückspiegel. »Wenn einer von denen je in eure Nähe kommt, dann schreit ihr aus Leibeskräften, egal wo oder mit wem ihr unterwegs seid. Habt ihr mich verstanden?«

»Jaaa, Daaad.«

Es war Ostersonntag, als ich zum zweiten Mal in unserem Wohnzimmer in dem blauen Drehstuhl saß und mir das gebrochene Handgelenk hielt. Später am Abend kam Dad zur Tür herein und rief: »Ich hab ihn gefunden, den optimalen, völlig abgeschiedenen Platz für uns. Kinder, Schatz, wir ziehen aus dieser gottverdammten Vorstadt weg, fort von all den Spinnern. Wir ziehen aufs Land!«

Wir haben alle in dem breiten Kombi Platz genommen. Ich, der dreijährige Danny, der auf dem Kindersitz festgeschnallt ist und mit seinen schwabbeligen Ärmchen winkt, Dad am Steuer und Mom neben ihm, wo sie durch das Beifahrerfenster gedankenverloren über die vorüberziehenden Felder blickt.

Die Luft ist heiß, sogar bei fast neunzig Stundenkilometern. Sie schlägt uns wie ein Hitzeschwall aus dem Backofen durch die Fenster entgegen. Andere Autos sind nicht mehr zu sehen, wir können also nicht mehr unser Autospiel machen, bei dem wir nach Wagen mit bestimmten Merkmalen Ausschau halten. Hier gibt es nichts als endlose Weiten, kurvige Straßen, einsame Wälder und da und dort einen Friedhof, den man nur an den aus der Erde ragenden Grabsteinen erkennt, klein, weiß, gedrungen und von Wind und Wetter so spröde wie halb aufgelöste Pfefferminzbonbons.

Eine Biene wird zum Fenster hereingeweht und landet auf meinem sonnengewärmten Gips, was ich als besondere Ehre verstehe. Ich lasse sie darauf herumkriechen, und sie krabbelt zu der Stelle, wo die lebendige, gebräunte Haut in die schuppige Haut übergeht, die im Dunkeln bleibt. Und dort oben, wo sich durch meinen geschrumpften Muskel ein Spalt gebildet hat, schlüpft sie unter den Gips. Ihre Fühler tasten sich meinen feuchten Arm entlang, bis ich ein Kitzeln an einer Stelle tief unter dem Verband spüre, an die ich unmöglich herankomme. Ich klopfe auf den Gips und vertreibe die Biene. Ein Stich unter dem Gips ist das Letzte, was ich brauchen kann.

Wir biegen von der geteerten Hauptstraße in eine schmale gekieste Straße ein. Sie besteht aus nur einer Fahrspur und führt immer tiefer in einen Tunnel aus üppig grünen Bäumen, deren Wipfel ein weit verzweigtes Dach über uns bilden. Holpernd fährt der Wagen über die waschbrettartigen Furchen, über Jahre hineingegraben von allradgetriebenen Fahrzeugen, die den steilen Hügel hinaufgerast sind, als wäre er eigens für sie geschaffen worden. Unten geht der Weg in eine breitere, geradere Straße über und führt aus dem Wald hinaus in dicht bewachsene Felder, auf denen Unkraut bis zur Höhe des Autofensters sprießt. Wir passieren einen düsteren, schattigen Sumpf und ein baufälliges Blockhaus, bis wir hinter der nächsten Biegung schließlich das grasbewachsene Stück Land etwa von der Größe eines halben Baseballfeldes erreichen, auf dem unser neues Zuhause stehen wird.

Es ist trostlos. Ich lasse allen Mut sinken. Und ausgerechnet jetzt beginnt in der Ferne eine Grille mit ihrem Sirenengesang. *Mensch, das ist wirklich weit ab vom Schuss. Hier gibt es keine Nachbarskinder. Die Schule ist bestimmt viele Kilometer entfernt.*

»Wir sind da.« Moms platzende Kaugummiblase zerreißt die Stille. »Ich werde es ›Zufluchtsfarm‹ nennen.«

Ich frage mich, warum Mom meint, ich würde es hier ganz prima finden, doch kaum ist der kleine Danny aus seinem Kindersitz gehoben worden, lässt er die Hose runter und hockt sich hin, um ganz ungeniert hier im Freien zu pinkeln. Wir lachen. Dann rennt er herum wie ein von der Leine gelassenes Hündchen – keine Schwarzen, die ihn verführen, keine Autos, die ihn überfahren wollen, nur ein Meer aus smaragdgrünem Gras, in dem man herumtoben kann. Wenn Danny glücklich ist, sind wir es auch. Er ist das Barometer, mit dem wir messen, was für unsere Familie gut ist und was nicht.

Mom geht zu dem einzigen vorhandenen Gebäude, das sich an den Hang eines Hügels kauert. Es ist unsere eigene Blockhütte, eine wie aus dem Bilderbuch, nur dass die weiße Fugenmasse zwischen den Balken ziemlich ungleichmäßig verteilt ist, als wäre dem Bauherrn egal gewesen, wie es aussieht. Von hier kann man fast zu der anderen Blockhütte hinter dem Feld hinüberschauen, die wir im Vorbeifahren gesehen haben. Mom erklärt, unsere Hütte sei ursprünglich das Wohnhaus gewesen, und als Mr Burns sich damals in den zwanziger Jahren hier niederließ, habe er sein gesamtes Vermögen, das er bei Bankeinbrüchen gemacht hatte, mitgebracht und tief in einem dieser Hügel vergraben. Er benannte die Straße nach sich selbst, und nach seinem Tod kamen die Leute aus der Gegend herbei, um nach seinem Schatz zu graben, doch er ist nie gefunden worden.

Ich gehe hinter die Hütte, wo der Hang jäh abfällt. So weit das Auge reicht, sehe ich nichts als rostige Kühlschränke, alte Herde, scharfkantige Überreste von Waschmaschinen, zerfressene Blechplatten und haufenweise Reifen. Über dem schwarzen Gummi, das dort unten in der prallen Sonne aufgetürmt liegt, wabern Hitzewellen.

Als wir das nächste Mal die Straße hinunterfahren, befindet sich oben auf dem Hügel, gegenüber der alten Blockhütte, ein Trailer. Ich darf mir nicht anmaßen, unser neues Zuhause hässlich zu finden, aber mit unserem weißen zweistöckigen Haus mit dem himmelblauen Teppichboden lässt es sich nicht vergleichen. Ich versuche mich für die Pläne meiner Mutter zu erwärmen, die erst vorn eine Veranda anbauen will und dann eine weitere nach hinten, außerdem ein zusätzliches Zimmer – kurz, einen richtigen Erweiterungsbau. Aber warum nennt sie es ständig ein Haus, wenn es in Wirklichkeit doch nur ein Blechkasten ist, der nicht einmal richtige Fenster hat, sondern nur kleine Plastikvierecke, die man mit einer Kurbel aufdrehen muss? Der Trailer hat doppelte Standardbreite, meint sie, dieselben Ausmaße wie ein richtiges Haus, da gibt es überhaupt keinen Unterschied. Und sie nennt unser Zuhause auch eine »Farm«, einen »Hof«, obwohl es eigentlich nichts mit einem Bauernhof zu tun hat, weil wir keine Tiere haben. Sogar ich weiß, dass ein Trailer kein Haus und ein Müllabladeplatz kein Bauernhof ist. Trotzdem ist es unsere Zuflucht, und wir sind gerade rechtzeitig gekommen, um hier den Sommer zu erleben.

Kaum waren wir eingezogen, wollte sich Dad einen Pontiac GTO zusammenbauen – für ihn der Inbegriff eines Oldtimer-Straßenkreuzers. Also besorgte er sich die hiesigen Anzeigenblätter und die Rundschreiben von Pontiac und begann, rings um den Wohnwagen Schrottteile zu deponieren: leicht verbogene Stoßstangen, alte Abgaskrümmer, irgendwelche Türverkleidungen und mit Rost überzogene Scheibenwischermotoren. Die Teile blieben halb eingewickelt in die Zeitungen, in denen sie geliefert worden waren. Die besseren verstaute Dad in seinem Schrankfach, die großen schob er unter den Wohnwagen, bis er sich neben der Blockhütte eine Werkstatt bauen konnte. Mom hatte jedoch anderes mit ihm vor. Sie wollte, dass Dad seine freie Zeit mit den Anbauten am Haus verbrachte. Und dass er uns mit einem Löffelbagger hinter dem Hügel einen Teich aushob. Sie wollte eine hintere Veranda und ein größeres Esszimmer haben, in dem man Festessen und Partys für Freunde und Verwandte geben konnte; ihre Augen funkelten förmlich vor Unternehmungslust. Und Dad war stets in der unangenehmen Situation, beweisen zu müssen, dass er der Mann im Haus war.

Als wir klein waren, erzählte uns Mom jedes Mal, wenn sie mit Dad gestritten hatte und uns auf ihre Seite ziehen wollte, hinter seinem Rücken die gleiche Geschichte über ihn. Noch immer wissen wir nicht, ob tatsächlich etwas Wahres daran war, aber als Kinder kauften wir ihr jedes Wort ab und schluckten dieses finstere Familiengeheimnis samt der damit verbundenen Schmach. Angeblich war Dad nämlich in den siebziger Jahren, als ich noch ein Baby war, fremdgegangen. Aber das war noch nicht das Schlimmste daran. Der Geschichte zufolge, die Mom zwischen zusammengebissenen Zähnen hervorstieß, hatte er sich nämlich mit einem Mann eingelassen.

»Dieser Homo. Euer Vater ist bloß eine nichtsnutzige, stinkfaule schwule Sau.«

Deshalb musste Dad seine Männlichkeit in übertriebener Weise zur Schau stellen – zu seiner eigenen Vergewisserung wie auch um des Selbstschutzes willen. Diese Übertreibung hatte zur Folge, dass sich haufenweise abgegriffene *Ohio Swinger*-Zeitschriften voller lasziv posierender Damen aus der Region unter seiner Werkbank stapelten und er gezwungenermaßen bei jeder vorbeigehenden Frau Kommentare über ihre sichtbaren körperlichen Merkmale von sich gab.

Andernfalls brauchte Mom nur ein paar geschickt gewählte Worte fallen zu lassen.

Und was Mom für sich wollte, waren ein paar Pferde und dass ihre Kinder der Landjugend beitraten und mit der Hand auf dem Herzen den Schwur der Amerikanischen Jugendgruppen leisteten:

Ich gelobe zu widmen
meinen Kopf klarerem Denken,
mein Herz größerer Treue,
meine Hände höherem Dienst und
meine Gesundheit besserem Leben
zum Wohl meiner Gruppe, meiner Gemeinde, meines Landes und meiner Welt.

Sie wollte uns bei Reitshows unterbringen, wir sollten breitkrempige Cowboyhüte, aufgenähte versilberte Muscheln an unseren Secondhand-Polyesterhosen und bunte Ordensbänder haben, wie Mom sie sich als Kind immer gewünscht hatte. Und kaum war ich im August meinen Gips los, fanden wir uns in einer von den Methodisten organisierten Reitshow wieder, verschmachteten auf der Ladefläche des Pferdetransporters vor Hitze, schälten uns aus den Manegenkostümen und vergingen vor Ärger darüber, dass wir wie Moms private Cowboypuppen herausgeputzt wurden.

Denn eigentlich hätten Danny und ich am liebsten den Sommer vertrödelt und in dem Schwimmbecken geplanscht, das wir über eine Zeitungsannonce gebraucht erstanden hatten. Aber Mom wollte Stacheldraht gezogen und Heu gebündelt haben und ersteigerte auf Viehauktionen halb verhungerte Pferde, die beim Abdecker gelandet wären, wenn sie nicht eingeschritten wäre und die Fleischhändler um ein paar mickrige Dollar überboten hätte.

Um all das zuwege zu bringen, schufteten wir wie die Sklaven. Der Pool blieb leer mit Ausnahme von ein paar hellgrünen Laubfröschen und den Junikäfern, die sich auf die gekräuselte Wasseroberfläche verirrt hatten. Der massive Stacheldraht leistete unseren Bemühungen mit aller Macht Widerstand und klebte wie eine Klette an der Spule. Mom und ich verlegten ihn über Meilen hinweg, über Hügel und durch Dornengestrüpp, wir befestigten ihn an krumm gewachsenen Bäumen, wickelten ihn um alte, verrottende Zaunpfähle und zogen ihn straff, bis mir die Hände bluteten. Und sobald wir eine Sache erledigt hatten, stand schon die nächste Arbeit an, die dringend getan werden musste, noch ehe wir uns vergnügen oder entspannen konnten. Als Danny vier war, konnte er bereits eine Gipsplatte auf dem Kopf balancieren, während ich das andere Ende hielt, damit Dad sie am Pfosten festnageln konnte. Sogar der kleine Danny, der bisher immerzu gelächelt hatte, bekam jetzt Angst, Mom könnte ihn beim Spielen erwischen und die Fliegenklatsche holen.

Der Tag hatte nicht genug Stunden, um auch noch so unwesentlichen Pflichten nachzukommen wie etwa Zähne putzen oder – nachdem die Schule wieder begonnen hatte – Hausaufgaben machen. Manchmal kratzte Mom mit einem Fingernagel an einem unserer Vorderzähne, worauf sich eine gelbliche Masse unter dem Nagel sammelte. »Da haben sich eure Beißerchen einen Belag zugelegt«, sagte sie dann. »Geht mal lieber rein, und bürstet euch die Zähne.«

Morgens kratzten wir uns den Belag von den Zähnen, während Schüsseln mit süßen Frühstücksflocken uns erwarteten, auf die wir löffelweise weißen Zucker häuften, bis sich oben eine dicke Kruste bildete. Abends fielen wir erschöpft und verschwitzt ins Bett, klebrig wie glasierte Donuts. Am nächsten Tag fing dann alles wieder von vorn an.

Und wenn Mom nicht ständig hinter Dad her war, ließ er, sobald die Luft rein war, alles stehen und liegen und fläzte sich in seinen Sessel.

Wenn Dad es sich gemütlich macht, beherrscht er den Fernseher und damit alle Räume, die ans Wohnzimmer angrenzen. Trödelt man während seiner täglichen Dosis TV auf der Couch herum, stehen einem Dutzende von Ausflügen in die Küche bevor, um kalorienreduzierte Limonaden, Marmeladentoasts oder sonst irgendeinen Imbiss zu holen, nach dem ihm gerade der Sinn steht. Seit wir hierher gezogen sind, hat Dads Leibesfülle beträchtlich zugenommen, obwohl er jeden Tag einen Sechserpack Diätcola trinkt. Wenn die Batterien der Fernbedienung leer sind, lässt er einen von uns vor dem Fernsehmöbel auf dem Boden herumkriechen und – als seine lebende Fernbedienung – die Kanäle durchschalten. Sobald Dad in seinem Sessel Wurzeln geschlagen hat, hustet er sich in die Hand, die er dann an der Wand oder am Teppich abwischt. Doch wenn er weiß, dass man in der Nähe ist, muss man ihm Klopapier bringen und den feuchten Klumpen anschließend mit spitzen Fingern an den trockenen Enden packen und entsorgen. Am besten zieht man sich in sein Zimmer zurück, wenn gerade niemand aufpasst.

Und in meinem Zimmer gibt es stapelweise Bücher: Weihnachtsgeschenke, geliehene aus der Bücherei, geklaute aus Wartezimmern. Ich lese sie immer wieder und verkrieche mich sogar an strahlend schönen Tagen ins Bett, wann immer ich mich davonstehlen und zwischen den Seiten meiner liebsten Zuflucht verstecken kann.

Im Lauf der Jahre entwickelte sich unser kleiner Trailer zu einem wahren Labyrinth. Wir hatten Schlaf-, Bade- und Wohnzimmer und sogar separate Unterkünfte für die Veteranen und Pflegekinder, die Mom auf die Farm holte. Neue Zimmer wurden an bereits bestehende Räume angefügt, sodass es in alle Richtungen weiter wucherte. Wir waren umgeben von einem Burggraben aus dichtem, üppigem Wald – ein Schutzschild, der unsere verborgene Welt abschirmte, unsere isolierte Glasglocke auf dem Grund dieses Tals, unser ganz privates Ökosystem, das in einer selbst gewählten Petrischale vor sich hin brodelte.

Doch oben an der Straße wartete ein besonderes Erlebnis auf uns: die Stadt. Ehe wir das Haus verließen, machten wir uns alle gesellschaftsfähig. Das bedeutete, für mich farblich abgestimmte Kleider, für Danny bunte Kinderklamotten von Garanimals und für uns beide frische Unterwäsche. Dannys sonnengebleichtes Haar wurde seitlich gescheitelt und mit Haarspray fixiert, während mein Haar mit einem Lockenstab fülliger gemacht und dann mit einem grobzinkigen Kamm bearbeitet wurde, den ich für eventuelle Nachbesserungen in meine Handtasche steckte, wie Mom mir aufgetragen hatte. Wir schnallten uns an und strafften die Schultern. Wenn das Dach aus Tausenden von Bäumen uns freigab, erwachte das Radio zum Leben, das trostlose Krächzen eines nicht zu empfangenden Senders verwandelte sich mit einem Mal in Musik. Oben am Ende unseres Feldwegs mussten wir zwar manchmal anhalten, um ein anderes Auto auf der Teerstraße passieren zu lassen, aber dabei blickten wir beiläufig durch dessen Fenster, und die Leute sahen genauso aus wie wir! Dann reihten wir uns ein. Die Straße entlang zur Zivilisation, vorbei an richtigen Häusern mit Nachbarn, die einander kannten, an Vororten wie jenem, in dem wir früher gewohnt hatten, und hinein in den Trubel von Kaufhäusern und in volle Wartezimmer mit Patienten aller gesellschaftlichen Schichten.

Denn das Einzige, was sich letztlich als wichtig genug entpuppte, dass wir uns deswegen von der Arbeit losrissen oder unsere Sicherheit aufs Spiel setzten, waren die neuerlichen Besuche bei meinem Arzt, um herauszufinden, was mit mir nicht stimmte.

Als für mich in der neuen Schule die fünfte Klasse beginnt, trifft Mom mit dem Schulleiter die Absprache, dass sie mich aus dem Unterricht holen kann, wenn wir in letzter Minute einen Termin beim Arzt bekommen. Wann immer über die Lautsprecher im Klassenzimmer die Durchsage kommt: *Julie Gregory bitte ins Direktorat. Deine Mutter ist da,* weiß ich, dass ich meine Sachen zusammenpacken und die Treppe hinaufrennen muss, um Mom zu treffen, weil wir an diesem Tag nicht mehr zurückkehren werden.

Dr. Phillips verschreibt uns noch weitere Medikamente gegen Migräne und gibt uns die Namen von Spezialisten, die ich wegen meiner übrigen Symptome zu Rate ziehen soll. Aber Dr. Phillips wird allmählich alt. Er steht an seinen Schreibtisch gelehnt und notiert sich nicht einmal mehr, was Mom ihm erzählt. Außerdem nennt er Mom »Ms Gregory«, nicht »Sandy« so wie früher, obwohl sie ihn immer wieder auffordert, sie beim Vornamen anzusprechen. Er sagt, wir sollten uns nach einem anderen Hausarzt umsehen, einem, der einen so komplizierten Fall wie meinen in den Griff bekommen kann. Und dann geht er. Er marschiert einfach zur

Tür hinaus, noch ehe Mom auch nur am Ende ihrer mitgebrachten Liste angelangt ist.

»Ich kann's nicht fassen. Hast du das gesehen, Julie? Er lässt uns einfach stehen! Himmel, so muss ich mich doch nicht behandeln lassen!«

»Mach dir keine Sorgen, Mom, wir suchen uns einfach jemand anderen.«

»Genau, wenn er uns mit so einer Scheiße kommt, zeigen wir's ihm, wir gehen einfach woanders hin.«

Und das tun wir dann auch. Manchmal fahren wir bis in andere Bezirke, um neue Ärzte auszuprobieren, die die Untersuchungen durchführen, über die sich Mom nun in Wartezimmerlektüren informiert. Und gelegentlich wagen wir uns sogar bis nach Columbus, kreuzen durch das Meer anonymer zweistöckiger Ärztehäuser mit ihren vielversprechenden Facharztschildern und den Hoffnung weckenden Aufklebern von Versicherungsvertragspartnern in den Fenstern. Es ist in Ordnung, solange wir nur bis zum Stadtrand fahren und unsere Türverriegelungen nicht runterdrücken müssen.

Mom tobt hinter dem Steuer. »Wie kann er es nur wagen? Mich Ms Gregory nennen! Uns woanders hinschicken! Und nur deinetwegen muss ich ständig von Pontius zu Pilatus rennen!«

Wenn Mom ein verheißungsvolles Arztschild sieht, schnaubt sie: »Notier dir die Nummer, damit wir später von zu Hause aus anrufen können.«

Ich suche, den Stift auf dem Papier, die Straße ab und versuche krampfhaft, den richtigen Arzt ausfindig zu machen, damit meine Mutter sich beruhigt. »Die Praxis da sieht aus, als ob sie was taugt, ich schreib mir die Nummer auf. Ja? Mommy?«

»Himmel, Julie, frag doch nicht dauernd. Ergreif zur Abwechslung mal selbst die Initiative, und hilf mir. Muss ich denn hier alles alleine machen?«

Abends nimmt Dad das Wohnzimmer in Beschlag, bis die Spätnachrichten zu Ende sind. Dann ist Mom an der Reihe, sie kuschelt sich ans Ende des veloursbezogenen Sofas, unter der Stehlampe, die ihren Lichtschein auf sie wirft. Ganz still liegt sie da, in ein Buch vertieft, auf der Nasenspitze ihre Lesebrille aus dem Supermarkt.

Ich tapse mitten in der Nacht in die Küche, um Wasser zu trinken, und Mom ist immer noch auf, sie leckt sich die Finger ab und blättert durch das *Handbuch des Medizinischen Fachblatts für den Hausgebrauch*.

»Was machst du, Mommy?«

»Ach«, erwidert sie zerstreut, »ich gucke nur, Sis.«

»Wonach?«

»Na, du bist ja nun wieder krank, Schätzchen, und mithilfe dieses Buchs bekommt Mommy vielleicht heraus, was dir fehlt.«

»Hab ich denn was sehr Schlimmes?«

»Du hast etliche der hier beschriebenen Symptome, Schatz, aber es gibt alle möglichen Untersuchungen, durch die wir schwerere Erkrankungen ausschließen können. Wir haben hier auch eine Liste mit Ärzten, wir sind also in guten Händen, okay, Sissy?«

»Okay. Gute Nacht, Mommy.«

»Gute Nacht, Schätzchen.«

Wieder ein schauderhafter Sommerabend, nachdem wir den ganzen Tag Gipsplatten verlegt und Stacheldraht gezogen hatten. Mom tischte uns Schmorbraten aus dem Tontopf auf. Sie hatte ihn vormittags in den Backofen gestellt, nun kamen wir schmutzig und verschwitzt von der Arbeit zurück, angezogen vom warmen Licht hinter der Fliegengittertür der Küche wie verirrte, ausgehungerte Motten.

Dad stand gekrümmt da, rang nach Atem und hielt sich an der Lehne eines gelben Stuhls in der Essecke fest. An seinem Muskelshirt hingen Rasenschnipsel, die Haare an seinen Beinen waren grün vom Saft des Grases, denn er hatte noch vor Einbruch der Dämmerung das Gras an den Wegen und rund um den Trailer zu Ende mähen wollen.

Scheppernd stellte Mom Teller auf den Tisch. »Dan, ich meine es ernst, wir sollten uns wirklich etwas einfallen lassen. Wir müssen vor dem Winter noch das hintere Schlafzimmer und die Veranda fertig kriegen.«

Mom bemühte sich um eine amtliche Genehmigung zur Pflege von alten Männern, die im Zweiten Weltkrieg gekämpft hatten, denn es kursierten Gerüchte, dass der Militärstützpunkt nächstes Jahr geschlossen werden sollte. Und Mom konnte noch nicht auswärts arbeiten gehen. Inzwischen hatte ich ja wieder meine Migräneanfälle, wirkte immer müde, und beim Autofahren wurde mir schlecht. Und in der Brust des kleinen Danny hörte Mom einen Schluckauf und hatte angefangen, abends auch seine Symptome in ihrem Buch nachzuschlagen.

»Hör mal, Dan, ich habe hier zwei kranke Kinder am Hals, und ich werde nicht irgendeinen unterbezahlten Job annehmen, während du den ganzen Tag nur herumhockst und *M*A*S*H* guckst.«

Kriegsveteranen aufzunehmen, so argumentierte Mom, sei die einzige Möglichkeit, unser Einkommen zu verdoppeln, zumal Dad ja vielleicht seine Arbeit verliere; so aber könnten sie weiterbauen, und sie könnte sich nach wie vor um den Haushalt und die Kinder kümmern.

»Außerdem«, fügte sie hinzu, »hat Chester als Großvater ja eine verdammt schlechte Figur abgegeben, und es wäre doch dann fast so, als wohnten wir mit ein paar netten alten Opis zusammen. Das würde euch doch gefallen, nicht wahr, Kinder?«

»Ja, Mom«, bestätigten wir im Leierton.

»Dann sagt das mal eurem Vater.«

»Sandy«, meldete sich Dad rechts neben uns zu Wort, »ich halte nichts davon, dass die Kinder alte Männer von diesem Schlag um sich haben. Man weiß nie, was alles passieren kann, es ist das Geld einfach nicht wert.«

»Aber Dan, wenn du nicht …«

»Verdammt noch mal, Weib, jetzt reicht's! Ich will nicht mehr darüber reden. Jetzt wird gegessen!«

Also setzten wir uns und reichten einander auf der Tischplatte behutsam die Hände, während Dad den Kopf neigte und das Tischgebet sprach.

Schweigend aßen wir. Danny und ich widmeten unsere Aufmerksamkeit unseren Tellern und stellten die Plastikbecher so vorsichtig auf den Tisch, dass sie nicht das leiseste Geräusch machten, während Mom und Dad mit jedem Klirren ihres Bestecks vom Billigdiscounter einen Treffer in ihrem nonverbalen Fechtduell zu landen versuchten.

Mom drehte den Kopf zu mir und sagte mit unnatürlich

hoher Stimme: »Bist du schon fertig? Ist das alles, was du essen willst? Ich meine, warum, verflucht noch mal, koche ich eigentlich, wenn du nichts isst?«

»Dan?«

»Hm?«, brummte Dad mit vollem Mund.

»Dan, hast du überhaupt zugehört? Ich sagte, schau dir an, wie wenig dieses Mädchen hier isst. Willst du vielleicht auch mal was dazu sagen und beweisen, dass du ein Mann bist, oder muss ich alles allein machen? Herrgott!«

»Julie, iss deiner Mutter zuliebe dein Fleisch auf.«

»Ach, das war alles? *Tschüli, üss doiner Mutter zulübe doin Floisch ouf?* Ja, da zeigt sich doch, dass du ein echtes Mannsbild bist, du schwuler Tuntenarsch, du gottverdammter nichtsnutziger Hurensohn.«

Dad knallte sein Messer auf die Tischplatte. »Verflucht, Julie, iss dein blödes Fleisch auf! Mach schon, sonst helfe ich nach!«

»Dad, das ist ein Knorpel.« Ich schob das Stück auf meinem Teller herum und versuchte es unter dem Kartoffelbrei verschwinden zu lassen.

»Dan, jetzt hab ich aber die Nase voll. Du kannst dich nicht mal gegen ein kleines Mädchen durchsetzen. Nicht mal ein kränkliches kleines Mädchen hat Respekt vor dir. Was glaubst du, warum sie ständig krank ist? Warum, denkst du, kommt sie nie mit ihrer Arbeit nach? Naaa? Weil hier niemand seine Autorität geltend macht und das Kind dazu bringt, dass es isst. Stattdessen hockst du nur rum wie Chester« – sie drehte demonstrativ Däumchen – »›na ja, äh, hm, willst du nicht dein Fleisch essen, Schätzchen?‹ Du machst mich krank. Du bist wirklich eine Witzfigur von Vater. Wie willst du denn jemals ein Mann sein, wenn du nicht mal deine Familie ernähren oder dich gegen diese Göre hier durchsetzen kannst?«

Dad schlägt mit der Faust auf den Tisch, dass das Besteck in den Tellern Trampolin hüpft. »Verdammt, Julie, das ist nur Fett, das bringt dir Fleisch auf die Knochen.« Er springt von seinem Stuhl auf. »Ich sagte, iss es!«

Plötzlich steht er hinter mir. Mein Kopf wird nach hinten gerissen und festgehalten von seiner riesigen Pranke, während er mir die fettige Schwarte in den Mund stopft. »Ich sagte, iss es, Mädchen.«

Meine Mutter schaut zu, die Gabel, an der ein Stück faseriger Schmorbraten hängt, auf halbem Weg zum Mund. Danny starrt auf seinen eigenen Teller; lautlose Tränen, angehaltener Atem.

»Ich habe dir gesagt, du sollst deinem Vater gehorchen, aber neeeiin, du denkst, er ist kein richtiger Mann, stimmt's? Du hältst ihn für einen Schwächling, den man einfach ignorieren kann, was? Ja, das denkst du nämlich, dass er ein armseliger Arsch ist, ein schwuler Scheißer.«

Dads Finger grapschen an meinem Mund herum, mit seinen gewaltigen Pranken fummelt er einen großen Knorpelkloß in meinen Rachen, wie ein Riese, der einen Faden durch ein Nadelöhr aus Fleisch und Blut zu zwängen versucht. Meine Augen tränen, ich würge. Als Dad wieder auf seinem Stuhl sitzt, habe ich den Fettbrocken erbrochen, zusammen mit etlichem anderem.

»Na, zumindest hat sie es gegessen, Sandy. Ich werde nicht hinnehmen, dass mir mein eigenes Kind hier unter meinem Dach den Gehorsam verweigert.« Er fuchtelt mit seiner Gabel in meine Richtung: »Hast du verstanden, junges Fräulein. Ich bin hier der Herr im Haus.«

Mom hatte eine wunderbare Singstimme. Im Auto auf dem Weg zum Arzt sang sie gern: *»Staub auf der Bibel, Staub auf Gottes Wort. Den Worten der Propheten und des Herrn in einem fort. Denn ohne sein Wort gibt's nichts, was dich retten kann. Blas den Staub von der Bibel, und schließe dich uns an.«*

Mom sang auch oft das Lied von einem alten Indianer namens Kawliga, dessen Herz aus einer knorrigen Kiefer gemacht war und der sich in das indianische Mädchen verliebte, das im Zigarrenladen arbeitete. Sie trug Perlen und Zöpfe und hoffte, er würde irgendwann einmal sprechen. Eines Tages kam ein reicher Mann vorbei, der das Mädchen mitnahm und verschwand, worauf man nie wieder etwas von ihr hörte. Schon damals wusste ich, dass Mom dieses Mädchen war.

»Der arme alte Kawliga, der niemals einen Kuss empfing, der arme alte Kawliga weiß nicht, was ihm dabei entging. Dass sein Kopf aus Holz hat ein so rot's Gesicht, das wundert mich deshalb gar nicht.«

Außerdem gab es noch Boxcar Willie und das Lied, das Mom fast immer trällerte, wenn wir die stundenlange Fahrt zu einem Ärztehaus auf uns nahmen. *»Hörst du, wie der Vogel einsam singt? Die Trübsal hält ihn fest auf Erden. Durchs Nachtblau rollt der Zug heran, und ich, ich möcht vor Trauer sterben.«*

Manchmal weint Mom beim Singen. Ihre Stimme klingt nicht den kleinsten Moment lang brüchig, aber über ihre Wangen strömen glänzende Bäche. Ich sage, sie singt so gut, dass man sie im Radio spielen sollte.

»Ach, Sis, wer würde denn schon dafür bezahlen, mein Geträller zu hören?«

»Ich, Mommy! Ich würde eine Million Dollar dafür bezahlen, dass du für mich singst! Du klingst genau wie Patsy Cline im Radio.«

Wenn Dad fährt, dreht er das Radio lauter oder sagt: »Sandy, in Gottes Namen, kannst du nicht ein bisschen leiser singen, ich versuche nachzudenken.«

Doch wenn wir allein sind, stellt sie die Rückenlehne gerade, legt beide Hände aufs Lenkrad, hebt den Kopf und beginnt so laut zu singen, dass das ganze Wageninnere davon erfüllt ist. Und ich singe mit, Songs aus der Zeit mit Smokey und Gospelweisen, aufgeschnappt in einem der winzigen ländlichen Bethäuser, die wir zuweilen aufsuchen. Mom kann jodeln – das hat sie damals für die Grand Ole Opry-Tournee gelernt, und wenn sie richtig loslegt, klingt es, als würde in ihrer Kehle ein Jo-Jo auf und ab hüpfen. Ich versuche mit ihr mitzujodeln, und obwohl es mit meinen Künsten nicht weit her ist, schmettern wir gemeinsam unsere Lieder, sie sieht lächelnd zu mir herab, und ich erhebe – angespornt von ihrer Liebe – meine Stimme gen Himmel.

Mom konnte es nicht ertragen, andere Geschöpfe hungern zu sehen.

»Ach, Schätzchen, ich kann nicht mit ansehen, wie dieses Fohlen verhungert. Und das arme Ding ist da drinnen eingesperrt und kann nicht raus.« Jedes Mal, wenn wir in die Stadt fuhren, kamen wir an diesem Fohlen vorbei, bei dem man jede einzelne Rippe sehen konnte.

»Julie, nimm einen Eimer und schütte zwei Kellen Hafer und Melasse hinein, damit wir auf dem Weg in die Stadt das Pferd füttern können.«

Und Mom hielt stets Ausschau nach möglichen Gräueltaten an Tieren. Wenn wir den Highway entlangfuhren und einen schwarzen Müllsack entdeckten, der aufgebläht und oben zugeknotet war und voller Abfall, den jemand aus dem Autofenster geworfen hatte, hielt sie jedes Mal an und ließ mich hinlaufen und nachsehen, ob nicht ein Haufen kleiner Kätzchen darin steckte. Noch heute habe ich einen Blick für Müllsäcke am Straßenrand und achte darauf, ob sich darin etwas regt – es könnten ja eingesperrte Tierjunge sein.

Wir sind mit unzähligen Hunden aufgewachsen. Die Räudigen, Verfilzten, Verhungerten und Ausgesetzten fanden allesamt ihren Weg in unser Leben und auf unsere Farm.

Ebony bekamen wir gleich nach unserem Umzug. Er war ein schwarzer zotteliger Hofhund von der Sorte, wie man sie, allein oder zu mehreren, auf so ziemlich jedem ländlichen Gehöft antrifft. Dann begann Mom, Rassehunde zu züchten – die ersten hatte sie über Zeitungsanzeigen erstanden –, um sich ein paar Dollar zusätzlich zu verdienen, und so halten wir in den Zwingern neben der Blockhütte auch Pekinesen und Shi-Tsus. Ich habe so lange gebettelt, bis Mom mir erlaubt hat, meine Lieblings-Shi-Tsu-Hündin mit ins Haus zu nehmen. Wenn sie Junge bekommt, pferchen wir diese in der Waschküche zusammen, und Mom verkauft den Wurf so früh wie möglich. Noch Tage nachdem Mom ihr die Jungen weggenommen hat, jault und heult P. J., läuft ständig auf und ab und versucht über das Gitter zu spähen, hinter dem sie ihre Kleinen vermutet. Dann nehme ich sie heimlich mit, krieche mit ihr unter meine Bettdecke und halte sie ganz fest, damit sie über ihren Kummer hinwegkommt. Ich behalte sie oft wochenlang in meinem Zimmer und hoffe, dass Mom es nicht merkt. Zweimal am Tag führe ich sie heimlich Gassi und füttere sie unter meinem Bett mit Dosenfutter.

Unser jüngster Neuzugang war ein Hündchen, das wir

neben dem Highway aufgelesen hatten, als es gerade einen überfahrenen Kadaver fressen wollte. Man konnte jeden einzelnen Knorpel in seinem Schwanz sehen. Ich sprang aus dem Wagen und packte es an der Hautfalte im Genick. Im Auto stöberte es dann Moms Handtasche durch und verschlang eine ganze Packung Pfefferminzbonbons.

»Oh, du stinkendes Hündchen!«, rief Mom.

Und deshalb nannten wir ihn schließlich »Stink Pup«.

Unsere beiden Hofhunde begleiteten mich auf den unheimlichen Ausflügen in die Werkstatt, wo ich für Dad die Lampen ausknipste, oder auch zu kilometerlangen Märschen unter sengender Sommersonne, bei denen ich auf Moms Geheiß die Zäune inspizierte. Ebony war unkompliziert, allerdings immer mit Kletten übersät, wenn er im Wald herumgetollt hatte. Stink Pup hingegen war nervös und genauso aufs Fressen versessen wie wir auf unsere Privatsphäre. Er hatte einen Adlerblick, wenn es darum ging, sich irgendetwas Essbares unter den Nagel zu reißen. Einmal mussten wir beim Angeln Speck als Köder benutzen, weil ich den Eimer stibitzt und alle Würmer freigelassen hatte. Das Angeln fand ich mittlerweile widerwärtig: Mit anzusehen, wie Mom den Wurm auf einen Haken spießte und ins Wasser hängte, wo er bei lebendigem Leib verspeist wurde, ließ mich manchmal schon am Ufer des Sees in Tränen ausbrechen. Wann immer es ging, kippte ich deshalb den Eimer mit den Würmern aus und machte eine Beutelratte dafür verantwortlich. Doch der Speck, den wir anstelle des Lebendköders verwendeten, erwies sich an jenem Abend als ungeeignet. Die Fische wollten nicht einmal daran knabbern. Also lehnten wir unsere Ruten an den Schuppen mit dem Sattel- und Zaumzeug. Am nächsten Morgen jedoch schleifte Stink Pup eine

Angelrute über den Hof hinter sich her, der Haken hing an seiner geschwollenen Oberlippe, und der Fettrand des Specks klebte noch an seiner Schnauze.

Als Mom den Hund sah, musste sie lachen. »Geh, hol mir die Spitzzange, Sis. Stink Pup hat sich den Köder geschnappt, jetzt hängt er am Haken. Schön reingefallen!«

Seit die sechste Klasse begonnen hat, habe ich so oft gefehlt, dass die Schule einen Brief schickt, in dem steht, ich müsse die Klasse wiederholen, wenn sich mein Zustand nicht bessere.

Aber die Tage mit den Arztterminen sind immer diejenigen, an denen auch die Einkäufe erledigt werden. Sonst müsste Mom eigens deswegen in die Stadt fahren, und sie fährt nicht gern allein. Und weil der Tag ohnehin schon ruiniert ist, kann man auch gleich in dem neu eröffneten Bekleidungsdiscounter vorbeischauen und zwei Fliegen mit einer Klappe schlagen.

Mom und ich schnappen uns je einen Einkaufswagen, flitzen durch das Geschäft und laden alles ein, was danach aussieht, als könnte sich die Anprobe lohnen.

»Was hältst du davon, Sis? Für den Strand?« Mom hält ein mit Goldfäden durchwirktes Ensemble hoch.

»Oh, das würde dir bestimmt prima stehen, Mom!«

Wir verbringen Stunden in den Ankleidekabinen und schleppen Arme voll bunter Klamotten vor die dreiteiligen Spiegel. Mom steht vor meiner Kabine und sagt: »Wie geht's dir da drin, Sis? Lass mich mal gucken, wenn du es anprobiert hast.« Ich bin überaus stolz darauf, dass ich immer noch die Kindergröße 122 tragen kann.

Ich öffne die Tür, und sie zupft mir die Hose zurecht, streift die Bluse glatt und sagt »ja« oder »nein« dazu. Die Neins werfe ich über die Tür, worauf Mom sie für mich auf die Kleiderständer zurückhängt. Dann bin ich an der Reihe, Mom probiert nun ihren randvollen Einkaufswagen durch. Da man nur jeweils zehn Teile mitnehmen darf, laufe ich immer wieder zum Einkaufswagen, um die Neins auszutauschen.

Wir kaufen uns verschiedene Kleidergarnituren für die verschiedensten Anlässe: für die Schule, für die Arztbesuche, für den Kirchgang und für die Zeit, wenn das Haus fertig ist und wir endlich Freundschaften schließen und Leute nach Hause einladen können. Anschließend laden wir unseren Kombi bis obenhin voll mit halbzentnerschweren Säcken Pferdefutter, Zehnkilopackungen Hundekuchen und tütenweise Lebensmitteln – ganz zu schweigen von den neuen Tierfiguren aus Beton für den Hof und den lebensgroßen, mit glänzender Glasur überzogenen Keramikhunden und Katzen aus Kattunstoff, die die Räume des Trailers schmücken sollen.

Ich sitze auf dem Vordersitz und verstaue die Einkaufstaschen zwischen meinen Füßen auf dem Boden. Nun geht es mit neuen Ichs – von Penney's Outlet, Sears, Value City und Kmart – nach Hause. Als hinter uns die Lichter der Stadt verblassen, krame ich in den Taschen und befühle den Stoff meines neuen Lebens, *das schon morgen beginnen wird,* ich male mir aus, wie schön ich aussehen werde und wie sehr mich die Kinder in der Schule jetzt mögen werden. Wenn wir in den Geschäften ankommen, bin ich so aufgeregt angesichts all dessen, was ich bekommen werde, dass ich an solchen Vormittagen sogar vergesse, dass ich eigentlich zur Schule gehen müsste. Und die zwei Stunden, die wir gerade beim Arzt verbracht haben, sind regelrecht aus meinem Gedächtnis gelöscht. Jede Station unserer Einkaufstour bohrt ein weiteres Loch in mein Gedächtnis, bis sich die ganze Erinnerung an die vorangegangenen Erlebnisse regelrecht in Nichts aufgelöst hat. Alles, was jetzt zählt, ist die Tasche mit den Kleidern zwischen meinen Füßen, meine zufriedene Mutter neben mir und das wunderbare Gefühl, dass von jetzt an alles besser werden wird.

Wenn wir dann in die Burns Road einbiegen, meint Mom, falls ich keine Zeit mehr hätte, heute Abend meine Hausaufgaben zu machen, könnte ich es auch morgen früh im Bus tun, denn bis ich die Kornsäcke, das Hundefutter und die Lebensmittel ausgeladen, die Pferde gefüttert und das Geschirr nach dem Essen gespült hätte, würde es lange nach meiner üblichen Schlafenszeit sein.

Ich soll in diesen Becher pinkeln. Aber es geht nicht. Ich kann niemandem erzählen, dass ich es vergessen habe und schon auf der Toilette gewesen bin, als Mom am Empfangstresen gewartet hat.

Trotzdem nehme ich den Becher und setze mich mit dem kalten, zusammengefalteten kleinen Wischtuch ins Badezimmer, aber vergeblich. Ich fahre mir mit dem Becher über die Haut, kann aber nicht den kleinsten Tropfen herausquetschen. Mom wird außer sich sein. Wenn ich nicht meiner Pflicht gegenüber dem Arzt nachkomme, wird er mich vielleicht gar nicht erst empfangen. Aber ich muss ihn dazu bringen. Immerhin sind wir nur deswegen die ganze Strecke hierher gefahren. Und ich versäume die Schule, weil ich diesen Spezialisten aufsuchen muss. Also muss ich es schaffen.

Ich drücke den Becher fest gegen den Unterleib, bis ein ringförmiger Abdruck zu sehen ist. Dann drehe ich das kalte Wasser im Waschbecken auf, halte die Hand darunter und stütze den Kopf auf das kalte weiße Porzellan. Nichts. Seit fünfzehn Minuten bin ich nun schon hier, aber es geht nichts. Ich lasse den Becher auf dem Waschbecken stehen und schleiche ins Wartezimmer zurück.

Mom weiß Bescheid. Als ich mich neben sie gesetzt habe, bohrt sie ihre Fingernägel in meinen Oberschenkel. Ohne sich etwas anmerken zu lassen, beugt sie sich zu mir herüber, als wolle sie mir etwas Vertrauliches sagen. Sie kneift mich ins Bein und haucht bedrohlich in mein Ohr. Dann packt sie meinen Ellbogen mit Daumen und Zeigefinger und führt mich zum Empfangstresen.

»Entschuldigen Sie, Ma'am?«, wendet sie sich an die Sprechstundenhilfe, dann an mich. »Los, sag ihr, was du getan hast.«

»Es tut mir leid, ich konnte nicht… Sie wissen schon… auf dem Klo.«

»Ist schon gut, Schätzchen, wir machen einfach einen neuen Termin aus…«

»Sehen Sie, bei diesem Kind kann doch irgendwas nicht stimmen, wenn es nicht mal etwas so Einfaches zustande bringt. Das ist uns noch nie zuvor passiert; sie muss etwas wirklich Schlimmes haben. Kann der Herr Doktor sie sich nicht trotzdem ansehen, bitte?«

»Das ist wirklich kein Problem, Ms Gregory. So was kommt bei Kindern doch dauernd vor.«

»Na, bei meinem Kind jedenfalls noch nie!«

»Tut mir leid, aber wir brauchen von allen neuen Patienten eine Urinprobe.«

Während uns die Arzthelferin einen neuen Termin gibt, tipple ich auf Zehenspitzen zu den mit Wollstoff bezogenen Sesseln im Wartezimmer. Sie sind so breit, dass ich drei Mal hineinpassen würde. Meine Beine baumeln über dem Boden. Ich rutsche zum anderen Ende des Sessels hinüber, wo ich mein mageres Handgelenk auf die kalte metallene Armlehne lege. Es ist so dünn wie die Armlehne, ja sogar noch dünner! Es erfüllt mich mit Stolz, wie wenig Platz ich einnehme. Ich werde schrumpfen, immer mehr, bis ich ein trockenes Blatt im Herbst bin, mit einem durchschimmernden Rückgrat und brüchigen Adern. Dann werde ich von einer steifen Brise fortgeweht, höher und höher in den klaren blauen Himmel empor.

Ich stelle mir vor, dünn wie Papier zu werden. Meine Mutter ist liebevoll und fürsorglich und tut alles für mich, weil ich ein zartes, aber lächelndes Kind bin, das von einem unsichtbaren Krebs zerfressen wird. Ich sehe mich mit einem wunderschönen kahlen Kopf, umwickelt mit einem schicken seidenen Kopftuch, das in meinem blassen Nacken zusammengeknotet ist und dessen Enden meinen Rücken hinabfließen. Ich bin unberührbar. Niemals macht sich jemand über das Mädchen mit dem Krebs lustig. Alle sind nett zu ihm, weil man ja nie wissen kann, ob es nicht bald stirbt.

In jener Nacht habe ich einen Traum, der mir mein Leben lang in Erinnerung bleiben soll. Ich rutsche mit den Füßen über das mit Schieferstein bedeckte Bett unseres Flusses, es hat stark geregnet, nun rauscht trübes Wasser um meine Knöchel. Immer wieder hat mich meine Mutter davor gewarnt, das Flussbett nach einem Unwetter zu betreten; es müsste nur eine der Schieferplatten verrutschen, und schon könnte ich in eine unterirdische Höhle fallen, aus der ich nie mehr herauskäme. Mit diesen Worten im Ohr taste ich mich zentimeterweise und mit angezogenen Zehen vorwärts und halte mich an Zweigen fest. Plötzlich gleite ich auf glitschigem Moos aus, und als ich mich zu fangen versuche, zerbricht die Schieferplatte unter meinen Füßen wie eine Tortenglasur. Ich werde in einen unterirdischen Schacht gerissen, der schräg abfällt wie eine Wasserrutsche. Zwischen Wänden aus glattem feuchtem Lehm gleite ich auf dem rauschenden Wasserstrom immer tiefer und schneller hinab, dem Mittelpunkt der Erde entgegen. Je rasender die wilde Fahrt, desto schmaler, steiler und trockener wird der Tunnel, bis ich den sich verengenden Kamin wie im Hechtsprung mit angelegten Armen hinabsause. Ich fürchte mich nicht. Ich akzeptiere das Fallen. Ich stürze tiefer und tiefer, und im Traum weiß ich, dass ich nie und nimmer imstande sein werde, die Wände hinaufzuklettern und durch die Wasseroberfläche wieder ans Licht zu gelangen.

Der erste Kriegsveteran, der über den gekiesten Fußweg zu unserem Trailer schlurfte, war Mr John Beck. Er war ein Überbleibsel aus dem Zweiten Weltkrieg. Die meiste Zeit seines Lebens hatte er in einem Militärhospital verbracht. Da er nie geheiratet hatte, sammelten sich seine Pension und die Invalidenrente auf einem Konto an, auf das er jedoch allein keinen Zugriff hatte. Wenn er Geld brauchte, musste er seinen Vormund fragen, der es verwaltete. Der entschied dann, was zu tun war.

Wenn Mr Beck den Flur entlangschlich, um es rechtzeitig zur Toilette zu schaffen, rutschte er in seinen billigen Plastiklatschen immer wieder auf dem Teppich aus, weil die Sohlen so glatt waren. Also hangelte er sich mit seinen mächtigen, von Hämatomen übersäten Armen an Sesselrücken, Stuhllehnen und dem Rand des Aquariums weiter voran, wie ein Trapezkünstler ohne Seil.

Beck, wie Mom ihn nannte, war Diabetiker. Zweimal täglich brauchte er eine Insulininjektion. Während er bei uns lebte, spritzte Mom ihm das Medikament, und manchmal, wenn sie es nicht zum festgesetzten Zeitpunkt schaffte, verdoppelte sie die Dosis einfach.

Beck sah aus wie eine wettergegerbte Aubergine dritter Wahl. Das tiefviolette Gewebe unter seiner Haut war muskelhart, dabei aber so dunkel und gespannt, als hätte der Tod bereits eingesetzt und die Starre würde sich von innen nach außen ausbreiten. Nachdem er eine Ewigkeit auf der Toilette zugebracht hatte, schleppte er sich gewöhnlich zurück in sein Zimmer, wo er sich steif – die Beine so angeschwollen und starr wie Baumstämme – in seinen Sessel vor den winzigen Schwarz-Weiß-Fernseher fallen ließ, bei dem sich nur ein einziges Programm einstellen ließ: das statische Flimmern.

Tag für Tag saß Beck in seinem Sessel, schlurfte zur Toilette und hangelte sich in die Küche, wenn Mom ihn rief. Er aß stets vor uns, denn Mom konnte es nicht ertragen, wie er mit offen stehendem zahnlosem Mund – ein schwarzes Loch – kaute und ihm immer wieder Speisereste übers Kinn liefen.

Als die alten Männer zu uns kamen, kochte Mom anfangs noch eine gute Mahlzeit, und wir zogen den Tisch mit der Holzdekorplatte aus, suchten die besten Stühle zusammen und gaben uns den Anschein, als würden wir uns zu einem Familienessen zusammensetzen. Mom legte den Kopf schief und bemühte sich, mit den Männern Konversation zu machen, fragte nach ihren Angehörigen oder Kriegserlebnissen. Doch die meisten waren so schwerhörig oder so benebelt durch die von der Regierung verordneten Medikamente, dass sie nicht mehr als ein Nicken zustande brachten, während sie das Kinn nur wenige Zentimeter über den Tellerrand hielten. Aber diejenigen, die noch hören konnten, waren an einem Gespräch mit uns nicht im Mindesten interessiert. Sie wussten ganz genau, dass wir nur deshalb so nett zu ihnen waren, weil uns am Monatsende ein Scheck erwartete. Vertraulichkeiten lehnten sie ab, schließlich arbeiteten wir für sie. Es dauerte nicht lange, bis Mom ihnen das Essen allein vorsetzte und sie schon am Spätnachmittag zu Tisch rief. Und kurz darauf machte sie sich nicht mal mehr die Mühe, für sie zu kochen, sondern servierte ihnen unsere Reste, zusammengemischt und aufgewärmt in einer alten Pfanne, deren Teflonschicht sich bereits ablöste. Die schmeckten ja sowieso nichts mehr, meinte sie.

Während diese Männer kamen und gingen, die stärkeren von ihnen fortgebracht wurden und die Schwachen im Grab endeten, saß Beck in seinem Flanellhemd und den viel zu kurzen gemusterten Polyesterhosen, mit den röhrenartigen Socken, deren Gummi sich um seine hölzernen Fußgelenke spannte, der Auberginenhaut und dem Ledergesicht einer Schildkröte in seinem Zimmer.

Er, der Beste aller Veteranen, blieb jahrelang bei uns. Er überstand sogar unseren Ausflug nach Disney-World, den Mom von seinem Geld bezahlte, blieb stundenlang schweigend und schwitzend bei geschlossenen Fenstern und verriegelten Türen im Auto sitzen, während wir durch den Vergnügungspark schlenderten. Und wenn Mom bis spätabends unterwegs war, weil sie mich zum Arzt bringen musste, verschloss sie Becks Zimmertür und legte seinen Lehnsessel mit einem schwarzen Müllsack aus.

Von außen betrachtet wirkte meine Mutter völlig normal. Im Gegensatz zu der Zeit, als sie zusammen mit Smokey in Cowboykluft mit Lederfransen und tellergroßen türkisbesetzten Gürtelschnallen aufgetreten war und ihr Schauspielerinnenlächeln gelächelt hatte, waren ihre Tage mit meinem Vater ein trostloses Einerlei. Aber sie fügte sich nahtlos in die saubere, gesunde Enge: pastellfarben, schlichte blonde Perücken, das Gesicht jedem Außenstehenden, mit dem sie sprach, eifrig zugeneigt. Regelmäßig wie ein Uhrwerk würzte sie ihre Unterhaltungen mit einem aufmerksamen »Aha« oder »Ich weiß«. Es schien, als wolle sie nur ja keinen Moment verpassen und jeden, mit dem sie in Kontakt kam, beeindrucken.

Sie reckte den Kopf nach vorn, um an allen Themen ungeteiltes Interesse zu bekunden, sei es nun der Preis von Schweineschnitzeln oder die aktuelle Tagespolitik, von der sie nicht die geringste Ahnung hatte. Stets nickte sie zustimmend und richtete den Blick offen und durchdringend auf ihr Gegenüber, den Kopf auf den abgespreizten Daumen gestützt. Meine Mutter hätte als Paradebeispiel in der Ausbildung von Flugbegleiterinnen dienen können. Ihre Antennen waren so fein, dass bereits ein Zucken der Mundwinkel eines Arztes oder seine Art, sich zur Untersuchungsliege umzudrehen, ihr zeigte, dass er meine Erkrankung als unbedeutend abtun würde. Sie würde ihn also zu weiteren Untersuchungen überreden müssen, nur um sicherzugehen, dass bei ihm die Antwort auf unsere Fragen jedenfalls nicht zu finden war. Schon den kleinsten Hauch von Gleichgültigkeit erspürte sie in der Luft.

Jetzt, wo wir Beck hatten, Dad noch immer einen Job besaß und außerdem aus dem Verkauf der Hundewelpen noch zusätzlich Geld in unsere Kasse floss, legte Mom sich Hunderte von Paaren Schuhe zu. Geordnet nach Farben waren sie im Wandschrank ihres Schlafzimmers aufgereiht und warteten auf die Einladungen, Abendgesellschaften und Tanzabende, zu denen mein Vater sie eines Tages ausführen würde. Ich hockte oft davor und zählte sie durch. Es war wie in einem Schuhmuseum. Sie füllten den tiefen Wandschrank, der die ganze Länge des Elternschlafzimmers einnahm. Als Dad den Anbau fertigstellte und dadurch die Größe des Schlafzimmers verdoppelte, stapelten sie sich sogar die Treppe zum Anbau hinunter und die komplette Wand des neuen Raums entlang bis zur hintersten Ecke. Sechs Meter Schuhe, drei Paar tief: Korkpantoletten, Cowboystiefel in allen Farben, davon einige mit modischen Absätzen für den Square Dance, klassische flache Slippers, Plastiksandalen für den Strand, Espandrillos mit Schnürriemen. Sie lagen da wie Landminen kurz vor der Detonation, wenn Mom verträumt vor dem Schrank stand, ihre Kleider durchprobierte und ihr dabei klar wurde, dass ihre Jugend dahinschwand bei der Fronarbeit an diesem gottverlassenen Ort, mit diesem Ehemann, der eigentlich gar nicht da war, geschlagen mit diesen undankbaren Kindern.

Dad kommt von der Arbeit nach Hause und steht in dem winzigen, mit Steintapete ausgeschlagenen Vorbau an der Tür. Wenn er singend »Sissssy! Dannnnny!« ruft, stürzen wir durch den Flur auf ihn zu wie zwei junge Hunde. Ich werfe mich in seine starken Arme, während Danny Dads kräftige steinharte Mitte zu umschlingen versucht oder sich auch nur mit einem Bein begnügt. Trotz seines dicken Bauchs hat Dad immer noch Hühnerbeine mit mageren Waden, und trotz der wuchtigen Oberarme schlanke, feste, mit kräftigen Muskeln bepackte Handgelenke.

Nachdem Dad uns umarmt hat, lässt er sich in seinen Fernsehsessel fallen, greift an die Seitenlehnen, um ihn in eine bequeme Liegeposition zu stellen, und schaltet *M*A*S*H* an. »Hol mir eine Diätcola, Sissy!«, sagt er. Mom steht in der Küche. Sie wartet darauf, dass er zu ihr kommt und ihr den Begrüßungskuss gibt, den er meistens vergisst. Als sie ihn hört, kommt sie ins Wohnzimmer geschossen. »Lass dich nicht von ihr bedienen, Daaaan!«, zischt sie, wobei sie seinen Namen in die Länge zieht. »Aber das macht sie doch gern. Nicht wahr, Sissy?«, ruft Dad aus seinem Sessel. Ich nicke zustimmend, denn wenn ich ihm etwas hole, mag Dad mich immer besonders gern.

Um Dads Thron liegen die Reste seiner Naschereien verstreut, ein wahrer Altar des Junkfood: Brezeltüten mit Salzkristallen und ein paar Krümeln am Boden, ein Häufchen verblasste rosa Pistazienschalen, geöffnete Dosen mit Limo ohne Kohlensäure, Fruchtgummi, das neben seinem Sessel zu Boden gefallen ist. Einmal in der Woche nehme ich den Staubsauger und sauge die Krumen aus den tiefen Falten des Möbelstücks. Anschließend nehme ich mir das vor, was sich um Becks Platz am Tisch angesammelt hat.

Manchmal jedoch, wenn sich Mom zu lange vor ihrem Schrank aufgehalten hat, muss sie mit Dad sprechen, sobald er zur Tür hereingekommen ist. Sie ruft ihn sogar an seinem Arbeitsplatz an, um ihm zu erklären, er müsse sofort nach Hause kommen und etwas unternehmen, denn die Kinder seien außer Rand und Band. Dann lauscht sie mit gespitzten Ohren, bis sie sein Auto am Ende der Straße hört, und läuft durchs Wohnzimmer, um ihn an der Tür abzupassen.

»Dan«, überfällt sie ihn, kaum dass er am Trailer angelangt ist, »mit den Kindern muss was geschehen. Sie treiben mich in den Wahnsinn.« Seine Brotdose in der Hand, steht Dad im Vorraum und versucht blinzelnd, die Augen ans Dämmerlicht zu gewöhnen. Mom berichtet ihm inzwischen, was wir im Laufe des Tages alles angestellt haben, Dinge, die wir nie hätten tun können. Wir konnten das Vaterunser auswendig aufsagen und hatten im Sommerlager der Kirche aus abgebrannten Streichhölzern Kreuze gebastelt. Wir kannten sämtliche Geschichten aus der Sonntagsschule, und die Hölle war für uns ein Ort, an dem man für alle Zeiten schmoren musste, wenn man sein Mittagessen nicht aufaß. Wir predigten sogar unseren Mitschülern, dass Gott der Herr unser Retter sei. Wörter wie »Schlampe« oder »Nutte« brachten wir nicht über die Lippen; abgesehen davon hätten wir auch gar nicht gewusst, was sie bedeuten. Trotzdem behauptet Mom, wir hätten sie so genannt.

Dad steht in seinen schlammverschmierten Arbeitsstiefeln mit den Stahlkappen einfach nur da.

»Was gedenkst du nun zu tun, hm? Die Kinder brauchen einen Vater, der ihnen Benehmen beibringt, der ihnen den Kopf zurechtrückt.«

»Ja, was soll ich denn tun, Sandy? Sag es mir! Ihnen den Hintern versohlen?« Er ist müde. »Sieh sie dir doch an! Zwei nette Kinder, die heute nur das gemacht haben, was alle Kinder tun. Und deshalb soll ich sie schlagen?« Er seufzt. Mom steigert sich in Rage, zwischen Ober- und Unterlippe bildet sich der kleine weiße Speicheltropfen. Die Hand in die Hüfte gestemmt, beugt sie sich zu ihm vor.

»Gut!« Sie schlägt sich auf den Schenkel. »Du lässt mir keine andere Wahl. Ich wollte es dir eigentlich ersparen, aber anscheinend muss ich dir nun doch erzählen, wie sehr die Kinder über die Stränge schlagen.« Danny und ich stehen reglos vor der veloursbezogenen Couch und schluchzen nur leise vor uns hin.

Sie funkelt uns an. »Siehst du, was ich meine, Dan? Sie haben nicht mal den Anstand, ihre Mutter ungestört ausreden zu lassen. Und du stehst einfach da und siehst zu, wie sie mir auf der Nase herumtanzen.«

»Lasst eure Mutter ausreden, Kinder!«

»Also, Dan, dann will ich dir sagen, was diese Bälger angestellt haben. Ich bin sicher, wenn du es gehört hast, wirst du deinen Gürtel nehmen und ihnen die Flausen austreiben.«

Ich kralle mich am Samtstoff fest, Danny hüpft von einem Bein aufs andere.

»Sie waren heute den ganzen Tag draußen in der Werkstatt.« Dad horcht auf. »Hast du das gehört?«, fragt sie, um sich seiner Aufmerksamkeit zu vergewissern. »Und als ich nach ihnen gesehen habe, spielten sie mit deinem Werkzeugkasten.« Er hebt den Kopf. Sein Werkzeug. Sie hat gewonnen.

»›Ihr wisst doch, Kinder, was euer Vater davon hält, wenn ihr mit seinem Werkzeug spielt‹, habe ich zu ihnen gesagt. ›Also macht, dass ihr rauskommt!‹ Und weißt du, was sie geantwortet haben, Dan?«

Jetzt ist er neugierig. Was haben diese verdammten Kinder gesagt, als sie sich an seinem Werkzeug vergriffen haben, obwohl sie es eigentlich besser hätten wissen sollen?

»Also, und das ist die reine Wahrheit, Dan« – ihr Mundwinkel zuckt –, »sie haben gesagt: ›Zur Hölle mit ihm!‹« Dad ist schon dabei, seinen Gürtel zu öffnen.

»Aber es ging noch weiter: ›Dieser Volltrottel. Er ist so dämlich, dass er es nicht mal selber merkt.‹ Dann haben sie deine neue Ratsche genommen und ins Schwimmbecken geworfen. Ich konnte ihnen nur noch hinterherrufen und sie anflehen, es nicht zu tun.«

Die Augen groß wie Untertassen, starren wir sie an. Als sie ihren Trumpf ausspielt, schreien Danny und ich protestierend auf.

»Wollt ihr etwa behaupten, eure Mutter würde lügen, ja? Antwortet mir, verdammt noch mal! Wollt ihr allen Ernstes sagen, eure Mutter würde hier stehen, erfundene Geschichten erzählen und mir ins Gesicht lügen? Ich bin euer Vater. Für wie dumm haltet ihr mich eigentlich? Die Hosen runter, Junge!«

Danny ist noch nie mit dem Gürtel geschlagen worden. Seine Schreie zerreißen die Luft und übertönen mein ängstliches Wimmern. Als Dad seinen bulligen Arm sinken lässt, quellen Striemen auf Dannys zarter Kinderhaut auf wie Biskuitteig im Backofen. Für mich wird es anders sein. Ich bin älter. Und ich weiß, was mir bevorsteht. Ich knöpfe mir die Hose auf, aber ich bin zu groß, um mich vor meinen Vater auf die Couch zu beugen. Stattdessen kralle ich mich an der Armlehne des Sofas fest. Allerdings bringe ich es nicht fertig, meinen Unterkörper dem Gürtel entgegenzurecken, den Dad auf seine Hand klatschen lässt. Und während ich mit meiner zarten Stimme hektisch und verzweifelt Erklärungen stammele, brüllt er mich wütend an.

»Zähl bis drei, mein Mädchen. Eins, ZWEI ...« Er will nach meinem Arm greifen. Doch im gleichen Augenblick stürze ich los. Ich renne aus der Hintertür, springe von der Veranda und umrunde das Schwimmbecken. Er setzt mir nach. Schon bald hat er mich bei meinem schmalen Handgelenk gepackt, sodass ich brutal aus meiner Bewegung gerissen werde. Er wirft mich ins Gras, dann drischt er mit dem Gürtel auf meine Arme, meine Beine, meinen Kopf, mein Gesicht ein. Brandzeichen vom Lieblingsgürtel meines Vaters, dessen mit Lederstreifen umnähter Rand rote zackige Striemen auf meiner Haut hinterlässt. Mom huscht derweil verstohlen durch die Vordertür in die Garage, um die Ratsche aus der Werkzeugkiste verschwinden zu lassen, für den Fall, dass er nachsieht.

Doch an guten Tagen, wenn sich Mom am Morgen etwas Pastellfarbenes angezogen hat, wenn sie ihr Haar eine Stunde lang mit dem Lockenstab bearbeitet und aus der metallisch rosa glänzenden Riesendose Haarspray darauf gesprüht hat, wenn sie genau das richtige Paar Schuhe für meinen Arztbesuch gefunden hat, wenn sie mich zusehen und sich von mir sagen hat lassen, wie gut sie aussieht, wenn sie mich gebeten hat, auf den Rand der Badewanne zu steigen und zu überprüfen, ob die Locken an ihrem Hinterkopf richtig liegen, wenn wir in dem medizinischen Wirrwarr um die Frage, was mir fehlt, ein Stück vorangekommen sind, wenn Dad daran denkt, bei der Heimkehr von der Arbeit zu ihr in die Küche zu gehen und ihr einen Kuss zu geben, wenn also alles *in Ordnung* ist – dann rülpst er am Abend ungeniert, lässt sich in seinen Sessel sinken, öffnet seinen Hosenbund und kuschelt seine Hand dort unten ein.

In unseren finsteren Zeiten gibt es aber auch immer wieder schöne Momente – genug an der Zahl, um mich von der glücklichen Kindheit zu überzeugen, die ich laut Mom und Dad habe, da die Kinder in Afrika tot umfallen wie die Fliegen. Momente, in denen wir alle Konventionen über Bord werfen, den Truthahn an Thanksgiving Truthahn sein lassen, stattdessen einen Berg Shrimps essen und uns der Freiheit freuen, die uns solche Eigenheiten erlaubt. Wir sind frei – ohne Verwandte, Nachbarn, Freunde. Niemand kann uns sagen, was wir zu tun haben. Wir gießen zu Weihnachten eine Dose Öl in den Fonduetopf und halten haufenweise Käsewürfel und Pilze bereit. Wer sagt denn, dass wir uns an die Regeln halten müssen?

Dad ist, wenn er sich einmal daran macht, ein einfallsreicher Koch. Zwar sieht er an den Wochenenden meistens fern, oder er bastelt in der Werkstatt herum, doch hin und wieder steht er früh auf, holt nach seinem Agent Orange bedingten Hustenanfall einen schweren Kochtopf und das Einmachthermometer hervor, und wir stellen unsere eigenen Bonbons her.

Um an die Zutaten zu kommen, müssen wir nach einem geheimen Plan vorgehen, denn Mom hält die Ausgaben dafür für Verschwendung. Wenn wir gemeinsam in der Stadt sind, gehen Dad und ich heimlich in die Apotheke, während Mom die Lebensmittel einkauft. Wie Spione äußern wir im Flüsterton unsere Wünsche. Der Apotheker geht auf unser Spiel ein, blickt sich um, ob uns jemand beobachtet, und öffnet dann verstohlen einen Schrank, in dem Hunderte von kleinen Gläsern mit duftenden Aromen stehen: Karamell, Vielfrucht, Erdbeere, Wassermelone, Pfefferminz.

Während Dad die Ärmel aufkrempelt und eine ganze Flasche Sirup in den Topf fließen lässt, wähle ich aus unserer ständig wachsenden Sammlung die Aromastoffe aus. Zum Härten muss die Bonbonmasse auf Wachspapier gegossen werden – eine aufwendige Aktion. Sobald die Masse die richtige Temperatur erreicht hat, schreit Dad: »Pass auf, Sissy! Pass auf!« Dann rennt er durch die Küche, um sie aufs Papier zu gießen, ehe sie zu hart wird. Ich husche beiseite, um Dad nicht im Weg zu stehen. Während die Bonbons abkühlen, bestäube ich sie mit Puderzucker. Anschließend schlagen Dad und ich die Platten an die Kante des Küchentresens, um sie zu zerkleinern, und zerteilen sie mit einem Gummihammer in mundgerechte Stücke.

Alle übrigen glücklichen Momente unseres Lebens wurden mit der Kamera festgehalten und dienten als greifbarer Beweis dafür, dass wir in jedem Sinne des Wortes normal waren. Eingelegt in Weihnachtskarten und mit unserer gekritzelten Signatur zwischen Moms geschwungener Handschrift, waren diese Fotos – wir, wie wir im Nationalpark Painted Desert posieren oder uns in Sea World in das aufgerissene Maul eines hölzernen Hais drängen, wie wir neben unseren Pferden Grimassen schneiden oder die Auszeichnung für den zweiten Platz hochhalten – ein eindeutiges Signal an unsere entfernt wohnenden Verwandten und ehemaligen Freunde, auf die Mom unbedingt Eindruck machen wollte.

Doch die Wahrheit erkennt man nur, wenn man sich den kleinen Stapel von Fotos, die das Feuer überlebt haben, genauer anschaut. Auf einer Polaroidaufnahme sitzen Mom, Danny und ich in einem Berg von zerrissenem Geschenkpapier unter dem prächtig mit Schmuck und Girlanden behängten Weihnachtsbaum. Hinter uns all die Geschenke – eine Bodybuilderpuppe mit dehnbaren Gliedern, ein rosa Schmuckkästchen, eine Autorennbahn mit Looping, der Magische Würfel, Malschablonen, Spiele, die gängigen Mädchenbücher im Schuber – Beweis genug für ein glückliches Weihnachtsfest. Mom trägt den Kopf hoch und lächelt angestrengt. Danny zieht wie üblich ein Clownsgesicht. Nur meine geschwollenen Augen lassen erahnen, was an jenem Morgen wirklich geschehen ist. Dass Mom schreiend durch den Trailer lief und damit drohte, sich umzubringen.

Danny steht schon kurz vor der Einschulung, als Mom seinen pfeifenden Atem bemerkt. Dass ihm, wie einst mir, eines Tages die Ohren durchstochen und die Mandeln herausgenommen werden müssten, war schon lange klar. Doch nun meint Mom, dass er einen Inhalator braucht, weil er so schlecht Luft bekommt.

»Geht's mit dem Atmen, Danny?« Mom legt meinem röchelnden und keuchenden Bruder die Hand auf den Rücken.

»Anscheinend kriegt er keine Luft, wenn wir im Haus sind.« Mom lässt eine Strähne seines dichten goldblonden Haars durch zwei Finger gleiten und streicht es ihm sanft aus dem Gesicht, damit der Arzt es sehen kann. Danny sitzt zusammengesunken im Sprechzimmer und schnappt gelegentlich nach Luft wie ein Goldfisch im Aquarium. Ich sitze im anderen Stuhl, weil Mom auch mich nicht zur Schule gehen lassen konnte. Denn sie würde nicht rechtzeitig wieder nach Hause kommen, um mich vom Bus abzuholen, ehe sie ihre Einkäufe erledigt hätte.

»Komisch, in der Schule hat er anscheinend keine Probleme mit dem Atmen. Vielleicht werden seine Asthmaanfälle durch die Pollen ausgelöst, die von den Wiesen in unserer Umgebung herüberwehen. Bei uns wachsen Kreuzkraut und Klee, Herr Doktor.«

Mom hat sich über Dannys pfeifenden Atem in den medizinischen Ratgebern informiert, die sie sammelt. Sie ist Abonnentin der entsprechenden Reihe von *Time-Life*. Keine Verpflichtung, Kündigung jederzeit möglich. In dem kleinen geschwungenen Regal hinter der Couch sammeln sich ihre Bücher: *Lexikon der Krankheiten, Innere Organe und ihre Funktionen, Das Medikamentenbuch.* Sie liest bis spät in die Nacht, wenn wir schon lange schlafen gegangen sind, und achtet aufmerksam auf unsere Symptome, damit sie dem Arzt die richtigen Untersuchungen und Medikamente vorschlagen kann.

Danny läuft durchs Haus, das weiße Plastikmundstück des Inhalators zwischen den Lippen.

Mom heftet sich an seine Fersen. »Geht es dir auch gut, Danny? Kriegst du genügend Luft? Musst du schon wieder so schnaufen, mein Süßer? Komm, lass mich mal fühlen, was darin vor sich geht.« Sie legt ihm die eine Hand auf den Rücken, die andere auf den Brustkorb, wo sie sich mit jedem von Dannys pfeifenden Atemzügen hebt und senkt.

Die folgende Woche über liegt Danny auf der Couch und nuckelt an seinem Inhalator wie an einem Schnuller. Dad blickt während der Werbepause kurz zu ihm hinüber und fragt: »Was hast du da im Mund, mein Junge?«

Wie aufs Stichwort erscheint Moms Kopf an der Trennwand zur Küche. »Dan, das ist etwas, was ich mit dir bereden wollte.« Damit kommt sie herein und stellt sich vor das Fernsehgerät. »Wenn die Kiste aus ist.«

»Also!« Effektvoll fährt sie sich mit der Zunge über die Lippen. »Dein Sohn hat Asthma. Und im Augenblick, musst du wissen, steht es mit seiner Gesundheit nicht zum Besten.« Dad zwinkert und nickt zum Zeichen, dass er verstanden hat. Dann versucht er mit einer schlaffen Handbewegung zu erreichen, dass sie das Bild wieder freigibt. »Lass uns darüber reden, wenn die Werbepause kommt.«

Mom verdreht die Augen und stolziert zurück in die Küche. Beim nächsten Werbeblock lässt Dad seinen Sessel mit einem Ruck in die aufrechte Stellung zurückschnappen und springt auf. Ich decke gerade den Tisch, als der Trailer erbebt. Durch den Spalt zwischen der Theke und den Schränken kann ich sehen, wie Dad Mom bei den Handgelenken packt und sie gegen den Spülstein drängt. Er kommt ihr so nah, dass sie sich nach hinten beugen muss, um ihm auszuweichen.

»Dann wollen wir mal eins klarstellen, Sandy«, poltert er drohend. »Von heute an lässt du Daniel Joseph Gregory junior in Ruhe. Das dort drinnen ist mein Sohn!« Er schlägt ihre Handgelenke mit der gleichen Wucht gegen die Kante des Spülsteins wie wir einst unsere Bonbonplatten. Bei ihren Schreien krampft sich mir der Magen zusammen. »Und mein Sohn ist gesund.«

Mom und Dad verurteilten Rauchen aufs Schärfste, und auch Alkohol war unter unserem Dach verboten; Mom und Dad rührten keinen Tropfen an. Jeden Herbst wurden Danny und ich ins Wohnzimmer gezerrt und vor den Fernseher gesetzt, damit wir uns *Angel Dust* ansahen, die alljährliche Anti-Drogen-Sendung, in der Jugendliche gezeigt wurden, die unter LSD-Einfluss geglaubt hatten, fliegen zu können, und vom Balkon in einen leeren Swimmingpool gesprungen waren. In Zeitlupe. Damit wir uns diese Sendung zu Gemüte führen konnten, verzichtete Dad sogar bereitwillig auf seine Wiederholungen.

Wenn wir nach Wochenenden voller Schläge und Flüche wieder aktiv wurden, gingen wir gewöhnlich in die Kirche. Doch trotz des engstirnigen, Angst erzeugenden Gottesbegriffs, der unser Leben beherrschte, beugten wir uns keiner

Autorität und nahmen uns auch das Recht heraus, Waffen zu tragen.

Kaum hatten wir uns am Ende der Burns Road eingerichtet, begannen Mom und Dad, Waffen zu horten. Zwar brauchten wir uns nicht mehr vor schwarzen Kidnappern zu fürchten, doch Mom hatte von einem entflohenen Sträfling gelesen, der einen Greyhound-Bus gekapert und auf einer einsam gelegenen Farm eine Familie umgebracht hatte. Wenn also ein Sträfling auf der Flucht in die Gegend kam, konnte ihn nichts daran hindern, uns zu ermorden, in Stücke zu hacken und in die überdimensionale Kühltruhe in der Garage zu stecken. Niemand würde es merken. Wie lange mochte es wohl dauern, bis jemandem auffiel, dass wir nicht mehr da waren?

Um dafür zu sorgen, dass wir nicht in der Kühltruhe enden, werden überall im Haus Waffen gebunkert. Eine auf dem Kühlschrank (und damit außerhalb von Dannys Reichweite), eine hinter den im Badezimmerschrank versteckten Katalogen des Reizwäscheversands, je eine unter Moms und Dads Kopfkissen, eine im Handschuhfach und eine unter dem Vordersitz des Autos. Man weiß ja nie, wann man eine geladene Waffe braucht.

Auf dem Land war es so beängstigend still, dass wir bereits am Knirschen der Reifen hörten, wenn ein Auto von der Teerstraße in unseren Kiesweg einbog. Und anhand des Tempos, das der Fahrer vorlegte, wussten wir, ob er die unvermittelten Kurven kannte oder zum ersten Mal zu uns kam. Wenn es nicht so klang, als handelte es sich um eine der beiden Familien, die hinter uns wohnten, schob Mom eine Pistole in die Gesäßtasche ihrer Jeans und spähte aus dem rückwärtigen Fenster. Sobald das Auto vorbeifuhr, schrieb sie sich das Kennzeichen auf und rief beim Sheriff an, damit man es dort überprüfte. Sie verteilte diese Anrufe auf verschiedene Sheriffbüros. Jede dieser Stellen ließ die Nummer des verdächtigen Fahrzeugs, das uns heimsuchte – das also langsam an unserem Grundstück vorbeifuhr oder am Ende der Straße wendete –, durch den Computer laufen.

Es stellte sich heraus, dass es für Mom einfacher war, die Waffe ständig in der Hosentasche bei sich zu tragen. Dann brauchte sie nicht extra loszulaufen und sie zu holen, wenn sie ein fremdes Auto hörte. Mom richtete ihre Pistole auf den ersten und einzigen Vertreter, der uns Zeitungen verkaufen wollte. Und als zwei Jugendliche auf einem Ausflug durch unsere Straße kamen, schickte sie Stink Pup und Ebony los, die sie auf einen Baum trieben. Sie hielt die beiden mit der Pistole in Schach, bis sie sie einem ausführlichen Verhör unterzogen hatte.

Als ich zwölf war und so mager wie ein junges Insekt, lernte ich, eine 45er abzufeuern – für den Fall, dass ich einen fremden Mann an unserem Grundstück vorbeikommen sah. Ich zielte auf das eingebildete Herz eines Menschen, das Dad mit der Hand in die Luft gezeichnet hatte. Dad umklammerte meine Hände, die am Perlmuttgriff der Pistole lagen, und hielt mir die Handgelenke, während ich auf die vorgebliche Brust des Mannes zielte.

Anschließend ließ er mich los und ermutigte mich abzudrücken. Meine schmalen Hände zitterten, als ich den Widerstand des Abzugs spürte. Meine Schultern fielen in sich zusammen, meine Beine suchten nach Halt, das Gesicht sank mir auf die Brust, der Kopf fiel zur Seite. Die Pistole, inzwischen in Schrägstellung, explodierte mit einem kleinen Puff metallischen Rauchs, der mir in der Nase brannte. Der Rückstoß der Kugel ließ mich beinahe das Gleichgewicht verlieren.

Kurz darauf steht Mom wieder einmal vor dem Fernseher. Dieses Mal verstellt sie den Blick auf *M*A*S*H,* was in unserem Haus einem Sakrileg gleichkommt.

»Sandy, bitte!« Dad windet sich und jammert. »Kann das nicht warten, bis die dämliche Werbung kommt? Du siehst doch, dass die Folge erst zur Hälfte rum ist.«

Danny und ich schleichen auf Zehenspitzen hinter dem Veloursssofa im Pionierstil an der Wand des Wohnzimmers entlang. »Mom, bitte lass ihn zufrieden. Hör doch auf! Bitte, Mom, komm her zu uns.«

Doch sie rührt sich nicht von der Stelle. Die Hände hat sie in die Hüften gestemmt, den Oberkörper beugt sie nach vorn, und der kleine weiße Speicheltropfen zittert immer heftiger. »Wenn du ein Mann wärst, du Fettkloß, du faule Sau, du Taugenichts, du Huren …« Mit einem überlegenen *Klick* schaltet sie den Fernseher aus.

Dad brüllt auf wie ein Rhinozeros, das angeschossen wurde. Er fährt hoch, springt aus dem Fernsehsessel und hebt mit seiner riesigen Hand eines der Betontiere, mit denen Mom den Trailer schmückt, empor. Mom rennt schreiend durch den Gang. Wir hasten aus dem Weg, bleiben hilflos an der Küchentür stehen und verfolgen ihre Schatten im dunklen Flur mit Blicken. Er packt sie am Hals und drückt sie am Ende des Korridors an die Wand, sodass sie sich nach Luft schnappend windet wie eine lange, dünne Schlange.

Währenddessen donnert er die lächelnde Betonkatze wieder und wieder gegen die orangefarbene Tapete. »Er bringt mich um!«, schreit Mom. »Er bringt mich um!«

Ich schnappe mir die Pistole vom Kühlschrank und umklammere das weiße Perlmutt mit den Fingern. Dann laufen Danny und ich durch den Flur ins Zentrum des Orkans. Die Füße unserer Mutter zappeln über dem Boden, ihre Kopfbewegungen werden immer schwächer, während sich Dads Hand ihren Hals hinaufarbeitet. Er hat offenbar die Absicht, ihr den Schädel zu zerschmettern.

Wie eine Gazelle in Zeitlupe sprinte ich durch die Weite von Raum und Zeit. Dann bin ich bei ihnen. Moms Schreie dröhnen in meinem Kopf. Danny umklammert Dads Beine und trommelt seinem Vater mit den kleinen Fäusten auf den Bauch, während er die Stirn Halt suchend in dessen Lenden presst. Ich spanne den Abzug, reiße meinem Vater an einem Haarbüschel den Kopf zurück und schiebe ihm die Mündung der Pistole an die weiche Stelle der Schläfe.

»Mach nur, erschieß mich doch, du kleine Hexe. Drück ab, blas mir das Gehirn raus, dass es an diese gottverdammte Wand klatscht. Erschiiieß mich!« Blindlings und mechanisch wie ein Dampfhammer donnert er die Betonkatze gegen die Wand. In der Holzvertäfelung bilden sich Löcher, die Stücke des orangefarbenen Samts verschlucken.

»Lass sie looos!«

»Soll er mich doch umbringen. Julie! Dann bin ich von meinem Elend erlöst. Lass ihn!«

»Neeein, Moom! Geh nicht weg, Mommmmy! Du darfst Dad nicht erschießen, Sissy!«

Mom schreit. Dad schreit. Danny schreit. Ich schreie.

Alle vier drängen wir uns in die Ecke des ramponierten

Flurs, zusammengeschweißt, die Kehlen rau von den gebrüllten Worten, mit denen wir einander retten wollen, eine Einheit, die sich unisono hebt und senkt. Als wir uns zum Crescendo steigern, verlieren wir jedes Zeitgefühl, ein nervenzerreißender Schrei entreißt sich unserer Brust, und dann bricht, bei uns allen fast gleichzeitig, die Spannung in sich zusammen. Dads Schultern sinken herab, seine Hand löst sich von Moms Hals, ihre Füße schweben verträumt auf den Boden zurück, die Pistole gleitet von seiner Schläfe, an der sich der kreisrunde Abdruck der Mündung eingeprägt hat. Danny lässt Dad los, und dann stehen wir da, verdutzt, erschöpft, die Augen noch funkelnd vom Adrenalinschub.

Mom huscht in ihr Zimmer. Dad stapft zurück zum Fernseher. Danny und ich wenden uns voneinander ab und stolpern aneinander vorbei in unsere eigenen Zimmer. Seit ein paar Tagen haben wir schulfrei. Wir müssen noch eine Woche Frieden halten, bevor die Weihnachtsferien zu Ende sind.

Aber die Erinnerungen, die am meisten belasten, lassen sich am leichtesten ins Gedächtnis zurückrufen. In ihnen liegt das größte Potenzial für eine organische, dauerhafte Veränderung des Lebens. Doch selbst wenn man sie abschüttelt, haben sie doch bleibende Falten im Gewebe der Seele hinterlassen.

Es ist der Vorabend eines Schultags, und ich habe mich schon ins Bett gekuschelt. Ich weiß, dass Mom vor dem Fernseher steht, weil Dad brüllt: »Ich rate dir, Weib, verschwinde lieber aus meinem Blickfeld, bevor diese Werbung vorbei ist. Eiiiins. Zweiiii …«

Schwer zu sagen, worüber Mom sprechen will. Über die Rechnungen, über uns Kinder, über meine gesundheitlichen Probleme. Jedenfalls über nichts, wofür Dad bereit wäre, den Fernseher auszuschalten. Und wenn er es doch tut, dann nur, weil er ungefähr einmal im Jahr versucht, ein besserer Vater, ein besserer Ehemann, ein besserer Mensch zu sein. Dann macht er den Fernseher aus, lässt einen Seufzer hören und sagt: »Also gut, Sandy. Siehst du – der Kasten ist aus. Was hast du also Wichtiges mit mir zu besprechen?«

Aber heute Abend schreien sie sich während der Werbung an, und das ist ein gutes Zeichen. Wenigstens kommunizieren sie miteinander. Ich blättere unter der Bettdecke mithilfe einer Taschenlampe die Versandhauskataloge durch, den Blick auf die Seiten gerichtet und mit halbem Ohr auf die Geräusche in unserem Trailer lauschend, und suche all die Sachen aus, die ich Mom kaufen werde, sobald ich alt genug bin, arbeiten zu gehen. Ich fertige Listen an. Dann trage ich die Listen in Tabellen ein, mit Spalten für wöchentliche Zahlungen und die Mindestraten im Verhältnis zu den Zinsen, und notiere, was ich auf Anzahlung kaufen werde, denn ich habe die Allgemeinen Geschäftsbedingungen in der Mitte des Katalogs sehr genau gelesen und weiß, dass Ratenzahlungen akzeptiert werden.

Jede Woche wird Mom eine per Post zugestellte Überraschung erhalten: die Obst- und Gebäckschale für hundert Dollar oder das rosafarbene aufblasbare Badekissen aus Frottee oder die kleinen, in erdbeerfarbenes Papier gewickelten Bonbons von Swiss Colony. So wird es immer etwas geben, worauf sie sich freuen kann. Ich kann es kaum erwarten, meine Mutter glücklich zu machen.

Meine Liste umfasst inzwischen drei Seiten. Ich stelle mir Moms Gesicht vor, wenn sie meine Geschenke auspackt. Ich stelle mir ihre freudige Erregung angesichts dieser Gaben vor, die sie jeweils erhalten wird, wenn wir kurz vor einem Streit, einem Tränenausbruch oder einem weiteren nutzlosen Arztbesuch sind – das alles wird dann nicht mehr so wichtig sein, weil sie sich bereits auf das nächste meiner Geschenke freut. Im Trailer wird es still. Ich sinke Fahrstuhlschächte hinab in den Schlaf, während meine Hände noch zwischen den Bestellformularen zucken. Der Plastikgriff an meiner Zimmertür dreht sich langsam. Die Tür öffnet sich quietschend. Auf der Schwelle steht Mom, wie ein gespenstisches Hologramm, das sich vor dem beleuchteten Flur abzeichnet. Ihr Gesicht liegt im Schatten. Auf Zehenspitzen nähert sie sich meiner Bettkante und setzt sich hin. In diesem Moment erkenne ich die Pistole, die in ihren Mund gerichtet ist. Ihre vollen Lippen sind um den Lauf der 45er geschlossen, die normalerweise auf dem Kühlschrank liegt.

Mit tränenverschmiertem, aufgedunsenem Gesicht sieht sie mich an. Ihr Blick, von Panik erfüllt wie der eines gehetzten Tieres, hält mich umklammert, und dann hebt sie die Hand, um den Abzug zu betätigen. Ihre Hände zittern ebenso wie meine.

»Mommy, Mommy, Mommy!« Ich tauche unter meiner Bettdecke auf und fange sofort an zu weinen. Nachahmen und anpassen. Wenn ich sie mit der richtigen Reaktion spiegele, wird sie im Spiegel sich selbst sehen, und ihre Aufmerksamkeit wird von der Waffe abgelenkt werden, wenn auch nur für einen Augenblick.

Sie öffnet die Lippen, während das Gewicht des Metalllaufes weiter gegen ihre Zunge drückt. »Willst du wicht, wass ich wich umbringe?«

Sie zieht die Waffe aus dem Mund. »Ihr Kinder wollt doch, dass ich mich umbringe, oder etwa nicht?« Ich heule noch lauter. »Ich meine, ihr Kinder hasst mich doch. Ich bin so eine Schlampe, so eine Nervensäge, wie euer Vater immer sagt, und ihr Kinder hasst mich, das sagt er auch.«

Jetzt sind meine Tränen echt. Ich weine um sie, sage ihr, das stimmt nicht, wir hassen dich nicht, nein, Mommy, wir haben dich lieb, und wir wollen nicht, dass du dich umbringst, denn dann haben wir keine Mommy mehr.

Schließlich lässt sie die Waffe in den Schoß sinken, ihr Kinn fällt auf ihre Brust. Ich hänge mich an sie wie ein kleines Äffchen. Je mehr sie in sich zusammensackt, desto stärker werde ich.

»Mom, wenn du nicht weiterlebst, will ich auch nicht weiterleben. Hörst du? Hörst du?« Ich versuche ihr das zustimmende Nicken abzuringen, das sie sonst immer von Dad verlangt. »Wer würde sich denn um mich kümmern, wenn ich krank bin, wer würde mich zum Doktor bringen?« Ich färbe meine Stimme mit Abscheu und deute mit dem Daumen in Richtung Fernsehsessel. »Glaubst du etwa, er würde das tun?«

Mom schüttelt den Kopf und schluchzt. »Bist du je missbraucht worden, Julie?«

Ich weiß nicht, was »missbraucht« bedeutet, aber ich habe sowieso nur Augen für die Waffe und denke darüber nach, wie ich ihrer habhaft werden kann.

Mom hat einen Schluckauf und weint. »Es war Lee, er und der Nachbarsjunge. Sie haben mich auf der Werkbank festgebunden und die Batterie geholt«, greint sie.

Mir dreht sich der Magen um, aber ich kann den Rest von dem, was sie sagt, nicht verstehen. Ich klammere mich an sie, ziehe die Waffe so behutsam von ihrem Schoß, dass sie es nicht merkt, und schiebe sie unter meine Decken. »Ist schon gut, Mom, ist schon gut.«

»Sie setzten die Klemmen an, an meinen … *Oh, mein Gott!*«, schluchzt sie. »Ich weiß noch, wie ich nach meiner Mom geschrien habe. Sie hat die Kellertür zugemacht. Sie wusste es, Julie, sie wusste, was vor sich ging.«

Die Tränen kommen jetzt aus meinem tiefsten Inneren, sie fließen und fallen. Ich weine wegen meiner Mutter, wegen mir, wegen dem, was ihr zugestoßen ist, und weil sie sagt, dass mir Männer das Gleiche antun können; Männer, die ich kenne, das kann der etwas gestörte Bruder sein – blinzel, blinzel – oder der eigene Vater oder ein Nachbar, und ich sage, stirb nicht, Mom, stirb nicht, und insgeheim schwöre ich mir, dass niemand mich dort anfassen wird, *niemals,* und je lauter ich weine, desto weniger weint meine schöne Mutter, die ich so sehr liebe und ohne die ich keine Sekunde leben könnte. Und schließlich versiegen ihre Tränen ganz. Sie setzt sich auf und schnäuzt sich die Nase in den Ärmel ihrer Flanellbluse. Ihre Augen sind inzwischen beinahe zugeschwollen. Sie drückt leicht mein Knie und sagt: »Danke, dass du mir zugehört hast, Sis.« Dann erhebt sie sich von meinem Bett – »Jetzt solltest du aber besser schlafen, mein Schatz« – und lässt mich auf meinem Matratzenrand zurück, mit einer geladenen Waffe unter den Decken und einem Gesicht, das von ihrem Leben genauso gezeichnet ist wie ihr eigenes.

An der Tür dreht sie sich noch mal um. »Euer Vater ist doch ein nichtsnutziger Hurensohn, dass er euch Kinder gegen mich aufhetzt, was?«

»Ich weiß, Mom, ich weiß.«

Obwohl wir zum ersten Mal in diesem Krankenhaus sind, weiß Mom, was zu tun ist. Sie setzt mich ins Wartezimmer, geht zum Empfang und flüstert durch das Fensterchen, ich schämte mich wegen meiner Symptome und sie würde lieber allein mit dem Arzt sprechen.

Ich sitze in einem riesigen Männerbademantel auf der Liege im Untersuchungszimmer und lasse meine Waden gegen die kalten Metallbeine baumeln. Komisch, dass ich meine Unterhose habe ausziehen müssen. Das hat man in der Hausarztpraxis nie verlangt. Mom ist irgendwo da draußen und spricht mit dem Doktor.

Eine Krankenschwester klopft leise an und steckt den Kopf zur Tür herein. »So, Miss Gregory. Kommst du jetzt bitte mit mir, wir gehen in ein anderes Zimmer am Ende des Flurs.«

Dieser Raum ist größer und nur schwach beleuchtet. Die Untersuchungsliege befindet sich in der Mitte, und daneben steht eine weitere Krankenschwester mit einem Metalltablett. Ich setze mich auf die Liege, und die Schwester neben mir packt mich an den Schultern und drückt mich nach hinten, bis ich liege. Sehr komisch. Während ich es mir auf der Papierunterlage bequem mache und dabei versuche, sie nicht zu verknittern, rollt die Schwester, die mich abgeholt hat, ihren Hocker zum Fuß der Liege, legt ihre eisigen Finger um meine Knöchel und drückt sie weit auseinander.

»Jetzt musst du deine Füße einfach nur in diese Steigbügel stecken. Kann sein, dass sie ein bisschen kalt sind.« Ich denke, wieso Steigbügel? Wozu haben sie hier drin Steigbügel? Aber da schiebt die Schwester meine bloßen Fersen bereits in etwas, was sich anfühlt wie das Gerät, mit dem in guten Kaufhäusern die Fußgröße gemessen wird.

»Was machen Sie da? Was wollen Sie denn jetzt mit mir machen?« Sonst erzählen sie mir immer, was sie gerade tun. Wortlos bindet die Schwester an meiner Seite meinen Arm mit einem durchsichtigen Gummischlauch ab. Sie wischt mit einem alkoholgetränkten Wattebausch über die dünne Haut in meiner Armbeuge und tastet nach einer Vene.

Die Schwester zu meinen Füßen sagt: »Jetzt wirst du vielleicht einen kleinen Stich spüren, Julie. Wir müssen dieses Plastikröhrchen in die Harnröhre schieben, weil deine Mom sagt, du kannst nicht.«

Mein Herz klopft bis zum Hals. Was macht sie da unten?

Ich öffne den Mund, um zu fragen, aber stattdessen entfährt mir ein erschrockener Aufschrei.

»Komm schon, Julie. Ich kann das hier nicht machen, wenn du nicht stillhältst.«

Sie piekst mich mit einem harten Plastikstrohhalm.

Meine Glieder ziehen sich zurück wie bei einer Spinne, die sich zusammenrollt, um ihren weichen Bauch zu schützen und zu verhindern, dass die spindeldürren Beine abgerissen werden. Die schweigende Schwester an meiner Seite überstreckt mein Handgelenk, damit meine weiche Vene hervortritt und sie zustechen kann. Sie drückt die Saugpumpe, und mein Blut beginnt zu brennen, als die heiße Flüssigkeit in meinen Körper schießt.

»Julie! Schluss jetzt!«, sagt die Schwester am Fußende im Befehlston. »Ich weiß, das kommt ein bisschen überraschend, aber sei jetzt ein braves Mädchen, wir müssen es hinter uns bringen. Halt jetzt einfach nur still.«

Ich ziehe den freien Arm über mein Gesicht und beiße, sauge, knabbere daran. Ich keuche hemmungslos wie ein gepeinigtes Kleinkind und werfe den Kopf hin und her. Die Schwester an meinem Fußende murmelt irgendetwas von einer Injektion mit einer Jodlösung, die meinen Urin färben wird, sodass sie sehen kann, wie er fließt. Schleim und Rotz und Tränen vermischen sich in meiner einen Armbeuge, während der Plastikschlauch am anderen Arm sich öffnet und ihn mir zurückgibt, gefühllos, misshandelt.

Unterdessen schiebt sich die Schwester vom Fußende der Liege. »Geschafft. Siehst du? War doch gar nicht so schlimm, oder?«

Meine Augen sind fest zusammengekniffen, versiegelt mit klebrigen Tränen. Als ich sie langsam öffne, blicke ich in heißes Licht. Im Zeitlupentempo kehre ich zurück in meinen Körper. *Wo bin ich?* Eine Beule erhebt sich auf meinem nassen Gesicht, und ich berühre sie, dann entsteht eine weitere auf meinem Arm und noch eine im Gesicht. Ich kratze gegen eine Ansammlung roter, pulsierender Quaddeln einer Nesselsucht an, die mir über Gesicht, Nacken, Arme und Schenkel kriechen. Die Schwester führt meine Mutter in den Raum. Sie lächelt und fragt die Frau sanft, ob ich brav war. Ich kratze wie verrückt und verschlucke meine Kuhzunge.

»Hmmmm«, brummt die Oberschwester leise. »Anscheinend ist sie allergisch gegen das Jod.« Sie macht eine Notiz auf meinem Krankenblatt und verlässt das Zimmer.

Meine Mutter blättert in einer Zeitschrift und macht Blasen mit ihrem Kaugummi. »Zieh dich an, Schätzchen. Die Schwester sagt, du warst tapfer. Ich bin wirklich stolz auf dich, Sis.«

Ich kann nicht sprechen. Die Drähte in meinem Hirn sind schwarz und verschmort. Ich finde die Sprache nicht mehr, obwohl meine Hände in der Dunkelheit verzweifelt nach dem, was ich verloren habe, tasten. Aus dem Winkel meines offen stehenden, herabhängenden Mundes läuft ein wenig Speichel. Ich bin von meinen Fingern abgeschnitten, diesen verkrümmten, mit Haut überzogenen Stöckchen, die zitternd mit den Knöpfen meiner steifen Jeans kämpfen.

Meine Mutter bleibt am Empfang stehen, um sich zu verabschieden. Sie bedankt sich bei jedem Einzelnen, dass wir so schnell einen Termin bekommen haben. Dann steigen wir ins Auto und machen uns auf den langen Heimweg. Ich lehne den Kopf gegen die Scheibe des Autofensters. Mom sieht mich von der Seite an, zieht eine Augenbraue hoch und fühlt mir die Stirn.

»Alles in Ordnung mit dir, mein Herz? Du siehst ein bisschen krank aus.«

»Ich … ich habe Kopfschmerzen«, sage ich mit so erloschener Stimme, dass meine Worte sie kaum erreichen.

»Na, dann nimm mal eines von diesen Migränedingern.« Sie tastet am Boden nach ihrer Handtasche, durchwühlt sie und nimmt den Deckel des Tablettenröhrchens ab.

»Hier, mein Liebling, nimm lieber gleich die doppelte Dosis. Scheint, als wäre es diesmal schlimmer, als ich es bei dir je erlebt habe.«

Sie lächelt strahlend, und aus ihrem Blick sprühen Funken in meine glanzlosen Augen. Es freut sie außerordentlich, dass sie jetzt zur Stelle sein kann, zur richtigen Zeit am richtigen Ort, um meine Krankheit mit dem richtigen Medikament zu behandeln.

»Ich bin so froh, dass ich das jetzt miterlebe, Julie. Nun kann ich ihnen ganz genau berichten, was passiert, wenn eines dieser bösen Dingsda im Anzug ist.«

Ich starre aus dem Fenster, und die Luft zwischen uns schwindet, während die Felder sich seitwärts zu bewegen und zu verschwimmen beginnen. Meine Mutter lenkt den Wagen heiter und ruhig, sie lächelt mit leicht zur Seite geneigtem Kopf und denkt an einen Witz, den nur sie und die Schwester kennen. Auf meiner Seite scheint die Sonne durch das Fenster, und ohne die kalte Frühlingsluft erwärmt sie meinen Kopf, als würde ein Engel seinen heißen Atem auf meine Kopfhaut blasen. Ich werde ohnmächtig und sacke am Fenster zusammen.

Ich glaube, Julie braucht Kinder, mit denen sie spielen kann, Dan.« Dad sitzt auf dem Sofa, der Fernseher ist ausgeschaltet. Er hat gerade einen seiner achtundvierzig Stunden anhaltenden »Ich werde ein besserer Vater, Mann und Mensch werden«-Anfälle, und Mom erklärt ihm, dass ich – wenn ich nicht ein paar Kinder in meinem Alter zum Spielen bekomme – angesichts der vielen versäumten Schultage und meiner undefinierbaren Krankheit keine sozialen Fähigkeiten entwickeln werde, die es mir erlauben, draußen in der harten Wirklichkeit normale Kontakte zu anderen Menschen zu entwickeln.

Es ist zehn Uhr morgens, und die Sozialarbeiterin kann jede Minute eintreffen. Mom läuft wie ein aufgescheuchtes Huhn im Haus herum. »Wie sehe ich aus? Julie, du räumst jetzt verdammt noch mal das Badezimmer auf!«

Dad steht in seinem hellblauen Anzug und neuen weißen Slippers neben der Vitrine im Wohnzimmer. Er wartet auf irgendein Kommando ihrerseits, das ihm einen Anhaltspunkt gibt, wie er sich nützlich machen kann. Er hat die Arme überkreuzt, als wollte er sich selbst fesseln, um nicht die frisch mit Zitronenwachs polierten Möbel zu beschmutzen.

Da nähert sich vom oberen Ende der Straße her ein Auto. Wir stehen alle wie versteinert, wie verschreckte Hasen, und versuchen mit gespitzten Ohren zu erkennen, ob es das Auto sein könnte, auf das wir warten. Noch zwei Sekunden, dann werden wir wissen, ob sie es ist.

»Also gut.« Mom wird aktiv. »Verhaltet euch alle ganz normal. Kinder, ihr bleibt drinnen. Wenn die Sozialarbeiterin mit euch spricht, erzählt ihr, dass ihr euch vor allem kleine Brüder und Schwestern wünscht, mit denen ihr spielen könnt und die sicher auch viel Freude an den Pferden haben würden. Dan, komm schon, setz dich in Bewegung.«

Sie drückt sich an Dad vorbei und läuft hinaus zur Eingangstür des Trailers. »Dan, wo bleibst du denn?« Sie stampft mit dem Fuß auf wie ein ungeduldiges Pferd mit dem Huf.

Sobald man sie von der Einfahrt aus sehen kann, geht sie langsam und ungezwungen. Mom drückt der Sozialarbeiterin fest die Hand, während Dad ein paar Schritte hinter ihr im Schatten steht. Dann führen sie sie herum: das Schwimmbecken, die Ponys, der Teich, in dem sie gerade Forellen ausgesetzt haben, damit die Kleinen angeln können – kurz, ein wahres Paradies für Kinder, sagt Mom mit leisem Lachen.

»Wir lieben Kinder und können selbst keine mehr bekommen. Vor Jahren in Arizona hatten wir schon Pflegekinder, und jetzt, wo wir uns hier häuslich eingerichtet haben, haben wir uns überlegt, uns wieder welche zuzulegen.«

Mom führt das Gespräch allein. Die Sozialarbeiterin ist groß, schlank und sanftmütig. Sie sieht aus wie eine gehende und sprechende Holly-Hobbie-Puppe: eine starke Brille, die die Augen größer erscheinen lässt, ein bis zu den Knöcheln reichender Blümchenrock und zierliche Mokassins mit so weichen Sohlen, dass sie damit nicht einmal über den billigen, rasierklingenscharfen Kies in unserer Einfahrt gehen kann. Kichernd nimmt sie stattdessen den Weg über die Wiese. Sie ist begeistert von dieser Vorzeigefamilie, diesem Diamanten in den Kohlegruben des südlichen Ohio, wo es schon ein Erfolg ist, eine Pflegefamilie zu finden, die noch alle Zähne besitzt – geschweige denn all die Annehmlichkeiten, die die Familie Gregory zu bieten hat.

»Ja, ich glaube, das wäre wunderbar«, sagt sie mit einem Blick rundum. »Sie leben in einer sehr freundlichen Umgebung, so ruhig und abgeschieden. Also, wie viele unserer Kinder können Sie nehmen? Wie viele Zimmer bauen Sie an?«

Mom redet, neigt den Kopf zur Seite, beugt sich zu der Sozialarbeiterin vor, gestikuliert mit den Händen, berührt leicht den Arm der Dame. Dad hört zu und versucht, wie ein Vater auszusehen und sich auch so zu fühlen. Wie einer, dem es gelingt, sich den Respekt seiner Kinder und die Bewunderung seiner Frau zu verschaffen. Wie ein Mann, der in der Lage ist, Sachen zu reparieren und zielstrebig durchs Leben zu gehen.

Die Sozialarbeiterin lässt sich von all der Freundlichkeit blenden, sie ist nicht in der Lage, hinter die Kulissen zu blicken, hinter die verschlossene Tür, wo Mr Beck mit seinen vom Insulin glasigen Augen steif im Sessel sitzt, an den Füßen die gleichen weißen Slipper, wie sie mein Vater trägt, und in derselben voll gepissten und wieder getrockneten Unterwäsche, die er schon die ganze Woche trägt. Sie vermag nicht auf den Kühlschrank zu blicken, in den Badezimmerschrank oder unter die Kissen im Bett, wo all die geladenen Waffen deponiert sind. Und sie ist nicht fähig zu erkennen, dass das schöne blonde Haar meiner Mutter in Wirklichkeit eine Perücke aus dem Katalog des Reizwäscheversands ist, die sie trägt, weil alle dunkelhaarigen Frauen Schlampen sind, die ein Kind nach dem anderen kriegen.

Holly Hobbie hat eine sanftmütige Art, sie ist zu unbedarft, um die scharfen Kanten zu bemerken, die sich in der ländlichen Behäbigkeit unserer Farm verlieren. Es dauert keine zwanzig Minuten, bis sie den Köder geschluckt hat.

Schön reingefallen.

Jetzt, wo wir Pflegekinder bekommen, müssen wir uns natürlich alle bessern. Eines Sonntagmorgens packen wir uns alle ins Auto und fahren zur Laurelville Church of God. Wir stehen zwischen den Kirchenbänken und singen in familiärer Eintracht. Dad leert nicht den Teller, bevor er ihn durch unsere Reihe weiter wandern lässt, und er verzichtet auch darauf, Hustenanfälle zu simulieren, um mich und Danny zum Lachen zu bringen. Auf dem Heimweg sprechen er und Mom auf den Vordersitzen darüber, dass wir von heute an jeden Sonntag zur Kirche gehen werden.

An diesem Abend denke ich in der Badewanne darüber nach, was der Prediger gesagt hat: dass Gott jeden Einzelnen von uns bei allem, was wir tun, beobachtet. Ich überlege, ob Gott mich auch jetzt sieht, wie ich am Ende der Burns Road in einer gelben Plastikbadewanne sitze, die mit rostrotem Brunnenwasser gefüllt ist. Ich frage mich, ob er meint, dass ich zu lange drinbleibe. Und ob er wohl findet, dass ich genügend Seife verwende? Während ich über all die anderen Dinge nachdenke, die Gott mich tun sieht und bei denen ich eigentlich nicht unbedingt beobachtet werden will, breitet sich an meiner Schädeldecke Wärme aus. Das fühlt sich angenehm und gemütlich an, und meine Augen schließen sich sanft, fast als hätten federleichte Fingerspitzen über meine Lider gestreift. Träge sitze ich im Wasser, während Wärme von oben auf mich herabströmt, über meine Schultern gleitet, sich über die Arme fortsetzt, auf die Wasseroberfläche trifft und kreisförmig von mir abstrahlt. Ich kneife die Augen zu und richte mein Gesicht zur Decke. Ich weiß, dass er dort oben ist und mich ansieht. Und dass das warme Glücksgefühl, das ich empfinde, direkt aus Gottes Eimer stammt. Gott ist dort oben, er wacht über mich und gießt einen Kübel reinen goldenen Lichts direkt auf meinen Kopf. Es ist so hell, dass ich nicht einmal die Augen öffnen kann. Ich lächle Gott zu, denn in diesem Moment weiß ich, dass sich alles irgendwie zum Guten fügen wird.

Mom und ich sind in der Praxis der neuen Kinderärztin in der Stadt. Zum ersten und einzigen Mal bin ich bei einer Frau.

»Julie hat in letzter Zeit häufiger Verdauungsstörungen. Wissen Sie, so laut habe ich noch nie ein Kind rülpsen hören. Stimmt's, Julie? Und mir scheint, sie hat eine Abneigung gegen Fleisch, fast als würde ihr Organismus es nicht vertragen. Ihr Vater hat versucht, sie zum Fleischessen zu überreden, aber sie erbricht es auf der Stelle. Stimmt's, Sis? Kein Mensch hat bisher herausgefunden, was mit dem Kind nicht stimmt. Mein Gott, ich hoffe, Sie können uns helfen. Die Provinzärzte nehmen es nicht ernst, wissen Sie? Und ich bin sicher, dass sie nicht so kompetent und gewissenhaft sind wie Sie.«

Das hier ist unser zweiter Besuch bei Dr. Kate binnen einer Woche. Beim ersten Mal war ich hier, um mir eine Tetanusspritze geben zu lassen, weil ich barfuß in einen rostigen Nagel getreten war. Und heute hat mich Mom wegen meiner Verdauungsstörungen hergebracht.

»Gut, Julie, dann steh doch bitte mal auf, und lass mich nachsehen, was dein Herz macht.«

»Hmmm, mach das noch mal.«

Ich bin außer Atem. Ich habe Hunger. Es ist zwei Uhr, und ich habe heute noch nichts gegessen. Zur Schule bin ich ohne

Frühstück gegangen und ohne Geld für ein Mittagessen, und als ich zu Hause aus dem Bus stieg, musste ich all die Arbeit auf dem Hof erledigen: die Pferde füttern, drei Ballen Heu aus der Scheune zum Futtertrog schleppen, mit einem Holzhammer das Eis auf dem Wasser der Tränke zertrümmern, den Pferden eimerweise Korn bringen und einen weiteren Eimer ins Auto stellen, damit wir auf dem Weg in die Stadt das Fohlen füttern können, dann all den kleinen Hunden mit dem glanzlosen, schmutzigen Fell, die wir draußen in den Zwingern halten, Futter und Wasser geben. Als ich mit den Tieren fertig war, musste ich auf dem Teppich im Haus so viel Feuerholz aufstapeln, dass es für die Nacht und den folgenden Tag reichen würde, und das Aschenblech aus dem Holzofen ausleeren. Manchmal erhob sich Dad und hielt mir die Tür auf, während ich, das volle, schwere Aschenblech gegen meine Brust gepresst, hinauswankte. Anschließend musste ich mit einer Axt Holz hacken, um wieder aufzustocken, was ich ins Haus getragen hatte, und als Nächstes hatte ich Zwanziglitereimer mit Kohlen zu schleppen. Als ich damit fertig war, musste ich den Tisch decken und nach dem Essen abräumen und das Geschirr spülen. Mom sagte, Danny sei zu klein, um draußen nach den Pferden zu sehen, und im Übrigen sei der Heu- und Kohlenstaub schlecht für sein Asthma – gerade habe sie ihn so weit kuriert, dass sie nicht ständig mit ihm zum Arzt fahren müsse. Die Pflegekinder versteckten sich für gewöhnlich in ihrem Zimmer und machten ihre Hausaufgaben. Ich selbst konnte damit erst anfangen, wenn ich alles andere erledigt hatte, und dann war es meistens schon spät. Und am nächsten Morgen behielt mich Mom oftmals sowieso zu Hause, weil sie mit mir mal wieder einen Arzt aufsuchen wollte.

Und gerade heute bin ich erwischt worden, als ich einem anderen Kind in der Schulcafeteria angeblich den Obstsalat vom Tablett geklaut habe. Als Sechstklässlerin konnte man sich ein kostenloses Essen erarbeiten, indem man im Speisesaal mithalf. Dazu musste man sich morgens nur früh genug in eine Liste eintragen. Meistens kam mein Bus leider zu spät an, aber heute hatte ich Glück gehabt: Ich wusch Geschirr, spülte Reste herunter und stapelte die Tabletts auf dem Förderband. Ich kannte das Kind, es war der kleine Bruder eines Mädchens in meiner Klasse. Als er mir sein Tablett reichte, fragte er mich, ob ich seinen Obstsalat haben wolle. Es war gegen die Vorschriften, in der Cafeteria Essen von den Tabletts zu nehmen, die zurückgegeben wurden, aber der Nachtisch sah so lecker aus, und wer sollte das schon mitbekommen? Ich bückte mich, schöpfte die Früchte einfach in meine hohle Hand und ließ den Dosenfruchtsirup meine Kehle hinunterrinnen. Die Pfirsiche schluckte ich gleich ganz herunter, und an den Birnenstückchen saugte ich, bis sie im Mund ganz körnig wurden. Es war einfach köstlich.

Aber der Junge in der Cafeteria verpetzte mich. Erst bot er mir sein Obst an, und als ich mich daran gütlich tat, ging er schnurstracks zur alten Mrs Sweeney und beschwerte sich, ich hätte sein Essen gestohlen. Ich war zwei Jahre älter als er und kannte die Regeln in der Cafeteria. Und Mrs Sweeney verdonnerte mich dazu, vor der ganzen Klasse eine Entschuldigung an ihn vorzulesen. So trottete ich also nach dem Mittagessen – einem Mittagessen, das ich nicht bekommen hatte, weil ich nun nicht mehr in der Cafeteria arbeiten durfte – in sein Klassenzimmer. Ich las das Entschuldigungsschreiben, und dabei knurrte mein Magen so laut, dass die halbe Klasse in Gelächter ausbrach. Erst als ich nach der Hälfte zu weinen begann, entließ mich Mrs Sweeney.

Wie hätte ich Dr. Kate erzählen können, dass ich kein Geld fürs Mittagessen bekam? Dass sich Mom auf den Standpunkt stellte, wenn die Pflegekinder vom Staat finanzierte Mahlzeiten erhielten, sollte ich mich ebenfalls darum bemühen? Warum einen Dollar zwanzig verschwenden, wenn die Schule doch für mein Essen aufkommen müsse? Doch Mom behauptete, ich hätte meinen ersten Block Essensgutscheine verloren, nachdem sie sie unterschrieben habe, und der zweite Block liege im Küchenschrank und müsse nur von ihr ausgefüllt werden. Zwar stahl ich gelegentlich Kleingeld aus ihrer Handtasche, aber etwas anderes als Yes-Törtchen bekam ich dafür nicht. Zum Frühstück holte ich mir heimlich ein paar Teelöffel Schlagsahne aus dem Kühlschrank, und mittags aß ich den Billigfraß, den ich für mein Kleingeld bekam.

Ich war diejenige, die die Münzen aus den Sammelalben entwendete, die Dad für Danny angelegt hatte und unten im Geschirrschrank aufbewahrte: Mal klaute ich ein Zehncentstück, mal einen Vierteldollar. Gnade mir Gott, wenn das herauskam.

»Es besteht ein eklatanter Unterschied zwischen Julies Herzfrequenz im Stehen und der im Ruhezustand, Mrs Gregory.«

Mom nickt eifrig.

»Und wenn man sie sich so ansieht, scheint sie auch mit dem Atmen Probleme zu haben, wenn sie steht. Wie fühlst du dich, wenn du aufgestanden bist, Julie?«

»Erzähl ihr, wie außer Atem du immer bist, Julie. Sie ist

zu Hause immer außer Atem, Dr. Kate. *Mein Gott*«, Mom klatscht sich aufs Knie, »das erklärt alles!«

»Mein Herz schlägt schnell, und manchmal ist mir ein bisschen schwindlig.«

»Du siehst aus, als würdest du gleich ohnmächtig werden, Schatz«, sagt Mom. »Hast du nicht das Gefühl, dass du gleich in Ohnmacht fällst?«

»Also, Mrs Gregory, ich denke, es handelt sich hier um einen Fall fürs Krankenhaus. Ein simples EKG, EEG oder eine Herzuntersuchung wird uns wahrscheinlich weiter bringen. Möglicherweise wird man sogar über Nacht ein Langzeit-EKG machen, um das Herz über einen längeren Zeitraum zu beobachten. Ich rufe jetzt gleich in der Kardiologie an und vereinbare einen Termin für Sie. Ist Ihnen das Recht, Sandy?«

»Jaaa-wolll!« Mom schlägt auf das Lenkrad ein. »Endlich geht es voran. Ich wusste gleich, dass Dr. Kate in Ordnung ist. Diese blöden Schnarcher können doch nicht mal ihren Arsch von einem Loch im Boden unterscheiden. Ich wusste, dass du etwas Schlimmeres hast.«

Wir fahren ins Krankenhaus! Das ist alles ziemlich aufregend, wir sind sooo nah an der Lösung. In der kardiologischen Abteilung legen sie mich auf eine Pritsche und befestigen kleine weiche weiße Tellerchen an meiner Brust. Diese sind durch Drähte mit einem Apparat verbunden, und ich liege einfach nur da und atme ruhig, während die Maschine ihre Arbeit tut. So hänge ich fest und starre an die Decke. *Endlich werde ich nur noch ein Medikament nehmen müssen, das alles in Ordnung bringt. Ich werde Freunde haben, Sport treiben, ins Kino gehen. Mom wird glücklich sein; sie wird nicht mehr zu*

Hause bleiben und hinter einem alten Mann und Pflegekindern herputzen müssen. Und ich werde ein richtiges Kind sein und die Schule nicht mehr versäumen.

Das war es, was ich mir am meisten wünschte: in der Schule so gut zu sein wie kurz nach Dannys Geburt, bevor ich wieder krank wurde.

Seit wir in die Burns Road gezogen sind, wurde ich in die schwächste Leistungsgruppe zurückgestuft. Die Lehrerin hat mich versohlt, nachdem ich in einer Prüfung »ungenügend« bekommen habe. Mom sagt, in dieser Schule werde mehr verlangt, aber das stimmt nicht. Die Lehrerin ist fett und dumm, und ich mache Fehler, weil ich Fragen für Fangfragen halte und nach schlauen Lösungen suche. Dann plärre ich vorschnell die falsche Antwort heraus, und dabei ist immer die einfache Antwort die richtige.

Außerdem versage ich in der Schule, weil ich krank bin; weil mit mir immer irgendwas nicht stimmt.

Nun, Mrs Gregory, wir haben gute Neuigkeiten. Das Langzeit-EKG zeigt keine signifikanten Auffälligkeiten, die den Schluss nahelegen würden, dass Julie an einer Herzkrankheit leidet und weitere Untersuchungen notwendig wären. Alle Werte liegen im Normalbereich.« Der Krankenhausarzt betrachtet die Kurven auf meinem EKG und zeigt uns, was er nicht finden kann. Mom klatscht sich aufs Knie.

»Wie bitte? Was heißt, Sie können nichts finden?« Sie zählt an den Fingern all die Vorfälle auf, die uns hierher geführt haben. »Dr. Kate hat Sie angerufen und Ihnen erklärt, dass dieses Kind an Herzrasen und unter ständiger Atemnot leidet. Sie hat mir gesagt, hier werde man uns helfen, dem Übel endlich auf den Grund zu gehen. Wollen Sie mir jetzt vielleicht weismachen, dieses Kind sei normal? Glauben Sie etwa, ich hätte das alles erfunden?«

»Nein, wir haben nichts dergleichen …«

»Schön, dann lassen Sie mich mal Folgendes klarstellen: Ich werde einen Arzt finden, der kompetent genug ist herauszufinden, was mit ihr los ist, verstanden? Ich gehe wieder zu Dr. Kate und berichte ihr, dass Sie und Ihre Leute sich einen feuchten Kehricht um dieses Kind scheren!«

Mom misstraut dem Kleinstadtkrankenhaus – zu hinterwäldlerisch die Manieren des Personals, zu veraltet die Geräte, zu normal die Untersuchungsergebnisse. Wir fahren zu Dr. Kate, ohne Voranmeldung, denn dies ist ein Notfall. Ich stehe auf. Ich setze mich hin. Auch jetzt hört Dr. Kate das Herzrasen wieder, auch jetzt bemerkt sie wieder, dass ich kurzatmig bin und mich jede Bewegung anstrengt und erschöpft.

Mom schimpft vor sich hin, während Kate ihr Stethoskop an meine Brust drückt. »Sie kann sich doch kaum auf den Beinen halten. Wissen Sie, man könnte ja glauben, ich ließe sie schuften bis zum Umfallen oder ich würde sie verhungern lassen. Ich koche gute Mahlzeiten, aber sie isst nicht. Was soll ich denn tun, soll ich sie zum Essen zwingen, es ihr in den Rachen stopfen?«

»Mrs Gregory, ich bin sicher, dass Sie Ihr Bestes tun. Es gibt einfach Kinder, die furchtbar wählerisch sind. Und wenn Sie wirklich herzkrank ist, dann würde das vieles erklären. Steh bitte noch einmal auf, Julie.«

»Wissen Sie, ich will, dass sie in die Landjugend geht, aber sie ist zu müde. Wir steigen ins Auto, aber vom Autofahren wird ihr übel, und sie bekommt Kopfschmerzen. Ich bin wirklich eine gute Mutter, womit habe ich das bloß verdient? Wofür werde ich bestraft?«

»Sandy«, Dr. Kate rollt auf dem kleinen Hocker zu Mom herüber. »Ich werde alles daransetzen, einen anderen Kardiologen ausfindig zu machen, der sich um Julie kümmert. Spontan fällt mir ein Mann ein, der in einer der besten Kardiologieabteilungen unseres Landes arbeitet, in der Klinik der Ohio State University. Und ich bin sicher, dass Sie für Julie Ihr Bestes geben.« Sie sieht mich an und sagt in einem Ton, als spräche sie zu einem Kind: »Nicht wahr, Julie. Sag Mom, dass sie sich prima um dich kümmert. Sag: Komm schon, Mom, mach dir keine Sorgen, es wird alles gut!« Dann wendet sie sich wieder Mom zu. »Ein krankes Kind zu haben kann eine ungeheure Belastungsprobe sein. Ich werde alles in meiner Macht Stehende tun, um die geeignete Person zu finden, die herausfinden kann, was Julie fehlt.«

Mom hebt den Kopf, den sie in den Händen vergraben hat, und betupft sich die Augen. »Danke, Dr. Kate. Ich habe einfach solche Schuldgefühle, solche Angst, dass ich etwas falsch mache oder dass ich nicht genug tue, aber es geht einfach nicht, mehr kann ich nicht tun. Ich reiße mir schier ein Bein aus, aber trotzdem kommen wir keinen Schritt weiter. Kein Mensch hört mir zu. Kein Mensch unternimmt etwas, um mir zu helfen, verstehen Sie?«

»Sandy, Sie sind eine wunderbare Mutter, und ich finde großartig, was Sie für Julie tun. Wir stehen das gemeinsam durch, ich werde Ihnen helfen, der Sache auf den Grund zu gehen. Das verspreche ich Ihnen.«

Ich habe mir immer gewünscht, eines dieser hübschen, adretten Mädchen zu sein, deren Kleider stets fleckenlos und frisch gebügelt sind und die lange, gefeilte Fingernägel haben, ohne den Trauerrand, den man sich beim Kohlenschaufeln oder Holzschleppen holt.

Stattdessen war ich hoch aufgeschossen und spindeldürr, und alles an mir war fettig und strähnig, verfilzt und müde. Einmal habe ich mich als Cheerleaderin versucht, aber mir wurde schon bei den einfacheren Übungen schwindlig.

In der siebten Klasse belegte ich im Sport Radfahren, aber gewöhnlich verbrachte ich die Stunde auf der Bank, atemlos und vollkommen erschöpft. Meine dürren Beine schwammen in der kleinsten Größe Polyestersportshorts, die es in meiner Jahrgangsstufe gab.

Auch wenn ich mich noch so anstrengte, geriet ich doch immer wieder in Situationen, in denen ich meine Tollpatschigkeit unter Beweis stellte. Eines Tages zum Beispiel kniete ich in der Schule auf dem Boden der Cafeteria und bemalte ein ausgebreitetes Transparent. Ich beugte mich darüber und malte mit offenem Mund, die träge Zunge über die schlaffe Unterlippe vorgewölbt. Meine Augen glänzten fiebrig, und jeder Atemzug kostete so viel Mühe wie das Pumpen an unserem Brunnen.

Als ich mit der Hand über das Papier fuhr, verschmierte die Farbe.

Ich konnte mir nicht vorstellen, woher plötzlich das Wasser kam. Da bemerkte ich eine Pfütze auf dem Papier und einen Speichelfaden, der sich nach oben zog. Mein Blick folgte dem Faden bis hinauf zu meiner Unterlippe. Ich hatte gesabbert, ohne es zu merken.

Und je älter ich wurde, desto schlimmer wurde es mit mir. Das Spektrum meiner möglichen Leiden erweiterte sich auf Erbkrankheiten und Herzklappenfunktionsstörungen. Und die Medikamente dagegen stapelten sich in den Küchenschränken. Kleine Pillen wurden mir unter die Zunge geschoben oder in die Hand gedrückt, wann immer Mom befand, dass es nun Zeit dafür sei.

»Haben wir dir heute Morgen deinen Betablocker gegeben, Sis?«

Ich kann mich nicht erinnern.

»Wenn nicht, müssen wir das schleunigst nachholen.«

Ist ja nur eine kleine Pille. Manchmal nehme ich gar keine, manchmal die doppelte Dosis. Ich kann nicht beurteilen, ob sie helfen. Ich fühle mich sowieso immer krank. Die Knochen in meinem Gesicht schmerzen, meine Augenlider hängen herab. Immerzu fühle ich mich krank, und es wird nie besser. Es spült einfach über mich hinweg, mit unterschiedlicher Intensität: Übelkeit, Brechreiz, kalter Schweiß, Wattekopf.

Während meiner Zeit an der Junior Highschool ist Mom, anknüpfend an die Überlegungen unseres ehemaligen Arztes, zu dem Schluss gekommen, dass ich auf eine Vielzahl von Nahrungsmitteln allergisch bin. Früher hat sie mir morgens immer weiche Eier und knusprigen Toast serviert, und ich habe jedes bisschen Eigelb mit einer Scheibe gebutterten Toast aufgetunkt. Jetzt aber macht sie mir kein Frühstück mehr. Ich schleiche um den Kühlschrank herum und hole den Eierkarton heraus.

»Julie, was zum Teufel willst du denn damit? Du weißt doch, dass du eine Allergie hast!«

Ich stelle die Eier zurück und greife nach dem Schinken. Doch Mom schnalzt missbilligend mit der Zunge. »Haben wir nicht eben erst Dr. Kate erzählt, wie übel dir von Fleisch wird? Iss doch einfach eine Schüssel Cornflakes. Aber nimm das Milchpulver, und nur so viel wie unbedingt nötig, denn möglicherweise hast du eine Laktose-Intoleranz.«

Damit ich ein paar Pfund ansetzte, bestellte Mom massenhaft Spezialkekse zur Gewichtssteigerung, für die in Frauenzeitschriften geworben wurde. Ich kaute sie den ganzen Tag, nahm aber trotzdem kaum zu, und mein Körper schoss in die Höhe wie Unkraut.

Manchmal, wenn ich von der Schule kam, rührte meine Mutter eine große Schüssel selbst gemachten Keksteig zusammen, oder sie machte mit dem Schneebesen einen Fertigkuchenteig.

»Hier, Sis, probier mal. Ist das nicht fein? Nimm die Schüssel ruhig mit ins Wohnzimmer, und schau mit Danny fern, wenn du willst. Ruh dich ein bisschen aus, und wärm dich auf nach der Kälte da draußen.«

Ich schaufelte mir gehäufte Teelöffel Schokocremetortenteig in den Mund und wurde dabei immer schläfriger. Ich leckte den Rest Keksteig von meinen Fingern und kratzte die letzten weichen Streifen gelber Teigmischung von den Rändern der Schüssel. Wenn ich aufgegessen hatte, war ich zum Platzen voll.

Und gleichzeitig fühlte ich mich noch schlapper.

Weil ich Mühe hatte, durch die Nase zu atmen, stand mein Mund ständig offen, weshalb ich noch träger aussah. Ich schaffte es kaum, mich in die winterliche Luft hinauszuschleppen, um all die anstehenden Arbeiten zu verrichten.

Mom vermutete sogar, ich nähme Drogen. Ich musste

auf die Bibel schwören, dass ich keine dubiosen Kräuter rauchte und mich nur deshalb so verrückt verhielt, weil meine Krankheit fortschritt.

Wenn sie etwas sagte, war ich unfähig, ihr zu folgen. Sie verlangte, ich solle ihre Worte wiederholen, aber ich konnte mich nicht daran erinnern.

Und jedes Mal, wenn wir in der Schule eine Klassenarbeit schrieben, von der ich nichts wusste, weil ich beim Arzt gewesen war, bekam ich einen Schwächeanfall und Kopfschmerzen. Wenn die Lehrerin zwischen den Bänken herumging und die Arbeitsblätter verteilte, schleppte ich mich von meinem Stuhl ins Büro der Schulkrankenschwester und kroch auf die Liege der Krankenstation, rollte mich unter der schuleigenen Decke zusammen wie eine Kugelassel und versuchte einfach nur, warm zu werden und zu schlafen.

Mom hatte jahrelang meine Haare blondiert, weil sie wusste, was die Leute über dunkelhaarige Mädchen dachten: kleine Schlampen, die nur das eine wollen. Helles Blond stand für Unschuld; zumindest *vor* dem Kohlenschaufeln. Normalerweise brachte sie mich zu Hair Happening, wo Frauen von mindestens achtzig Jahren mir eine fluoreszierende gelbliche Farbe verpassten. Das Auffrischen übernahm sie dann selbst. Angetan mit milchig weißen Plastikhandschuhen, schüttete sie mir den Aufheller auf die Kopfhaut und massierte ihn mit den Fingerspitzen ein, um auch den letzten Rest Braun auszumerzen.

»Verflucht noch mal, Sandy, lass doch das Haar deiner Tochter in Ruhe! Willst du sie in ein Monster verwandeln?«

»Sie sieht wie eine Schlampe aus, Dan, mit diesen dunklen Haarwurzeln, und außerdem sollst du in meiner Gegenwart nicht fluchen! Das Mädchen muss einfach blond sein.«

»Aber jetzt ist sie ja auch nicht blond, oder? Sie ist grün!«

Das passierte, als sie beim Färben gepfuscht hatte.

»Na und? Glaubst du vielleicht, diese strunzdummen Schulkinder würden eine dunkelgrüne Haarfarbe bemerken? Von wegen! Das sind doch nur Kinder, Dan. Du spinnst, Dan, du spinnst komplett!«

Dieses Mal hatte ich das Glück gehabt, bei Hair Happening den einzigen schwulen Friseur zu erwischen. Er hielt meine gespaltenen Spitzen in die Höhe und sagte: »Da geht gar nichts mehr.«

Dank der Kombination aus dem doppelt stark gechlorten Wasser in unserem Schwimmbecken, dem kalkhaltigen Leitungswasser auf der Farm und der permanenten Färberei sah mein Haar aus wie ein dekorativer Reisigbesen. Aber die zahlende Kundin war Mom. Als er mich zum Spiegel drehte, hatte mein Haar eine eklig giftige orangerote Farbe. Der Friseur flehte Mom an: »Um Himmels willen, machen Sie die nächsten sechs Monate nichts mehr mit diesen Haaren, sonst fallen sie aus.«

Mein Haar leuchtete im wahrsten Sinne des Wortes. Daraufhin fuhr Mom schnurstracks zum Supermarkt, und wir gingen durch den langen Gang mit den Haarfärbemitteln und versuchten herauszufinden, wie man mich wieder blond machen konnte.

Ihre Wahl fiel auf Kastanienbraun, denn ihrer Logik zufolge musste gelb entstehen, wenn sie Orange mit Braun einfärbte. Stattdessen erstrahlte mein Kopf anschließend in einem tiefen, galligen Grün mit einem bezaubernden Stich ins Kupferrote. Wäre ich im Meer schwimmen gegangen, hätte sich Plankton darin angesiedelt. Nach diesen katastrophalen Ergebnissen – katastrophal, weil sie mich jeder Chance beraubten, in der Schule jemals beliebt zu werden – stellte sie mich vor die Wahl: Entweder konnte ich in diesem Aufzug in die Schule gehen, oder ich konnte eine ihrer blonden Perücken aufsetzen. Mom behauptete, Siebt- oder Achtklässler seien gar nicht clever genug, um eine künstliche Haarfarbe zu erkennen, geschweige denn einen voll synthetischen Haarschopf mit Dauerwelle und Namen wie »Barb« oder »Platinum«.

Als ich am nächsten Morgen in den Bus steige, ist es noch stockdunkel. Aber sobald es zu dämmern beginnt, geht es los: »He, hast du jetzt grüne Haare?«

»Igitt!«

Aber ich kann mich nicht verstecken. Jedes Kind, das einsteigt, bemerkt meinen Haarschopf, weil es so etwas an der McDowell Middle School noch nie gegeben hat. Ich springe aus dem Bus und renne in die Schule, als könnte mich die Geschwindigkeit unsichtbar machen, aber stattdessen fege ich nur als ekelerregend grünes Gespenst durch die Gänge. Die anderen Kinder lachen und zeigen mit dem Finger auf mich. Ich werde ausgestoßen, ausgelacht, in der Luft zerrissen werden. Wie soll ich das bloß überleben?

Im Klassenzimmer bricht Missy Morrison, meine einzige Verbindung zur Clique der Beliebten, in hysterisches Gelächter aus und erklärt der Klasse, ich sei ja total ausgeflippt, wie die Punks, die sie immer in den supercoolen Videos auf MTV sieht. Sie ist eines der wenigen Kinder, die zu Hause

Kabelfernsehen haben – manche haben nicht mal einen Fernseher –, und deshalb sind ihre Worte meinungsbildend.

Ich versuche das Ganze herunterzuspielen. Aber Missy findet es total cool, dass ich nicht damit angebe, sondern ungerührt über das Lob hinweggehe, wie eben nur eine coole, grünhaarige, freie und wahrhaft avantgardistische Visionärin das fertigbringt.

Noch ehe der Tag zu Ende geht, bin ich eine Art Heldin, denn ich habe meinen Mitschülern ein Signal gesetzt: dass wir die Freiheit haben zu tun, was wir wollen, uns über alle Normen hinwegzusetzen, auszudrücken, was immer wir fühlen, und selbst zu bestimmen, wie wir aussehen wollen. Natürlich kann ich ihnen nicht erzählen, dass es das Werk meiner Mutter war, und glauben würden sie mir sowieso nicht. Zum ersten Mal seit der vierten Klasse habe ich Freunde. Ich bade in der Anerkennung und schreibe Missy Zettel mit großen, dicken kursiven Buchstaben. Unsere Handschriften gleichen einander immer mehr. Ich schlüpfe in meine neue Identität, sobald ich aus dem Hinterwäldlerschulbus steige. Und meine sechsseitigen Briefe an Missy Morrison unterschreibe ich mit: *Deine Freundin auf ewig*.

Den Pflegekindern haftete stets etwas Unbehagliches an, sie strahlten eine Unsicherheit aus, die Danny und ich oftmals ausnutzten. Sie standen immer wie Statuen da, die Beine fest aneinander, mit kerzengeradem Rücken und symmetrisch vor sich angeordneten Händen, als könnten sie allein durch eine perfekte Haltung erreichen, dass sie als Teil der Familie anerkannt und akzeptiert würden. Sie glänzten vor der Kamera mit einem makellosen, unnatürlichen Lächeln, bei dem ihre Lippen die vollkommen geraden Zähne entblößten. Immer bemühten sie sich krampfhaft, dazuzugehören, aber es gelang ihnen nie. Egal, wie jung sie waren und wie lange sie schon bei uns lebten, sie schafften es nie, die Grenze zu überwinden, die durch die Blutsbande markiert war. Und sie wurden nie bei ihrem persönlichen Namen gerufen, außer wenn es Ärger gab. Stattdessen waren sie einfach nur »die Pflegekinder«. Da hieß es zum Beispiel »Wir kommen mit den Pflegekindern vorbei« oder »Ich muss heute die Pflegekinder mitnehmen«. Danny und ich spürten die Kluft zwischen »uns« und »ihnen« schon früh, aber obwohl wir sie zu Anfang hassten, versuchten wir doch zumindest, sie bei ihren Vornamen zu rufen.

Über die nächsten sechs Jahre hinweg hatten wir eine ganze Menge solcher »Geschwister«: Timmy, Penny, Bradley, Rudy, Janey, Martin, Ricky, Lloyd und später noch Maria. Lloyd stotterte, einige von ihnen litten unter Lernstörungen, und alle waren sie ihren Eltern weggenommen worden, weil diese sie missbraucht oder vernachlässigt hatten. Sie kamen und gingen. Einige blieben jahrelang, während andere nur kurz hereinschauten und wegen angeblichen Ungehorsams gleich wieder vor die Tür gesetzt wurden. Mom hatte beim Jugendamt einen Stein im Brett, weil sie jedes Kind nahm, das die Sozialarbeiterin uns antrug, und zwar sofort und ohne Zögern. Dann aber sortierte sie die Älteren rasch aus und schickte sie zurück. Wie lange ein Pflegling bleiben durfte, hing davon ab, ob er jung genug war und sich als fügsam entpuppte.

Maria war die Letzte, die zu uns stieß, und sie mochte ich am liebsten. Sie hatte zarte Gesichtszüge und eine leise

Stimme. Mit ihrer stets hilfsbereiten Art strengte sie sich sehr an, zu tun, was auch immer nötig war, um die anderen glücklich zu machen, selbst wenn sie sich dazu in winzige Stücke aufspalten und eine Vielzahl von Persönlichkeiten annehmen musste, je nachdem, wer gerade bei ihr war, in welcher Beziehung dieser Mensch zu Mom stand und wie Mom reagierte. Und was sie verkörperte, war nur licht und rein. Lächelnd, voller Güte und mit der Treue eines Hündchens aus dem Tierheim baute sie soziale Brücken in die Welt, ungeachtet all dessen, was ihr unter unserem Dach widerfuhr. Sie war fest entschlossen, niemals die Hoffnung aufzugeben.

Früher oder später, so schien es, entwickelte jedes dieser Pflegekinder seine eigene rätselhafte Krankheit. Einige von ihnen beschritten den gleichen ausgetretenen Pfad wie ich, besuchten die altbekannten Ärzte, hatten die gleichen Symptome und wurden den gleichen Untersuchungen unterzogen. Am Ende schienen wir alle an einem sich langsam drehenden Bratspieß vor uns hin zu brutzeln, bis Mom kaum mehr hinterher kam. Zum Glück wurden die Arztrechnungen vom Jugendamt bezahlt.

Eines Tages hielt mich Mom zu Hause, weil ich sie zu einem von Lloyds Arztbesuchen begleiten sollte. Ich hörte ihn über den ganzen Flur bis ins Wartezimmer schreien und wimmern. Keiner musste mich darüber aufklären, was da vor sich ging. Er bekam ein Röhrchen in die Harnröhre geschoben und erhielt eine Spritze mit dem brennenden Jodfarbstoff, der aussah und sich anfühlte wie flüssiges Feuer. Ein Geschmack, den man im Blut schmeckt, nicht auf der Zunge. Er war neun Jahre alt. Ich hörte ihn schreien, und eine jähe

Übelkeit schoss mir direkt in den Unterleib hinab. Ruckartig setzte ich mich in meinem Stuhl kerzengerade auf und presste die Knie zusammen.

Als Lloyd herauskam, ging er komisch, o-beinig und zur Seite geneigt. Er starrte bloß auf den Teppich. Ich blickte zum Empfangstresen, wo Mom ihn erwartete. Sie legte ihm die Hand auf die Schulter und fragte, ob alles in Ordnung sei.

Im Auto sagte niemand ein Wort. Mom riss ein paar Witze, aber Lloyd und ich brachten es nicht fertig, auch nur so zu tun, als hätte man uns nicht beide krank gemacht – ihn, indem man ihm ein Röhrchen ins Geschlechtsteil schob, mich, indem man mir das Gleiche angetan hatte. Wir waren beide von Scham erfüllt, aber jeder von uns verharrte, getrennt vom anderen, unter seiner eigenen Glasglocke.

»Ja, gottverdammt! Warum mache ich mir überhaupt diese Mühe für euch undankbare Scheißer? Ich wollte jetzt eigentlich mit euch bei Long John Silver's einen Fischburger essen gehen, aber zur Hölle damit. Ich tue verflucht noch mal mein Bestes, um euch Kinder gesund zu machen, und dafür behandelt ihr mich wie Scheiße! Scheiß drauf.«

»Nein, Mom«, piepse ich. »Mir ist bloß schlecht vom Autofahren, das ist alles. Wir möchten gerne zu Long John Silver's.«

»Und du, Lloyd, hast du da hinten auch etwas dazu zu sagen?« Sie wirft einen Blick auf den Rücksitz, wo Lloyd wie ein Häufchen Elend kauert.

»Ja-a, San-ney, i-i-ich wü-ü-ürde ge-ern essen gehen.«

»Hm, ja, das kann ich mir vorstellen, du stotternder kleiner Widerling.«

Wie lange kann man hungern, ohne dass man Schaden nimmt? Wenn einen alle ringsum beschwatzen, man sei krank, wenn fortwährend untersucht wird, was einen wohl krank macht, glaubt man das mit dreizehn Jahren dann nicht selbst? Du fühlst dich krank, oder? Es ist wahr, was Mom sagt. Du kannst nicht mithalten. Du bist müde. Da stimmt doch was nicht mit dir, wenn du dich ständig krank fühlst, oder? Wenn du die Schule versäumst, weil du zum Arzt musst, oder weil du halbe Tage auf der Krankenstation liegst. Sind es die falschen Medikamente, die dich krank machen? Oder die drei verschiedenen pharmazeutischen Produkte, die du gleichzeitig schluckst?

Mein Kindertraum ist wahr geworden; ich bin dünn und durchsichtig geworden wie ein Blatt Papier, als könne ein starker Wind mich wie ein trockenes, geädertes Ahornblatt hoch in den blauen Herbsthimmel emporwirbeln.

Mom geht zu den Elternsprechstunden und trifft sich auch einzeln mit meinen Lehrern, um ihnen von meiner Herzkrankheit zu erzählen. Ich höre die Geschichte, immer und immer wieder. Die Schmerzen in der Brust, die Kurzatmigkeit, der dadurch hervorgerufene Sauerstoffmangel im Gehirn. Das ist die Erklärung dafür, warum ich in der Schule versage. Unterdessen sitze ich auf dem Stuhl neben ihr, ziehe durch meinen hängenden Mund Luft ein. Ich will mich einfach nur hinlegen und auflösen. Sie sollen ein Auge auf mich haben und mich nach Hause schicken, wenn ich matt wirke. Die Lehrer werfen mir Seitenblicke zu, wenn ich, ein wandelndes Skelett, durch die Flure schleiche.

Hab ein Auge auf sie, denken sie, *sie kann jeden Moment tot umfallen.*

Wenn man in einer Welt lebt, in der Blutproben genommen, Schläuche eingeführt und Venen mit Nadeln zerstochen werden, in einer Welt, die geprägt ist von Ärzten, Kopfschmerzen, Fehltagen in der Schule und verschämten Gängen zur Schulkrankenschwester, wenn wieder einmal eine Prüfung bevorsteht – wie lange dauert es dann, bis man anfängt, selbst nach der Ursache zu forschen? Bis man die Medizinzeitschriften durchforstet, wie Mom es tut, um sich über die eigenen Symptome zu informieren, damit man dem Arzt einen Anhaltspunkt geben kann, wonach er suchen muss? Bis man sich aufrafft, schneller erwachsener zu werden und denjenigen zu helfen, die einem zu helfen versuchen?

Wir sind unterwegs zu unserem neuen Kardiologen. Mom umklammert mit weißen Fingerknöcheln das Lenkrad. Dies wird der dritte und letzte sein, zu dem Dr. Kate uns schickt, und wir haben monatelang auf einen Termin warten müssen. Wenn er nichts findet, meint Dr. Kate, dann liegt es wahrscheinlich nicht am Herz.

»Ich werde diesen blöden, unfähigen Scheißkerlen im Krankenhaus beweisen, dass ich nicht spinne. Du bist krank, verdammt noch mal, du hast ein Herzleiden, das habe ich von Anfang an gewusst. Diese Arschlöcher da drüben im Provinzkrankenhaus wissen doch gar nicht, wovon sie reden.«

»Ja, Mom, sicher. Keine Sorge, wir gehen der Sache auf den Grund.«

»Jawohl, wir marschieren da rein und werden der Sache auf den Grund gehen, Himmel noch mal.« Mit knirschenden Reifen hält sie auf einem Parkplatz, dann schält sie sich aus dem Wagen, hebt ihr Oberteil an, unter dem sich die Hitze der Aufregung angestaut hat, und streicht sich ihre weiße Freizeithose glatt.

»Nun komm schon, gehen wir's an, ein für alle Mal, verdammt.« Mit funkelndem Blick drückt sie mich an den Kofferraum des Wagens. »Und du wirst ihm sagen, was mit dir los ist, was mit deinem Herz ist, hörst du? Stechende Schmerzen in der Brust. Atemnot. Hast du verstanden?«

»Ja, Mom. Das werde ich sagen.«

Wir sitzen im Zimmer und warten auf den Arzt. Er rauscht herein, bleibt fünf Minuten und rauscht dann wieder hinaus. Er ist jung. Gut aussehend. Zwar nimmt er sich nicht viel Zeit, doch er schenkt Mom seine ungeteilte Aufmerksamkeit, angereichert mit betroffener, bestürzter Mimik. Und Mom schenkt ihm ihre betroffene und bestürzte Mimik. So spiegelt einer die Mimik des anderen wider, und Mom ist beruhigt. Der Arzt möchte noch ein weiteres Langzeit-EKG machen, und diesmal soll ich es doppelt so lange tragen, genau wie Mom es vorschlägt. Erleichtert seufzt sie auf; endlich gehen wir der Sache auf den Grund. Auch ich bin glücklich. Als ich auf der Untersuchungsliege gewartet habe, ist mir durch den Kopf geschossen, dass es womöglich gar nicht an meinem Herz liegt. Vielleicht ist es so etwas wie der Blinddarm. Ein Kind in meiner Schule hatte sich den Blinddarm herausnehmen lassen, und danach ging es ihm gut.

Aber gerade als ich das schüchtern zur Sprache bringen will, marschiert der Arzt herein.

Jetzt, da er eine weitere Untersuchung machen will, weiß ich, dass er auf dem richtigen Weg ist. Er wirkt so zuversichtlich. Er wird sich um alles kümmern. Dass ich eben noch dachte, wir hätten uns geirrt, erscheint mir jetzt undenkbar. Ich möchte keine neuen Ärzte haben. Also muss ich das EKG-Kästchen nicht nur einen, sondern zwei Tage tragen – na, und wenn schon. Zumindest wird jetzt jemand dahinter kommen, was mir fehlt, anders als diese Quacksalber, die keine Ahnung haben.

Ich werde eingeschäumt. Mom geht hinaus. Schon gleitet die Einwegklinge über meine Brust. Ich schwebe über mir, denke an Dad und seinen Rasierpinsel, seine Kotzanfälle, die er dem Agent Orange verdankt, und beobachte das Mädchen, dessen Brust rasiert wird. Allerdings kann sie mich nicht sehen, denn ich spähe vom Flur aus nach drinnen. Sie tragen das Haftgel auf, bringen die runden weißen Plättchen an und kleben sie fest. Aus dem Reißverschluss meiner Hose ragen die Drähte heraus. Ich bin heilfroh, dass ich so nicht in die Schule gehen muss.

Auf dem Weg nach draußen ist meine Mutter voll demütiger Dankbarkeit. Vor Begeisterung, dass wir endlich Fortschritte machen, strahlt sie subtile radioaktive Energien aus. Und sie hat beschlossen, mich nun doch in die Schule zu schicken; meine Lehrer sollen ruhig mal sehen, wie schlimm dieses Herzleiden ist.

Schweigend fahren wir nach Hause. Ich schlucke Luft und gebe sie mit einem Rülpsen wieder von mir. Mom streicht mir sachte eine lose Strähne hinter das Ohr. Ihre sanfte Berührung jagt mir eine prickelnde Gänsehaut über den Körper. Wir werden der Sache auf den Grund gehen. Ich muss ihnen zeigen, was mit mir nicht stimmt.

Wieder schlucke ich Luft. Dann halte ich den Atem an. Diesmal aber so lange, bis ich meinen Herzschlag aussetzen spüre.

»Tja, es sieht aus, als hätten wir es möglicherweise mit einem Fall von periodischen Herzrhythmusstörungen mit erhöhter Herzfrequenz zu tun.«

Voll angekleidet sitze ich im Sprechzimmer auf der Behandlungsliege, während Mom und der Arzt meine auf dem Schreibtisch ausgebreiteten Untersuchungsergebnisse betrachten.

»Heißt das, wir müssen uns auf eine Herzoperation einstellen? Wissen Sie, Michael, wenn wir dadurch wirklich herausfinden, was los ist, habe ich nichts dagegen. Ich habe neulich von einem kürzlich entdeckten Herzklappensyndrom bei Kindern gelesen. Vielleicht könnten wir eine Untersuchung machen, um diese Möglichkeit auszuschließen.«

Meine Mutter und der Kardiologe sprechen sich jetzt mit dem Vornamen an und stehen eng beieinander, während sie sich beraten. Um meiner Mutter die verwirrenden Ergebnisse meines jüngsten EKGs zu erklären, macht er sich persönlich die Mühe, ihr die merkwürdigen Schwankungen meines Kardiogramms zu deuten.

»Oh, nein, das halte ich nicht für erforderlich, Sandy. Was wir aber in der Tat tun sollten, ist, stationär noch ein paar weitere Untersuchungen durchzuführen. Können wir Julie eine Woche lang im Universitätskrankenhaus behalten, um uns ein umfassendes Bild zu machen?«

»Ich denke, das wäre kein Problem. Ich bin ehrlich froh,

dass ich jemanden gefunden habe, der kompetent genug ist zu erkennen, dass dieses Kind krank ist. Nachdem wir ewig von einem zum anderen gerannt sind, sollten wir jetzt endlich mal Klarheit bekommen, meinen Sie nicht auch?«

»Doch, da haben Sie vollkommen recht.«

Krankenhäuser riechen ganz eigen. Kaum haben sich leise die inneren Türen geöffnet, steht man in auf Hochglanz gebohnerten Fluren, und aus den Zimmern dringt der Geruch von konservierter Atemluft, die aus den Schläuchen entwichen ist. Die Luft ist kühl und hat einen Beigeschmack von Sauerstoff, der in der Nase sticht, wenn man zu schnell einatmet, und das alles vermischt sich mit dem sauberen Duft von Verbandsstoff und steriler Gaze.

Am Aufnahmeschalter wird mir ums Handgelenk ein kleines Plastikband gebunden, auf dem in verschwommenen blauen Lettern mein Name eingeprägt ist, wie der Stempel eines Fleischbeschauers auf Schlachtvieh.

Meine Mutter meldet mich an. Mir kommt es beinahe vor, als hätte ich schulfrei und würde in ein Ferienlager fahren, etwas, was ich mir schon immer gewünscht habe. Ich habe den guten blauen Koffer gepackt und meine besten Bücher von Paul Zindel dabei. Die Haare habe ich mir mit einem Lockenstab frisiert. Ich sehe hübsch aus. Außerdem habe ich neun Unterhosen mitgebracht – ein paar zusätzliche, falls ich länger bleiben muss.

Mein Zimmer ist mit meinem persönlichen Willkommenskorb ausgestattet, in dem sich einzelne Päckchen Taschentücher, eine blaue Plastikflasche mit dem Aufdruck einer Kosmetikfirma und eine braune, flache Schale befinden, in die ich gegebenenfalls erbrechen kann. Es gibt einen Nachttisch mit einer Ausklappfläche und einen schweren, rings um das Bett verlaufenden Vorhang zum Schutz vor Blicken, falls man etwas tun möchte, was andere nicht sehen sollen. Sobald Mom mein Zimmer verlassen hat, ziehe ich den Vorhang zurück bis zur hintersten Ecke des Bettes, zwirbele ihn zu einem dünnen Seil zusammen und klemme ihn hinter der Matratze fest.

Ich liebe das Krankenhaus. Mein Bett lässt sich per Knopfdruck herauf- und herunterfahren. Götterspeise wartet darauf, von mir verzehrt zu werden. Die Schwestern machen ihre täglichen Runden, geben mir Medikamente, messen meine Temperatur und erkundigen sich nach der Häufigkeit meines »Stuhlgangs«. Da ich keine Ahnung habe, was sie damit meinen, und es mir zu peinlich ist nachzufragen, lese ich an ihrer Miene ab, was die angemessene Zahl zu sein scheint.

Sie schieben einen Wagen über den Flur, bringen mir mein Essenstablett und holen es später wieder ab. Als sie die Haftfolie abziehen, dampft mir köstlich und kochend heiß der Duft von warmem Brei entgegen. Sie witzeln über meinen Appetit auf Krankenhauskost, während ich mich über das in Fächer aufgeteilte Tablett hermache; grüne Bohnen aus der Dose, Fleischklöße – einerlei, ich vertilge alles.

Am späten Vormittag kommen sie, heben mich in einen Rollstuhl und schieben mich zu einem Lauftrainingsgerät, um meinen Herzschlag zu messen. Warum sie darauf bestehen, mich im Rollstuhl dorthin zu bringen, ist mir schleierhaft. Ein Krankenpfleger hebt mich aus meinem sauberen weißen Nest und steckt mir Pantoffeln an die Füße. Warum soll ich gefahren werden, wenn ich doch gehen kann? Aber die Freundlichkeit und Fürsorge rühren mich zu Tränen. Und ich möchte so lange bleiben wie nur möglich. In ein paar Tagen werde ich auf den Knopf für den Schwesternruf drücken wie Dad auf seine Fernbedienung und mich beschweren: »Wo bleibt mein zweiter Obstsalat?«

Sie rollen mich zur kardiologischen Abteilung und stellen mich neben der Station ab, wo die Schwester mit ihren Nadeln und Verbandsstoffen zugange ist. Es ist ein großer Raum mit einem Lauftrainer, Blutdruckmessern, EKG-Geräten, Kabeln und sonstigen Apparaten, mit denen man das Herz abhören kann.

Die altbekannten Tellerchen werden an meiner Brust angebracht, die anderen Enden der Kabel an die Maschine angeschlossen. Dann packen mich die Schwestern an den Handgelenken, um meine Arme zu stabilisieren, und helfen mir vom Rollstuhl auf den Lauftrainer. Man legt mir einen Gürtel um die Hüften, der an den Haltestangen des Laufgeräts befestigt wird, für den Fall, dass ich zusammenbreche. Schon nach einer Minute bin ich erschöpft. Aber ich werde kräftiger. Von Tag zu Tag marschiere ich schneller und länger, und die Schwestern sind davon so beeindruckt, dass sie sagen, ich könnte vielleicht schon früher heimgehen. Wäre das nicht schön?

Und in diesem Moment breche ich zusammen. Wenn ich meine Beine einknicken lasse, darf ich bleiben: mit Essensnachschlägen, meinem Stapel Bücher und einer Mutter, die zu einer allmählich verblassenden Erinnerung wird.

Natürlich ist Mom da, jeden Tag, immer. Von der ersten bis zur letzten Minute der Besuchszeiten. Aber sie kommt nicht zu mir. Sie besucht andere Patienten oder bespricht sich mit den Pflegerinnen im Schwesternzimmer. Wenn sie abends bei mir auftaucht, um ihre Handtasche zu holen, schiebt sie mir ein Stück Papier mit den Nummern der Zimmer zu, in denen sie Kinder besucht hat – Kinder, die wegen Krebs, wegen bestimmter Untersuchungen oder Operationen hier sind.

»He, Sis, willst du nicht mal in die chirurgische Abteilung raufgehen, in Zimmer 612? Da ist ein ganz reizendes Mädchen, etwa in deinem Alter. Ihr wird am Freitag ein Hirntumor entfernt. Es ist nicht sicher, ob sie es übersteht; bestimmt würde sie sich schrecklich freuen, wenn du sie ein bisschen aufmunterst, Schätzchen.«

Ich gehe im Krankenhaus überallhin, wohin Mom mich schickt, solange sie mich nur nicht nach Hause zurückholt. Meine Familie erscheint mir so fern wie weiße Schäfchenwolken, die über meinen Himmel gezogen sind. Ich bin wie der mächtige Gott Odin in dem Buch von Douglas Adams, das ich gerade lese, ich führe ein luxuriöses Leben zwischen sauberen Betttüchern, umgeben von Menschen, die mich mit ihrer Pflege verwöhnen und in Schichten arbeiten, um meine Grundbedürfnisse zu befriedigen. Eine herrliche Rückkehr in die frühe Kindheit. Meine Bücher, meine Laken und diese niedlich unterteilten Tabletts mit dem Essen sind alles, was ich brauche.

Wenn Mom hereinkommt, studiert sie meine Patientenkarte an der Tür und geht dann im Zimmer auf und ab in der Hoffnung, meinen Arzt anzutreffen.

Ich vergrabe mich unterdessen in meinem Buch und möchte allein sein.

»Bist du denn auch nett zu ihnen, Sis?«

»Ja, ja.«

»Wir können wirklich von Glück sagen, dass wir hier sind und Michael als Kardiologen haben. Das ist die Gelegenheit, all diese Untersuchungen machen zu lassen. Wir geben uns die allergrößte Mühe, damit du die beste Behandlung bekommst, ist dir das klar? Also, um Himmels willen, Julie, vermassel es nicht, lass sie tun, was immer sie tun müssen, damit wir dieser Sache endlich auf den Grund gehen können.«

Was mir Angst macht, ist, wenn eine Horde Jungs mit Stethoskopen und weißen Kitteln in mein Zimmer stürmt, angeführt von einem Arzt. Das sind die Medizinstudenten. Der Arzt lässt sich über Palpitation und Prolapsus aus und murmelt vor sich hin, während die Studenten rings um mein Bett ausschwärmen und die dreizehnjährige Patientin anstarren, die in dieser überwiegend von Greisen geprägten Umgebung eine Seltenheit ist.

Beiläufig greift mir der Arzt mit seinen weichen Fingern in den Nacken und löst die Schleife meines Krankenhaushemds. Das vom Waschen mürbe Baumwollgewebe schält sich leise von meiner Brust und bildet einen dünnen, lockeren Wulst um meine Taille. Während der Arzt noch immer vor seinen Studenten doziert, tappt er mit den Fingerspitzen sachte auf mir herum, um meinen Herzschlag und mögliche Aussetzer zu fühlen. Dicke Tränen steigen mir in die Augen, eine nach der anderen tropfen sie von den Wimpern und sind so schwer, dass sie bis zu den Schlüsselbeinen rinnen. Vermassel es nicht, lass sie tun, was immer sie tun müssen. Nun fordert der Arzt die jungen Männer auf, es ihm gleichzutun, und kalte, fremde Zeigefinger tasten sich an mich heran, pressen, halten, streichen geistergleich über den Herzbereich meiner Brust.

Um meinen Herzschlag zu spüren, müssen sich diese Hände orientieren können. Also gleiten sie über die winzige Schwellung meines nur in Ansätzen vorhandenen Busens – der tapfere Versuch einer kleinen Erhebung, die aus meinem kranken Körper wachsen will wie ein zartes Pflänzchen an einem felsigen Abgrund. Dann schieben sie sich weiter zwischen zwei Rippen, wandern hinauf zu meiner Brustwarze, und während mir immer mehr Tränen über die Wangen laufen, drücken die Hände auf diese jungfräuliche, nie zuvor berührte Region, um den Rhythmus meines schwach schlagenden Herzens zu fühlen.

Sie fassen mich an, ohne in ihrem Gespräch innezuhalten und mich zu beachten. Ich bin nur ein Mädchen – ein Mädchen, das von Männern berührt werden darf, ohne gefragt worden zu sein, das von Männern entkleidet wird, ohne dass sie dessen Tränen sehen. Und so plötzlich, wie sie hereingeschwirrt sind, verschwinden sie dann auch wieder, wie ein Schwarm Fische. Eine auf Präzision gedrillte Mannschaft in weißen Kitteln lässt mich allein, damit ich mich wieder anziehen und mir die Male wegreiben kann, die fremde Finger auf meiner Haut hinterlassen haben.

Mein Aufenthalt neigt sich dem Ende zu. Bald werde ich doch wieder nach Hause gehen müssen. Die Untersuchungen sind abgeschlossen. Ich habe noch einmal ein Langzeit-EKG am Körper getragen, weitere Kardiogramme sind angefertigt worden, und am Lauftrainer habe ich mich bis zu einem mäßigen Dauerlauf gesteigert. Und ich habe das Mädchen in Zimmer 612 besucht.

Eine Schwester kommt zur abendlichen Kontrolle in den Raum. Sie nimmt die unbenutzte Spuckschale von meinem Ausklapptisch.

»Na, wie geht's, Kleine?«, fragt sie, während sie zum Waschbecken geht.

»Gut.«

»Schmeckt dir das Essen?« Sie dreht den Hahn auf und lässt Wasser einlaufen.

»Ja, es ist gut.«

»Kannst es kaum erwarten, wieder zu Hause zu sein, hm?«

»Na ja ...«

»Aber bestimmt fehlt dir doch deine Familie, oder?« Sie setzt sich auf den Rand des Bettes und zieht einen Rasierer aus ihrer Kitteltasche. Ruckartig und mit weit aufgerissenen Augen setze ich mich auf.

»Wir müssen dich jetzt rasieren, Kleine.«

»Rasieren?« Auf meiner Brust dürfte sich kaum noch ein Haar befinden.

»Da unten.«

Sie klopft mir aufs Schambein, das sich unter der dünnen Krankenhausdecke abzeichnet.

»Was? Ich bin doch fertig, ich komme heim! Mir fehlt nichts da unten!« Ich ziehe die Knie an. »Ich bin wegen meinem Herz da!«

»Tja, meine Kleine, die Haare da unten müssen alle weg, weil sogar das kleinste bisschen dem Herrn Doktor im Weg wäre. Dort muss er doch den Schnitt mit dem Skalpell ansetzen.«

»Was für einem Skalpell?«

»Das ist das Messer, das er für die Untersuchung verwendet.«

Ich reiße die Augen noch weiter auf.

»Zur Herzkatheteruntersuchung.« Ich stelle ihre Geduld auf eine harte Probe. Warum mache ich ihr ihre Arbeit noch schwerer, als sie ohnehin schon ist? Meine Mutter ist immer da, jeden Tag, also weiß ich doch sicherlich Bescheid.

»Deshalb warst du doch diese Woche hier, damit wir herausfinden, was mit deinen Herzklappen los ist. Morgen bekommst du einen klitzekleinen Schnitt in die Armvene und in die Arterie am Oberschenkel, und von dort werden Sonden zu den Klappen geführt, damit man sie auf dem Monitor sehen kann. Würde es dir nicht gefallen, dein Herz im Fernsehen zu sehen?«

Das muss ein Irrtum sein. Vielleicht hat die Schwester von meiner Mom ja einen Zettel bekommen, der für jemand anderen bestimmt war. Eine Verwechslung. Meine Blicke suchen auf der Bettdecke nach einer Antwort, während mein Gehirn auf Hochtouren arbeitet. Wie konnte das geschehen? Mein Atem beschleunigt sich, das Entsetzen steht mir ins Gesicht geschrieben.

»Das … das können Sie mir nicht antun«, höre ich mich sagen. »Das dürfen Sie nicht.« Meine Stimme wird lauter. »Das hat meine Mutter alles nur erfunden!«

Ich kann nicht fassen, was mir da über die Lippen gekommen ist. Unmöglich, dass ich das gesagt habe! Hastig rutsche ich in die entfernteste Ecke des Bettes, ziehe mir mit einer Hand die Decke bis zum Kinn und greife mit der anderen nach hinten, um den Bettvorhang hinter das Kopfteil zu klemmen.

Die Schwester fasst mich fest ins Auge. Ihrer Miene nach

zu schließen glaubt sie mir nicht. Aber vielleicht glaube ich mir ja selbst auch nicht. Dass ich das eben gesagt habe, kann ich nicht fassen. Es wäre absurd. Meine Mutter liebt mich. Mit mir stimmt etwas nicht. Ich fühle mich wirklich krank. Und ich bin ständig müde. Wenn ich nicht krank wäre, wäre ich auch nicht hier. Und all die Ärzte würden mich nicht dauernd zu heilen versuchen.

Aber noch immer starren wir einander an. Über den Blickkontakt halten die Schwester und ich uns gegenseitig in Schach. Sie sieht in mich hinein, in das gefangene Tier, versucht herauszufinden, ob ich irgendetwas im Schilde führe. Ich erwidere ihren Blick und habe Angst, sie auch nur einen Moment aus den Augen zu lassen. Sie mustert mein Gesicht, bohrt ihren Blick durch meine Tränen, sucht nach dem Glitzern, das verrät, dass alles nur ein Witz war, nach der Andeutung eines Lächelns, das die Lippen auseinander zieht, damit wir beide entspannt loslachen können.

Aber sie findet nichts dergleichen.

»Bin gleich zurück.« Geräuschlos stellt sie die Schüssel mit dem Wasser ab. »Ich muss was klären.« Sie trottet hinaus.

Ich bin gerettet. Sie werden die Wahrheit herausfinden. Und mich hierbehalten. Mom wird außer sich sein vor Zorn. Aber das ist mir egal. Ich kann ja weglaufen. Und dann werde ich mir Arbeit suchen. Und eine neue Familie. Ich könnte zu meinem Kardiologen ziehen.

Ich führe mir vor Augen, wie ich das letzte Mal zusammen mit meiner Mutter in der Arztpraxis gesessen habe; wie sauer sie war, als man nichts gefunden hatte, und wie begeistert, als es hieß, ich könnte ins Krankenhaus gehen. Daran musste ich sogar denken, als ich zu ihr sagte: »Siehst du, wir haben ja von Anfang an gewusst, dass mit mir etwas nicht stimmt.« Dass wir zu meinen Krankheiten die lange überfälligen Antworten bekamen, war ein Grund zum Feiern; dass die Mediziner meiner Mutter schließlich doch Glauben schenkten, war eine Erleichterung für mich. Aber war mir nie der Gedanke durch den Kopf geschossen, ich hätte ihr nur deshalb recht gegeben, weil ich nicht zu widersprechen wagte? Weil ich zu dumm war, weil ich in der Schule versagte, weil ich sabberte? Kam ich nie auf die Idee, dass ich mich kränker stellte, als ich mich fühlte, weil sie mir sonst auf dem Heimweg den Kopf gegen die Autoscheibe schlug? Ich versuchte, klar zu denken. Es ergab keinen Sinn. Es war verrückt. Mom weiß, was sie tut. Sie ist diejenige, die meine Symptome kennt.

In dem ansonsten stillen Gang höre ich eilige Schritte und das Quietschen von einem einzelnen Paar Schwesternschuhe.

Die Schwester reicht mir einen Pappbecher. »Nimm das. Wir warten noch ein paar Minuten.«

Dann zerrt sie den Vorhang hinter der Matratze hervor und zieht ihn in einer einzigen abrupten Bewegung rings ums Bett. Ich vergrabe den Kopf in den Händen und fange an zu schreien. Mein Brustkorb hebt und senkt sich wie bei einem Baby, Tränen strömen mir übers Gesicht. Jetzt rasiert sie mich doch. Die Pillen beginnen mich mit einer stetig anwachsenden Flutwelle zu überspülen. Als ich auf die Matratze sinke, piekt mich die Ecke meines Buchs von Judy Blume in den Rücken. Ich schlage mir den Arm vors Gesicht, beiße mir in den Daumenballen und weine bitterlich, als die Schwester mein Hemd hochhebt. Kühle Luft schlägt auf meine nackte Haut, die gerade noch warm und geschützt gewesen ist. Die Schwester fängt an, mich einzuschäumen.

An der Stelle, von der ich gehofft hatte, dort niemals berührt zu werden. Sie drückt mit Gewalt meine Knie auseinander und fährt mit dem Rasierer über meine Haut. Ich heule. Ich beiße mir in den Arm, an die Stelle neben den Einstichen für die Infusionen und den blauen Flecken an meinen Venen, den schwarzen pappigen Resten der Pflaster und dem festgeklebten Wattebausch mit dem einzelnen Blutstropfen darauf. Ihre Hände auf mir zu spüren ist mir unerträglich. Ich finde meine nasse Haut und die übel riechende Rasiercreme meines Vaters ekelhaft. Zwischen uns ist nicht genug Rasierschaum, als dass wir uns nicht berühren würden. Dabei könnte es gar nicht genug sein.

»Na siehst du, war doch gar nicht so schlimm, oder?«

Am nächsten Morgen werde ich heftig aus den Armen der Göttin des Schlafs gerissen. Stink Pups Rattenschwanz pocht tock-tock-tock gegen die Innenseite meines Arms. Verträumt drehe ich den Kopf, um ihn anzuschauen, und hoppla, das sind ja zwei Finger, die klopfend nach einer Vene suchen. Tropfen für Tropfen rinnt die Infusionslösung in den Einstich und verbreitet Wärme in meiner Vene. Als ich erneut den Kopf drehe, rinnt das Medikament auch noch ins kleinste Blutgefäß in meinem Nacken und erzeugt unzählige wunderbare Bächlein, die in mich münden.

Zwei Männer heben mich auf einem Laken, einem Nichts, vom Bett auf eine Rolltrage. Irgendetwas steckt in mir, zwickt ganz leicht, bleibt aber unbestimmbar, weit weg. Bin ich auf eine Wespe getreten? War ich es, die da klatschnass vom Schwimmbecken über den Rasen lief und auf den Elektrozaun trat, der über den Hof gespannt war, das Tor heruntergelassen, mein gläserner Fuß wie festgeleimt auf dem elektrisch geladenen Gras? Nein, es ist nur mein großer Zeh, der, mollig warm unter der Decke, die kalte Metallstange berührt. Nun kann ich schlafen, sagt man mir, ich bin im Krankenhaus gut aufgehoben. Scheppernd rastet das Bettgitter ein. Es gibt keine Schwerkraft, ich schwebe in einer Welt des Nichts. Ich lebe an der weißen, leeren Zimmerdecke, wie ich es mir schon immer gewünscht habe.

Den Gang entlang durchfahre ich die Welt des Nichts, warm eingepackt, das Laken über mir straff wie das auf der Matratze im Gästezimmer von Grandma Madge. Man hätte wild mit den Beinen strampeln müssen, um sich zu befreien, aber wozu sich die Mühe machen?

In den sonnengesprenkelten Gängen tanzen Staubkörnchen, warmes Moussieren abgestandener Cola, während ich in der letzten Reihe, ganz hinten in der Ecke am Fenster, vor mich hin schaukele und in Erdkunde eine Stimme durch die Luft schwebt, die mit einer Klassenarbeit am Freitag droht und mich in Herzstille lullt. Ich würde all mein Geld, all mein gestohlenes Essensgeld dafür geben, einfach nur in der Sonne schlafen zu können. Den Kopf an eine warme Fensterscheibe zu lehnen und den lauen Atem eines Engels an meiner Kopfhaut zu spüren. Wir biegen um eine Ecke, die rotierenden Räder gleiten über gebohnerte weiße Fliesen. Bringt mich fort, lasst mich schlafen, meine Augenlider können das Gewicht nicht mehr ertragen.

»Julie, Julie, Schätzchen.« Es ist Mom, die sich über mich beugt und mit wachem Blick in meine von Drogen betäubten Augen sieht. Sie hofft das Beste. Sie weiß, dass ich in guten Händen bin. Sie winkt mir zu, als wolle sie mir eine gute Reise wünschen.

Mein Vater steht da wie ein Fels in der Brandung, die

Brust herausgestreckt, die Arme an den Seiten angelegt, und grinst breit: »Viel Glück, Sissy. Wir lieben dich.«

Ich meine in seinem unteren Augenlid eine übervolle Träne zittern zu sehen. Über seine Stirn ziehen sich dicke senkrechte Falten. Ich hebe meine bleischwere Hand, um eine davon zu berühren. Sie sehen aus wie die dreidimensionalen Gebirgszüge auf meinem Globus in der vierten Klasse – der, den ich mit den Fingern studiert habe, als ich die ganze Welt in den Händen hielt. Diese Bergketten auf der Stirn meines Vaters möchte ich anfassen. Doch noch während ich die Hand nach ihm ausstrecke, werde ich weitergeschoben.

Nachdem sie mich im OP-Saal abgestellt haben, beginnt rings um mich geschäftiges Treiben.

»Du musst jetzt tief durchatmen, Julie«, sagt eine Stimme über mir, dann bekomme ich eine Maske über Mund und Nase gestülpt.

Ich tue wie befohlen und gleite Fahrstuhlschächte hinab. Ebonys Schwanz ist ein laibförmiger Wetzstein, der auf die Veranda hämmert. Stink Pup grinst mit gefletschten Zähnen und verzieht die Oberlippe mit dem daran baumelnden Angelhaken. Nun schiebt Ebony ihre Schnauze unter meine Hand und drückt fordernd dagegen. Ist ja gut, ich streichele dir den Kopf. Ebonys feuchte Zunge schlabbert über meinen Handrücken. Ach, du kleines Hündchen, ich hab dich auch lieb. Oder ist das wieder mal eine Infusionsnadel? Und Ebonys Schnauze unter meiner Hand – ist sie das wirklich oder nur die Hand einer Fremden, die die meine festzuhalten versucht?

Ich mache ein Doppelkinn und ziehe den Kopf an die Brust, um etwas zu sehen. Jemand holt meinen rechten Arm heraus und dreht ihn um. Dann wird mit einem Skalpell in meiner Armbeuge ein glatter Schnitt gemacht, sodass das Fleisch auseinanderklafft wie bei einer Hühnchenbrust. Alles ganz unblutig. Nun schlängelt sich das elektrische Kabel in meine Vene. Es wird hochgeschoben, meinen Arm hinauf und über meine Schulter bis in mein Herz. Ich spüre nicht das kleinste Kitzeln. Wir haben Kontakt. Das OP-Team deutet auf den Bildschirm, wo ich mein Herz schlagen sehen kann. Vergiss nicht, ihnen zu sagen, dass du beim Atmen ein starkes Stechen in der Brust hast.

Ich blinzele. Auf dem Monitor ist der Klumpen eines Herzens zu sehen, das immer zwei kleine Pumpbewegungen hintereinander macht. Ba-bumm, ba-bumm. Das bin doch nicht ich. Das ist nicht mein Körper.

»Es is' wie 'ne Seifenoper«, lalle ich. Das Team lacht glucksend. Wir ziehen diese Sache gemeinsam durch, und ich fühle mich gut, weil ich ältere Leute zum Lachen bringen kann.

Am Fußende des Tisches steht der Arzt. Als ich so daliege, zeichnen sich meine Beckenknochen unter dem dünnen weißen Tuch ab. Der Arzt betrachtet sein Tablett mit den vielen Skalpellen.

Was habe ich gestern Abend gesagt? Er wählt ein Messer aus. Komm schon, Julie, sei brav und vermassel es nicht. Er holt mein schlaffes rechtes Bein unter dem Tuch hervor und winkelt meinen Oberschenkel an, so weit es geht, als wolle er das Bein einer Riesenkrabbe knacken.

Ich schaue zu.

Er fährt mit der Klinge über meinen angespannten Muskel wie mit einem Bogen über eine Violine. Bitte tut mir das nicht an. Er hat das Siegel meines Körpers erbrochen. Aus dem Schnitt fließt Blut, es strömt, besudelt grell das kühle weiße Tuch. Meine Mutter hat das alles erfunden. Keuchend drehe ich den Kopf hin und her. Bitte tut mir das nicht an. Ich blicke hinab; Blut fließt aus meinem Körper, Rot jagt über ein weißes Feld. Bin ich das? Ist das mein Bein? Mein Blut? Der Arzt will sein Kabel in den Schnitt an meinem Oberschenkel einführen. Meine Mutter hat das alles erfunden. Meine Beine zucken, winden sich. Geht weg damit, nehmt das Kabel raus, nehmt es raus! Was ist nur los mit dir? Du warst doch sonst immer so brav. Ich versuche mich auf die Ellbogen aufzustützen, doch kraftlos knicken sie unter mir weg. Das Kabel in meinem Arm zuckt im Einklang mit mir. Ich muss ihn sehen, den Schnitt an meinem Oberschenkel, ich muss sehen, wie das Kabel eingeführt wird, um zu wissen, dass dies hier wirklich geschieht. Ich keuche wie eine Frau, die in den Wehen liegt. Wo bin ich? Wie in Zeitlupe drehe ich den Kopf, mustere die verblüfften Menschen, die mich nicht unten halten können, mich, dieses stets zufriedene kleine Ding, diese brave Patientin.

Der Arzt hält mit seinem Kabel inne und starrt mir über seine Maske hinweg gleichmütig in die Augen. Schnell, stellt sie ruhig, sonst verdirbt sie die Untersuchung. Zwar kann ich nicht sehen, wie sich seine Lippen bewegen, doch ich höre die Worte. Das Team holt hastig den Luftschlauch herbei, rammt ihn mir in die Nase, führt ihn zum Rachen hinunter, bindet mir den freien Arm fest, sucht hektisch klopfend nach einer noch intakten Vene.

Nadel. Injektion. Betäubung. Ruhe. Genug für die nächsten zwölf Jahre.

Mein erster Schultag nach dem Krankenhausaufenthalt ist eine einzige Katastrophe. Meine neuen Freundinnen sind ganz begeistert, dass ich wieder da bin. Und ich bin aus demselben Grund verzweifelt.

Als ich mittags mit Missy in die Cafeteria gehe, findet dort – Überraschung! – eine Party zu Ehren meiner Rückkehr statt, mit gefüllten Cremetörtchen, Biskuitrollen und Pizza. Ich setze ein Lächeln auf, aber insgeheim sehne ich mich zutiefst danach, es ihnen zu sagen. Ich halte die Tränen zurück, bis sie aus mir herausbrechen und meine Freundinnen sich so unbehaglich fühlen, dass sich eine nach der anderen verabschiedet. Sie sind verärgert, weil ich bei ihrer Party heule.

Am Ende ist nur noch Missy da. Sie legt mir den Arm um die Schultern und versucht mir die Wahrheit zu entlocken. Was ist denn los, stimmt was nicht mit deinem Herzen, wirst du sterben? Wir ziehen uns in das Meer aus gelben und orangefarbenen Schließfächern zurück, und ich erzähle ihr schluchzend von meiner Verunsicherung.

Missy ist sprachlos. Da schellt die Glocke. Sie werde mir nachher etwas schreiben, meint Missy und verschwindet zwischen den Schließfächern aus meinem Blickfeld.

Für den Rest des Tages geben sich meine anderen Freundinnen mir gegenüber reserviert. In der fünften Stunde, in Geschichte, schiebt man mir einen Zettel zu. Mit ihren großen Druckbuchstaben hat Missy darauf geschrieben: »Wir wissen, dass du dir das alles aus den Fingern gesaugt hast, um unser Mitleid zu erregen. Aber es funktioniert nicht. Keine Mom würde so etwas tun, und wir hassen dich dafür, dass du uns angelogen hast. Du bist ein dreckiges

Miststück. Wir wollen nichts mehr mit dir zu tun haben.« Darunter haben alle meine zehn Freundinnen unterschrieben.

Herzoperation, Jodinjektionen, eingeführte Schläuche, Schnitte mit dem Skalpell, Blutproben. Solche Dinge verändern ein Kind. Bis ins Mark. Man vergisst, wie man war, bevor man Schnittwunden zugefügt bekam und rasiert wurde. Die Vergangenheit driftet in weite Ferne, wird unerreichbar. Man richtet den Blick einzig in die Zukunft, eine Zukunft, in der die Ärzte herausgefunden haben, was einem fehlt, und alles endlich vorüber sein wird: die Untersuchungen, die Quälereien, die Medikamente, die man schluckt, ohne zu wissen warum.

Zu Hause ist ein Küchenschrank für meine Arzneien freigeräumt worden. Wo vorher Lebensmittel standen, befindet sich jetzt ein Schrank voll mit Julie-Nahrung: Medikamente, Kekse für die Gewichtszunahme und Sechserpacks Ensure Plus mit Schokogeschmack, einem in Dosen abgefüllten Ergänzungsgetränk, das ich im Krankenhaus zusätzlich zu meinen opulenten Mahlzeiten bekommen habe.

Mom meint, ich sei möglicherweise auf normale Lebensmittel allergisch, aber Ensure Plus kann ich trinken, so viel ich will. Eine kleine Dose davon hat so viele Kalorien wie ein komplettes dreigängiges Menü. Da besteht kein Unterschied, sagt sie, überhaupt keiner.

Schluck's einfach.

Wir stehen im Flur des Ohio State-Krankenhauses, ich, Mom und mein Kardiologe. Manchmal sind Teenager eben müde und abgespannt, meint er. Ich habe keine Herzgeräusche. Und er kann nun wirklich nichts mehr für mich tun.

Mom redet so leise und vertraulich mit ihm, als wäre sie eine Kollegin. Wie auch schon früher beugt sie sich weit zu ihm vor. Sie denkt über die Untersuchungen nach, die sie gemeinsam auf den Weg gebracht haben, und über das enttäuschende Ergebnis der letzten.

»Hmmm. Tja, Michael. Lassen Sie uns unser weiteres Vorgehen gemeinsam überlegen. In Anbetracht dieser wenig überzeugenden Untersuchungsergebnisse ist meiner Ansicht nach jetzt wirklich die Zeit gekommen, die Operation am offenen Herzen in Angriff zu nehmen und dieser Sache ein für alle Mal auf den Grund zu gehen.«

Der Arzt starrt sie an.

»Mrs Gregory, Julie braucht keine Herzoperation. Was Sie sicherlich zu hören freut.« Er räuspert sich. »Keines unserer Untersuchungsergebnisse legt den Schluss nahe, dass dem Mädchen mit einem derartigen Eingriff geholfen werden kann. Meiner Meinung nach werden ihre Herzprobleme entweder klarer zutage treten, sodass wir sie diagnostizieren können, oder sie geben sich von selbst. Schlimmstenfalls käme sie als Kandidatin für ein frühes Vorstadium eines Mitralklappenprolaps infrage.«

»Sie machen wohl Scherze!«

»Keineswegs. Die Ergebnisse von Julies Untersuchungen bewegen sich im Normalbereich.«

»Ich kann es nicht fassen! Ich glaube es einfach nicht!

Wollen Sie die Sache denn nicht gründlich angehen und eine Herzoperation machen? Ich dachte, wir sind übereingekommen, dass wir das hier gemeinsam durchziehen, Michael. Ich dachte, Sie hätten gesagt, ich könnte mich in dieser Frage auf Sie verlassen.«

»Ms Gregory, meine Aufgabe ist es, Julies Krankheit zu finden. Aber Julie braucht keine Herzoperation. Normalerweise freuen sich Eltern, wenn …«

»Ach, das war's also? Das ist alles, was Sie zu tun gedenken? Mich wie eine heiße Kartoffel fallen zu lassen? Meine Güte, ich frage mich einfach nur, warum ich nicht ein normales Kind haben kann wie andere Mütter? Ich bin schließlich eine gute Mutter – Landjugend, Pferde, Schwimmbecken, Campingausflüge. Ich rackere mich ab, und Sie tun so, als ob ich etwas falsch machen würde. Womit habe ich das verdient?« Sie schleudert mir ihren Arm entgegen.

Ich stehe links hinter meiner Mutter, den Blick auf den Doktor geheftet, und funke ein SOS in seine Augen: Schick mich nicht weg, lass nicht zu, dass sie mich mitnimmt.

»Ms Gregory, ich habe nie behauptet, dass Sie keine gute Mutter sind. Aber ich kann in dieser Angelegenheit nichts mehr tun. Lassen Sie die Herzuntersuchungen sein. Schluss, aus.« Und damit macht er auf dem Absatz kehrt.

»Na, das werden Sie noch bereuen«, kreischt Mom, »wenn dieses Kind Ihretwegen sterben muss. O ja. Denn ich werde Sie auf ihren letzten Cent verklagen, weil Sie so ein unfähiger Idiot sind. Findet nicht mal raus, was bei einer Dreizehnjährigen nicht stimmt! Sie sind doch bekloppt! Dieses Kind ist krank, hören Sie? Es ist krank!«

Praxis Dr. Strong, guten Morgen.«

»Hallo, ich bin eine neue Patientin auf der Suche nach einem Kardiologen. Genau genommen rufe ich wegen meiner dreizehnjährigen Tochter an. Wissen Sie, sie hat einen Mitralklappenprolaps, und ich habe schreckliche Angst, es könnte sich verschlimmern.«

Der Sommer auf dem Land in Ohio ist prall und üppig. Als Mädchen möchte man am liebsten nur noch in abgeschnittenen Jeans und einem Bikinioberteil herumlaufen. Überall grünt und wuchert und rankt es, aus jedem saftigen Stiel sprießen Blüten, aus jeder aufgeplatzten Hülse rieselt Samen, die Ochsenfrösche am See brüllen sich nachts in ihrer sexuellen Not das Herz aus dem Leib, während die Grillen zu ihrem gewaltigen an- und abschwellenden Sirenengesang anheben, der sich zu einem Höhepunkt steigert, ehe er erstirbt. Einfach wundervoll.

Rastlos sitze ich hinter dem Haus auf der Veranda. Ich brenne darauf, etwas zu unternehmen, etwas, wo ein Junge dich ansieht und dir ganz schwindelig wird, wenn du dir vorstellst, dass er dich mag, während du versuchst, seinen Blick zu ignorieren. Kribbelig und gelangweilt sitze ich auf der Veranda und suche das Fell von Stink Pup und Ebony nach Zecken ab. Aber nicht, um sie zu töten. Die dicken sammele ich auf einem Pappteller, zusammen mit den Haaren und dem Grind, der sich löst, wenn man die Parasiten herauszieht – eine Prozedur, bei der beide Hunde jedes Mal den Kopf herumwerfen und versuchen, böse und gefährlich auszusehen. Sobald ich vier, fünf fette Exemplare beisammen habe, stapfe ich durch das hohe Gras zur Weide und setzte sie in einem Busch oder am Waldrand ab. Zecken wollen schließ-

Meine schöne Mutter in ihrer Zeit als Kunstreiterin, bevor sie Dad heiratete und mich bekam.

(oben links) Als ich drei war, nahm Grandma Madge mich oft zum Angeln mit. Auf dem Heimweg provozierte sie regelmäßig Autounfälle.

(oben rechts) Als ich fünf war, rasten Mom und Grandma mit mir mehrmals wegen angeblicher Lebensmittelvergiftung ins Krankenhaus.

(rechts) Gewöhnlich verschlimmerte meine Migräne sich, sobald Mom mir die kleine weiße Tablette unter die Zunge geschoben hatte.

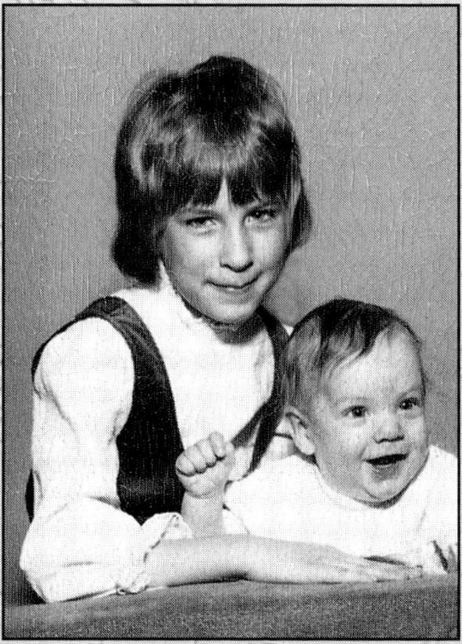

(links) Mein Bruder Danny war das niedlichste und gesündeste Kerlchen der Familie Gregory.

(unten) Meist blieben wir zu Hause. Gingen wir aus, lagen Welten zwischen dem, wie wir wirklich waren, und dem Eindruck, den wir vermittelten.

(links oben) Was an jenem Weihnachtsmorgen wirklich geschah: Mom rannte schreiend durch den Trailer und drohte mit Selbstmord.

(rechts oben) Mom besaß mehr als einhundert Paar Schuhe für all die Partys, Abendessen und Tanzveranstaltungen, zu denen mein Vater sie eines Tages ausführen würde.

(rechts) Dad war nur dann in ordentlicher Kleidung gefragt, wenn im Krankenhaus väterliche Fürsorge demonstriert werden musste.

(ganz oben) Die Pflegekinder gaben sich immer größte Mühe, sich anzupassen.

(oben und links) Mom ließ mich wie ein Model posieren und trug die Fotos stets mit sich, für den Fall, dass sie einen »netten älteren Mann« traf, der einen Blick darauf werfen wollte.

(ganz oben) Von unserem Zuhause blieb nur eine qualmende Ruine aus verbogenem Metall.

(oben links) Ich und Skipster's Barr, mein Pferd bei der Landjugend

(oben rechts) Wenn ich nach meinem Auszug an den Sommerwochenenden zum neuen Trailer fuhr, lief Danny mir entgegen und warf sich in meine Arme.

(oben) Unser letztes Foto in Ohio, aufgenommen am Muttertag. Zwei Monate später erfuhr ich vom Münchhausen-Stellvertreter-Syndrom und baute mir ein neues Leben auf.

(unten) Allein in meinem Spiegelhaus, sah ich das Bild, das meine Mutter vor meinem inneren Auge erschaffen hatte: ein kränkliches Geschöpf, dem ein früher Tod bestimmt ist. (Foto: Will Shivley)

(oben) Zwei der zähesten Kids von Ohio jagen einen einsamen Highway hinunter und singen ohne Fröhlichkeit und ohne jede Ironie Lieder von einer verlorenen Kindheit.

(unten) Ich bin jetzt eine richtige Frau. Ich habe schon viel erlebt. Ich kenne das Gefühl, verletzt, eingesperrt oder gefangen zu sein, und ich weiß, wie es ist zu entkommen. (Foto: Leslie Horn)

lich auch leben. Warum sollte ich sie zertreten, sodass das Blut aus ihnen herausspritzt, oder sie mit einem Streichholz anzünden? Zwar weiß ich nicht, warum sie existieren, aber das heißt noch lange nicht, dass sie nicht auch auf der Welt sein dürfen. Die kleineren werfe ich ins Gras. Entweder krabbeln sie fort, oder sie steuern schnurstracks wieder auf die Hunde zu. Aber so habe ich wenigstens auch am nächsten Abend noch etwas zu tun.

Zecken sammeln, darauf beschränken sich meine Teenagerabende. Während meine Altersgenossen in Autos knutschen, sich vorgeblich stundenlang unterhalten, nur um sich in der letzten Minute vor dem Zapfenstreich einen Kuss zu stehlen, oder mit der besten Freundin und ihrem großen Bruder ins Kino gehen oder atemlos kreischend in einem Camaro sitzen, der mit quietschenden Reifen um die Ecke schliddert, hocke ich in einer staubigen Sackgasse und zupfe Zecken aus dem verfilzten Fell von ein paar Hofhunden.

Ich bin in der neunten Klasse und bekomme von Dr. Strong regelmäßig Medikamente gegen meinen Mitralklappenprolaps. Jetzt will Mom endlich etwas gegen meinen ständig offen stehenden Mund unternehmen.

»Du siehst aus wie ein Neger, Julie. Mein Gott, mach den Mund zu, und atme anständig!«

In diesem Winter konsultieren wir einen Hals-Nasen-Ohren-Arzt in Columbus. Da Mom wegen meiner Herzkatheteruntersuchung jeden Tag allein ins Universitätskrankenhaus hat fahren müssen, macht es ihr jetzt nicht mehr viel aus, unsere Suche auch auf das Stadtzentrum auszudehnen.

Schließlich waren wir hier der Lösung des Problems schon so nahe gekommen. Warum also sollten wir es nicht auch ganz klären können?

Mom und der Arzt sprechen über die Atemwege. Wenn zu wenig Luft durch die Nase fließt, kann das zu den verschiedensten gesundheitlichen Problemen führen, von Herzleiden bis zu einer Sauerstoffunterversorgung des Gehirns.

Ich sitze auf der Behandlungsliege. Der Arzt schiebt sein Gesicht so nahe an meines heran, dass ich seinen warmen Atem über meine Oberlippe streichen spüre. Er hebt mein Kinn, steckt mir einen Punktstrahler ins Nasenloch und schiebt dann mit den Fingern meine Nasenflügel hin und her. »Aha«, sagt er. »Ich sehe schon.«

Sie kommen überein, dass er noch am gleichen Tag überflüssigen Knorpel aus meinen Nasenhöhlen schaben wird, damit ich den Mund schließen und wieder richtig atmen kann. Ich hätte eine Nasenscheidewandverkrümmung, meint er.

In dem Sprechzimmer, in dem er uns dies erklärt, stehen tiefe, bequeme Designersessel mit Chenille-Bezug. Die gesamte Wand hinter ihm ist mit gerahmten Vorher-Nachher-Fotos von Leuten mit krummer Nasenscheidewand behängt. Während Mom sich mit dem Arzt bespricht, sehe ich mir die Bilder genauer an. Ist schon mal jemandem aufgefallen, dass jede Nase, die der Arzt operiert hat, hinterher anders aussieht als vorher, frage ich mich. Eigentlich will ich mich danach erkundigen, doch der Arzt und Mom sehen sich gerade tief in die Augen. Er beugt sich über seinen Mahagonischreibtisch zu ihr vor, und sie beugt sich in ihrem Chenille-Sessel zu ihm hinüber. Zwischen ihnen liegt eine Röntgenaufnahme meiner verknorpelten Nase. Mom benutzt ihren Finger wie einen Zauberstab. »Könnten Sie nicht auch gleich diesen römischen Höcker abtragen und ihr unten einen Stups verpassen?«

Lächelnd lehnt sich der Arzt zurück. »Was immer Sie möchten, Sandy.«

Mom erklärt mir, ich solle diesen Eingriff als Weihnachtsgeschenk betrachten, da er nicht zur Gänze von der Krankenkasse bezahlt werde. Aber es lohnt sich, meint sie. Mein Arzt werde dafür sorgen, dass ich nicht nur besser atmen kann, sondern auch schön werde.

Die Nase gehört nicht unbedingt zu den Körperteilen, die man eingipsen kann. Trotzdem hat man ihr – oder dem, was davon übrig ist – einen Gips verpasst, der mit weißen Pflasterstreifen am Gesicht befestigt ist. Der Schmerz ist kaum zu ertragen. Man hat mir die Scheidewand abgeschabt und die Nasenspitze gekappt und gekürzt. In den ersten Tagen sind meine Augen schwarz und blau unterlaufen und zugeschwollen, und ich muss den Kopf ganz, ganz still halten. Blut und Eiter kleben in meinen Nasenlöchern, beim Ausatmen bildet sich ständig eine Schnodderblase. Da ich mich zwei Wochen lang ruhig halten soll, gehe ich nicht zur Schule und kann meine Zeit darauf verwenden, Strohballen zu den Pferden zu karren, Eimer voll Kohlen ins Haus zu schleppen und Holz für den Ofen zu hacken. Ich bewege mich nur langsam, denn meine Nebenhöhlenknochen schmerzen, als hätte man sie mit einem Hammer zertrümmert. Hinzu kommen ein ständiger Druck und das Gefühl, dass das Gesicht nur noch aus Scherben besteht.

Sechs Wochen lang darf ich keine Sonnenbrille tragen. Meine Nase ist so zerbrechlich, dass ihre neue Form schon durch das leichteste Gewicht zerstört werden könnte. Aber ich spüre ohnehin nichts anderes als den Schmerz. Keinen Augenblick lässt er nach, er ist kaum mehr wegzudenken. Ich sehe nur noch ein Meer von Schmerz und mich mittendrin, an einen Baumstamm geklammert, um nicht unterzugehen. Jetzt kann man alles mit mir machen. Denn tief in meinem Inneren weiß ich, dass ich niemals gesund sein werde.

Hat er dich angefasst? Unschicklich meine ich?«

Mom hat mich auf dem Bett zur Rede gestellt, sie will eines ihrer Gespräche mit mir führen.

»Nein.«

Und das war die Wahrheit. Ich hatte Dad lieb, nie würde er mir etwas Böses antun. Zwar mochte ich mich nicht im Badeanzug vor ihm zeigen, aber er hatte nichts getan, was mir unrecht vorkam.

»Tja, Penny hat erzählt, er hätte es getan, und man hat ihr geglaubt. Dieser gottverdammte Hurensohn! Ich weiß, dass es stimmt. Bei Gott, wenn doch nur jemand ein Gewehr nehmen und ihm das Gehirn rauspusten würde! Jedenfalls kommt jetzt die Sozialarbeiterin. Vielleicht nimmt sie sich Penny und dich vor und stellt euch Fragen. Du sagst dann einfach nein, verstanden?«

»Ja.«

»Sag ihnen, dass dein Dad so was nie machen würde.«

Als ich am nächsten Tag von draußen ins Haus kam, hatte sich Mom Penny, eines unserer ersten Pflegekinder, im Wohnzimmer vorgeknöpft. Sie hatte das schöne blonde Haar des Mädchens mehrfach um ihre Hand gewickelt.

»Du kleine Schlampe! Wie kannst du es wagen, einen solchen Mist zu erzählen. Ich bin deine Mutter. Noch nie hattest du es so gut. Du hast ein Pferd gekriegt, wir haben dich in die Landjugend gehen lassen. Ich habe dir Kleider gekauft, bin mit dir zum Jahrmarkt gegangen ...«

Als ich in mein Zimmer schlich, hörte ich Penny unter Schluchzern beteuern, dass sie es nicht erfunden habe. Dad hätte in der Werkstatt wirklich seine Pornohefte hervorgeholt. Mom möge bitte entschuldigen, sie habe es nicht erzählen wollen. Ihre Stimme klang mal laut und mal leise, als würde sie mit dem Kopf abwechselnd gegen die Couch, die Wand oder die Vitrine gestoßen.

Mit klopfendem Herzen lauschte ich, das Ohr an den Spalt unter meiner Tür gepresst.

»Du kleines Luder, mir wird ganz schlecht, wenn ich dich ansehe. Ich hoffe nur, sie ficken dich mal richtig durch, wenn sie dich wegbringen. Dann weißt du, wie das wirklich ist.«

Am nächsten Tag war sie fort.

Als die Pflegekinder zu uns kamen, war es anfangs meine Aufgabe, sie zu schlagen. Zunächst hatte ich das Gefühl, ich gehörte zum Kreis der Auserwählten. Sie waren die Außenseiter, ich hingegen das leibliche Kind, also viel wichtiger. Sie waren nur Möchtegerne, Phantomkinder, einzig dazu da, dass wir Geld verdienen und weiterbauen konnten.

Anfangs erwartete man von uns, dass wir einander wie Geschwister behandelten. Die meisten von ihnen traten um sich und brüllten; sie schrien, dass ihre richtige Mom kommen und sie holen würde, sobald sie ihr Kind wiedergefunden hätte.

Sie waren Fremde unter unserem Dach, fremder noch als

die alten Männer. Die Kriegsveteranen blieben wenigstens unter sich, wohnten in einem separaten Anbau, den Mom absperren konnte. Sie hielt sie versteckt, weil es gegen das Gesetz verstieß, zugleich Pflegekinder aufzunehmen und Kriegsveteranen zu pflegen. Wenn die Sozialarbeiterin kam, um die Unterbringung der Kinder zu überprüfen, lud Dad die alten Männer ins Auto und fuhr mit ihnen eine Zeit lang durch die Gegend. Kam hingegen der Inspekteur vom Veteranenversorgungsamt, machte Dad einen Ausflug mit den Kindern.

Oft vergaßen wir, dass die alten Männer bei uns waren, so abgeschieden lebten sie. Mit den Pflegekindern jedoch mussten wir unsere Zimmer, unsere Schränke, unsere Spielsachen, unsere Kleider, unsere Etagenbetten und Mom und Dad teilen.

Mom drückt mir die Fliegenklatsche in die Hand und zeigt mir, wie man es macht. Pack dir das Handgelenk und lass den harten Plastikgriff auf die rosige Handfläche niedersausen. Während sie in der Zimmertür stehen bleibt, muss ich so fest zuschlagen, dass sie schreien. Einige von ihnen sind nur etwa ein Jahr jünger als ich.

Damals waren wir Busenfreundinnen, Mom und ich. Nach meinen Arztbesuchen gingen wir einkaufen, während die Pflegekinder im Auto warten mussten. Ich war ihr bester Kumpel, und wenn sie sich über Lloyds Dummheit lustig machte, über sein Stottern und seine O-Beine, die von einer Rachitiserkrankung als Baby herrührten, stimmte ich in ihr Lachen ein. Und wenn sie mit dem Finger auf die dicke Penny und Ricky mit dem komischen Körperbau zeigte, tat ich es ihr gleich, und wir kicherten wie die Schulmädchen.

Mom ließ nur mich an ihren Späßen teilhaben, und mit

ihr gemeinsam zu spotten war genauso schön, wie ins Schwimmbecken zu pinkeln, wenn niemand zusah. Also tat ich es für Mom, wenn ich die Kinder schlug, denn ich war ihre kleine Gehilfin. Gott hab sie gern.

Eines Morgens war Lloyd an der Reihe, weil er nicht rechtzeitig sein Zimmer aufgeräumt hatte. Mom holte die Fliegenklatsche und drückte sie mir in die Hand.

»Das überlasse ich dir, Sis. Gib mir Bescheid, wenn er nicht spurt.«

Ich baute mich wie ein Soldat im Türrahmen auf und funkelte den Kleinen böse an. Reglos stand er mit seinen O-Beinen neben der großen runden Spielzeugkiste, die einer Erdkugel nachgebildet war, bemühte sich, die Spielsachen so leise wie möglich hineinfallen zu lassen, und erwiderte meinen Blick. Das sollte er mir büßen. Ich stürzte nach vorn, schnappte mir seine Hand, drehte sie um und drosch darauf ein. Einen Moment lang kam gar keine Reaktion. Und dann gellte sein Schrei durch die Stille. Er kam aus tiefstem Innern, als wäre seine Seele zutiefst getroffen und würde nun zur Verteidigung ihre eigene Stimme ertönen lassen. Mir wurde schlecht. Es klang für mich wie bei einer Folterung. Und ich war der Folterknecht.

Ich ließ Lloyd los und wich ein paar Schritte zurück. Während er um Atem rang, biss er sich auf die Unterlippe. Auf seiner vor Schmerz zitternden Hand zeichneten sich rote Striemen ab. Er konnte seinen Blick nicht von mir lösen. Und ich meinen nicht von ihm. Keuchend standen wir uns im Abstand von etwa einem Meter gegenüber und fixierten einander. Als Mom aus der Küche rief, fuhr uns beim Geräusch ihrer Stimme der Schreck in die Glieder. Noch immer ließen wir einander nicht aus den Augen. Da nahm ich die Fliegenklatsche und schlug mir selbst auf die Hand, während Lloyd für mich schrie. Wir taten es Mom zuliebe. Und wir taten es uns zuliebe.

Nach diesem Vorfall entwickelten die Pflegekinder und ich stillschweigend und wie selbstverständlich ein ausgeklügeltes System nonverbaler Kommunikation. Ein nur Sekundenbruchteile währender Blick, die unauffällige Betonung eines Worts oder das Streichen des Fingers über den Küchentresen genügte, und wir hatten uns einen ganzen Satz mitgeteilt oder vor drohender Gefahr gewarnt.

Durch diese Botschaften erfuhren wir alles, was wir wissen mussten: wo Mom sich aufhielt und in welcher Stimmung sie war. Wir waren Amateurfunker mit übernatürlichen Kräften, minderjährige Kriegsgefangene in einem versteckten Blech-Trailer, und wir begannen, füreinander zu sorgen. Zunächst waren wir durch unsere Schreie wie gelähmt, doch mit der Zeit brachten sie uns dazu, dass wir mit dem Mut der Verzweiflung für den anderen eintraten und die Schläge selbst auf uns nahmen. Jetzt waren es nicht mehr die »fremden« Kinder, die geschlagen wurden, sondern unsere Brüder und Schwestern. Da das Opfer leichter zu ertragen war, als tatenlos zuzusehen, erfolgte dieser Schritt aus freiem Entschluss.

Ich als Älteste wusste am besten, wie man meine Mutter besänftigen konnte, denn nachdem ich den Ärzten so oft nicht gezeigt hatte, wie krank ich wirklich war, hatte ich wohl oder übel großes Geschick im Umgang mit ihr entwickeln müssen. Ich allein konnte die anderen vor dem bewahren, was sie, so viel wusste ich, vielleicht umbringen, zumindest aber ihre Seelen zerstören würde.

Mit der Zeit hatte ich all die Anzeichen erkennen gelernt, wenn Mom die Fassung verlor, wenn sie in ein emotionales Abseits glitt, wenn der Boden unter ihren Füßen ins Wanken geriet. Zugleich achtete ich auf alle Reize in ihrem Umfeld, die sie aus dem Gleichgewicht bringen könnten. Ich fungierte als Stoßdämpfer, zog das Chaos in ihrem Inneren zu mir herüber, glättete die Wogen und stellte den Empfang neu ein, um das statische Rauschen auszublenden.

Wenn Lloyds Schreie durch den Trailer gellten, stürzte ich ins Wohnzimmer. »Ich bin schuld, Mom«, sagte ich dann. »Ich habe Lloyd gesagt, er kann ruhig fernsehen, ich würde das Zimmer putzen. Das habe ich vergessen. Ich bin schuld. Es tut mir leid.« Einfache und schlüssige Informationen in einem knappen, leicht verständlichen Paket. Manchmal nahm sie dann mich aufs Korn, und der magere, kleine, krummbeinige und stotternde Braunschopf Lloyd schlüpfte beinahe unbemerkt hinter die Couch, um sich zu verstecken.

Bald waren Maria und ich die besten Freundinnen. Wir konnten uns mit Blicken über Mom lustig machen, ohne dass sie es merkte – zum Beispiel, als bei einem Querfeldeinritt mit der Landjugend ihr Haarteil an einem Ast hängen blieb und von ihrem Kopf rutschte.

Wenige Monate später eilte ich herbei, wann immer Mom Maria im Wohnzimmer verprügelte, um ihr meinen Kopf als Ersatz anzubieten. Weil ich so einen harten Schädel hatte, dass ihr beim Schlagen die Hand wehtat, bekam ich gewöhnlich ein größeres Quantum ab. Wenn sie dann von mir abließ, stolperte ich zum hinteren Schlafzimmer, einem abgeschlossenen Anbau, in dem sich all die Dinge stapelten, die wir gekauft, aber nie benutzt hatten.

Maria huschte auf Zehenspitzen durch die winzige

Waschküche und vergewisserte sich mit einem Blick über die Schulter, dass Mom ihr nicht folgte. Dann bahnte sie sich auf Strümpfen den Weg durch all den Krempel zu mir. Ich saß zusammengekauert in der hintersten Ecke. Sie ließ sich an der Wand entlang zu Boden sinken, schlang ihre mageren Arme um mich und drückte mich so fest, als wollte sie mich nie mehr loslassen.

»Ich hab dich lieb, Mom«, sagte sie.

»Ich dich auch, Maria.«

In der zehnten Klasse hörte ich zum ersten Mal davon, dass es Minderjährige gab, die allein wohnten, sich mithilfe eines Jobs selbst über Wasser hielten und völlig unabhängig von ihren Eltern waren. Man musste sich lediglich mit dem Schulpsychologen besprechen und ein paar Formulare ausfüllen, dann wurde einem geholfen, das alles zu regeln. Ich hatte einen Ausweg gefunden. Und ich würde Maria mitnehmen.

Also machte ich mit Mr Marks, dem Psychologen an unserer Schule, einen Termin aus. Ruhig und besonnen erklärte ich ihm, was ich vorhatte. Bereit, meine Unterschrift zu leisten, hielt ich dabei schon den Stift in der Hand.

»Tja, und warum willst du zu Hause ausziehen?«

Mit dieser Frage hatte ich nicht gerechnet. Ich war nicht darauf gefasst gewesen, ihm meine Gründe darlegen zu müssen. Als ich stammelnd ein paar Sätze vorbrachte, runzelte er die Stirn.

Schließlich erklärte er, er werde darüber nachdenken und mich wieder in sein Büro rufen lassen, sobald er zu einem

Ergebnis gelangt sei. Wen er stattdessen jedoch anrief, waren Mom und Dad.

An jenem Abend fing Mom mich in der Küche ab, packte mich an den Haaren und schleuderte mich zu Boden. Dad stützte sich mit beiden Händen an den Ecken des Küchentresens ab, holte mit dem Bein aus und grub seine Stiefel mit den Stahlkappen in meinen Bauch, wieder und wieder.

Bis zum Ende des Schuljahres bestellte mich Mr Marks jede Woche während des Kunstunterrichts in sein Büro. Er führte mit mir therapeutische Gespräche, wegen meiner blühenden Fantasie.

Ich sitze mit Mom bei einem Facharzt für Innere Medizin in einem neuen Ärztehaus. Zwei Krankenschwestern bereiten einen Paravent vor, hinter dem ich ungestört mein Barium trinken kann. Eine weitere Schwester steht am Waschbecken und rührt das Gemisch an, das meine Eingeweide aufleuchten lassen soll.

»Aus welcher Gegend kommen Sie? Hier aus Lancaster?«

»Wir wohnen an der Grenze zu Fairfield und Hocking, etwa vierzig Minuten entfernt, im Südwesten von Lancaster.«

»Julie, Schätzchen, welchen Geschmack hättest du denn gern? Du hast die Wahl zwischen Orange, Schokolade und Erdbeere.« Die Schwester wendet sich wieder an Mom. »Mein Freund Murray und ich wohnen im Süden, Richtung Pataskala, also gar nicht so weit von Ihnen entfernt. Spielen Sie Bridge?«

»Oh, für mein Leben gern. Julie, nun sag schon, welche Geschmacksrichtung willst du haben?«

»Welche schmeckt denn am besten?«

»Ehrlich gesagt, sie sind alle ziemlich ekelhaft. Aber wenn ich mich entscheiden müsste, würde ich Orange nehmen.«

Ich gehe auf ihren Vorschlag ein.

Daraufhin füllt sie den Geschmackszusatz in die Flasche. »Wir haben eine kleine Gruppe, die sich einmal in der Woche zum Bridgespielen trifft.« Sie dreht sich um und blinzelt Mom zu. »Ohne Männer. Nur wir Frauen.«

»Ja, dann sollten wir mal eine Bridgeparty bei uns veranstalten. Vielleicht können wir ein paar Krankenschwestern zusammentrommeln oder uns wenigstens mal einen schönen Abend ohne die Männer machen.« Mom wird unruhig. »Ich fände es prima, wenn Sie uns auf der Farm besuchen würden. Unser Haus ist umgeben von sechs Hektar Wäldern und Wiesen. Es ist wunderschön dort draußen.«

»O ja, kann ich mir vorstellen. Das sollten wir wirklich mal machen. Aber nun, Mrs Gregory, gehen Sie bitte mit Julie da hinein, und sorgen Sie dafür, dass sie den Saft trinkt, damit wir sie röntgen können.«

Die Schwester lächelt uns an, drückt mir das Getränk in die Hand und geht zur Tür.

Mom beugt sich nach vorn. »Vielen, vielen Dank. Und denken Sie dran, mir Ihre Telefonnummer aufzuschreiben, ehe wir gehen.« Anschließend dreht sie sich wieder zu mir um. »Gut, dann wollen wir mal, Sis. Sehen wir zu, dass wir es hinter uns bringen.«

Ich hebe den Metallbecher mit dem dickflüssigen Barium an die Lippen. Orangefarbene Kreide, aufgelöst in einem Liter Öl, gemixt mit magnetischem Staub. Sobald man einen Mund voll Barium hinuntergeschluckt hat, reagiert der Körper mit dem natürlichen Impuls, es so schnell wie möglich wieder auszuspeien.

Der metallische Geschmack ruft eine lebhafte Erinnerung in mir wach. Wie war das noch, als die roten Streichholzköpfe auf meiner Zunge brannten? Warum bin ich immer noch im Krankenhaus? Wonach suchen sie? Habe ich was am Bauch? Ich blicke Mom an. Hilf mir, bitte hilf mir! Tränen strömen mir übers Gesicht. Ich schlucke Barium, mir dreht sich der Magen um, und in dicken sauren Blasen steigt es wieder auf. Sehen wir zu, dass wir es hinter uns bringen, Sis. Meine Kehle schließt und öffnet sich. Bitte hilf mir, Mom. Ich will das nicht trinken!

Doch Mom starrt ins Leere. Sie sieht durch mich hindurch, vertieft in eine imaginäre Unterhaltung. Einer ihrer Wangenmuskeln zuckt heftig, und lebhaft huschen ihre Blicke über die Szene, die sie vor ihrem inneren Auge sieht – das Einzige, was sie wahrnimmt, als sie mir ins Gesicht blickt. Sie sieht nicht ihre Tochter, die schluchzend eine Portion Barium hinunterwürgt. Sie befindet sich nicht im Behandlungsraum eines Ärztezentrums. Nein, sie blickt lächelnd in eine Runde von Krankenschwestern, die sich an dem guten Esstisch am Erkerfenster unseres Anbaus versammelt hat. Sie knabbern zusammen Kartoffelchips aus der Familienpackung, spielen Bridge und machen sich bis spät in die Nacht über ihre Ehemänner lustig, kichernd wie junge Mädchen.

Von der Landjugend bekam ich ein eingetragenes Quarter-Horse namens Skipster's Barr zugeteilt. Es hatte einen Widerrist von einem Meter fünfzig, war also größer als ich, und mit seinem glatten braunen Fell, den schimmernden Muskeln und den vier weißen Hufen erschien es mir prachtvoll und majestätisch.

Barr sollte eigentlich ein Barrel-Racer werden und in den Rennen, für die Mom mich anmelden wollte, Rekordzeiten herausholen. Doch dann stellte sich heraus, dass er genauso faul war wie ich, meinte sie.

Insgeheim war ich froh, dass mein Pferd nicht mitspielen wollte. Bei dem Gedanken, dieses energiegeladene und mit Adrenalin aufgeputschte Tier durch die engen Kurven zu jagen, wurde mir schlecht. Aber nun hatte ich wenigstens eine Ausrede. Trotzdem banden wir eine Federkernmatratze an die Mähmaschine, schichteten Holzscheite auf und bauten uns auf der Wiese einen Übungsparcours. Mom, die sich seit ihren Tagen bei der Reitshow in diesen Dingen auskannte, zerrte Barr nach draußen. Mit einem gellenden Jiii-haaa sprang sie in den Sattel, ließ die Peitsche auf das Gesäß meines schönen Pferdes knallen und grub die Sporen in seine Flanken, woraufhin es so schnell losrannte, dass sie beim Spurt um die Fässer fast aus dem Sattel gerissen worden wäre.

Als sie schließlich das Pferd abrupt vor mir zum Stehen brachte, stand Schaum auf Barrs Nüstern, und in seinen sanften Augen spiegelte sich das blanke Entsetzen.

Doch an anderen Tagen dieses Sommers, wenn Mom sich mit ihrem Wandschrank beschäftigte oder einfach nur gute Laune hatte, erklärte ich ihr, ich wolle mit Barr zu den oberen Weiden reiten, um ihn zu trainieren. Dann stieß ich ihm hastig immer wieder die Fersen in die Seiten, damit er so schnell wie möglich von der Farm trottete, ehe sie ihre Meinung änderte. Kaum waren wir im Wald und außer Sichtweite, ließ ich ihn anhalten. Zwischen den Bäumen versteckte ich Decke und Sattel, das Zaumzeug und meine albernen Cowboystiefel und stieg mithilfe eines Baumstamms auf seinen blanken Rücken.

Auf einen kurzen Druck meiner nackten Fersen setzte Barr sich wieder in Bewegung. Diesmal trottete er jedoch in gemächlichem Schritt und mit hängendem Kopf langsam in der Sonne dahin, und ich zog meine Shorts und mein Oberteil aus.

Wir verfielen in einen gleichmäßigen Schritt. Meine Kleider lagen auf seinem Rist, als Zügel hatte ich lediglich ein Büschel seiner Mähne um die Zeigefinger gewickelt. Barr stromerte ganz nach Belieben durch die Wälder oder über die oberen Wiesen, wo sich keine Menschenseele blicken ließ. Ich hatte Vertrauen zu ihm. Meine langen, mageren Beine baumelten an seinem runden Bauch herab; in Unterwäsche hockte ich auf seinem Rücken, an den Füßen nur Gymnastikschuhe. Bei jeder Bewegung seiner muskulösen Schenkel wurde mein Hintern vor- und zurückgeschoben, sodass sich an den Innenseiten meiner Beine ein Film aus Fett und Pferdehaar bildete. Und mit jedem Schritt fand mein Körper mehr zu sich selbst, bis ich schließlich in einen wunderbaren Zustand der Entspannung geriet, zusammengesunken und mit offen hängendem Mund, ganz nach Lust und Laune. Keine Worte mehr, ja nicht einmal mehr Gedanken.

Manchmal blieb Barr auch einfach auf einer Lichtung stehen. Dann winkelte er ein Hinterbein an und nahm eine bequeme Haltung ein. Ich beugte mich über seinen Hals, zog die Beine auf seine Kruppe hoch und streckte mich in ganzer

Länge auf seinem Rücken aus, der so warm war wie ein Sandstrand. Die Arme um seinen Hals geschlungen, ließ ich den Kopf auf seinen Rist sinken. So verharrten wir lange in der Stille und dämmerten im warmen Sonnenlicht vor uns hin. Wenn Barr beschloss weiterzugehen, setzte er seinen Huf wieder ab, richtete sich ein wenig auf und machte einen winzigen Schritt, um mich zu wecken.

Ich setzte mich wieder auf, ließ die Beine an seinen Rippen herabhängen und tätschelte ihm den Nacken. Dann setzte Barr sich in Bewegung und trug mich mit gemächlichen Schritten fort, immer weiter fort von der Zufluchtsfarm.

Nachdem meine Nase geheilt war, ließ mich Mom an einem Sommertag in der Auffahrt posieren, um vor der Sperrholzwand unseres Trailers Fotos von mir zu schießen. Ausstaffiert hatte sie mich mit einem Push-Up-BH, engen Wrangler-Jeans und einer rosa Hemdbluse, deren Kragen aufgestellt war. Einmal hob ich mir die Haare mit der Hand aus dem Nacken, dann wieder trug ich einen Cowboyhut. Mom wollte die Fotos an die Modellagentur Ford in New York schicken und hoffte, man würde mich entdecken. Die restlichen Bilder verstaute sie in ihrer Brieftasche. Man wusste ja nie, wann man einen netten älteren Mann traf, der vielleicht gern einen Blick darauf werfen würde.

Diese Fotos, die ich heute noch besitze, sind für mich ein letztes Fenster, das mir einen Blick auf meine Jugend gestattet. Blass, grau und geisterhaft starren meine Augen aus ihren tiefen Höhlen und künden von einem Leben, in dem ich wenig zu sagen habe. Ansonsten drücken meine Züge jedoch aus, dass ich morgens Männer verspeise, zerquetscht und auf meinen Frühstückstoast geschmiert.

Ich bin eben erst sechzehn geworden, da lässt Mom mir die Pille verschreiben, damit ich nicht schwanger werde. Jetzt bin ich alt genug, um mich mit Männern zu treffen, und sie kennt schon ein paar, mit denen ich ihrer Meinung nach ausgehen soll. Zunächst mit Debbie Millers Sohn. Nachdem er mich einmal auf einem Ausritt gesehen hat, lässt er von Debbie und Mom ein Treffen für uns arrangieren. Er heißt Don, trägt einen buschigen schwarzen Schnauzer und stinkt bei unserem Rendezvous nach dem Männerparfüm Polo. Er ist einunddreißig.

Beim ersten Mal machen wir einen Ausflug mit seinem Boot. Debbie ist als Anstandsdame dabei. Sie zündet sich eine Zigarette an, und die platinblonden ausgefransten Strähnen ihrer dauergewellten Haare flattern ihr bei jeder Woge, die an den Rumpf schlägt, um die gebräunten ledrigen Schultern. Don steuert das Boot in die Mitte des Sees, dann stellt er den Motor ab, sodass wir träge unter der heißen Sonne dümpeln. Debbie hat belegte Brote mitgebracht, und sie zwinkert Don zu, als sie ihm eins reicht. Ich habe den Eindruck, sie wolle ihm etwas sagen, doch sicher bin ich mir nicht. So eingezwängt zwischen Mutter und Sohn, bekomme ich ein flaues Gefühl im Magen. Ich habe Hunger, aber mehr als ein wenig von dem weichen Aufstrich, den ich von den Rändern lecke, bringe ich nicht hinunter.

Debbie streckt sich übertrieben, dann krabbelt sie zu der Polsterbank im Bootsheck, um ein Nickerchen zu halten. Ich bleibe mit Don im dreieckigen Bug allein. Er beginnt, mit den Fingerspitzen am Band meines Bikinioberteils entlangzustreichen. Don möchte, dass ich mit ihm in seine Wohnung komme, ich allein, denn er will mir etwas zeigen. Als er versucht, mich ins Gesicht zu küssen, berührt seine raue Haut die meine, die so zart ist wie der Bauch eines Füllens. Ich rutsche ein Stück von ihm fort und beginne hastig, von Dads alten Autos zu erzählen. Wie schön wäre es, wenn Debbie jetzt aufwachen und rufen würde: »Don, um Himmels willen, was machst du da? Hör auf damit.« Ich möchte, dass er sich schlecht fühlt, möchte ihm ein Messer in den Bauch stoßen, möchte, dass er in Scham und Schande versinkt. Aber Debbie lässt ihren Sohn gewähren, und so bleibe ich, wo ich bin. Außerdem war es von den beiden doch ausgesprochen nett, mich zu diesem Ausflug und dann auch noch zum Essen einzuladen. Ich will sie nicht enttäuschen. Als Debbie aufwacht, werfe ich mich so stürmisch in ihre Arme, dass wir beide überrascht sind.

Don gibt ruckartig Gas und lässt das Boot vorwärts preschen, sodass der Bug wie in Miami Vice die weiß gekrönten Wellen schneidet. Mit zusammengebissenen Zähnen blinzelt er in die untergehende Sonne; offenbar spürt er, dass mich seine Mutter plötzlich unter ihre Fittiche genommen hat. Als wir in die Bucht rauschen und ich meine Mom auf dem Parkplatz auf mich warten sehe, springe ich erleichtert auf den Steg und laufe zu ihr hin. Unterdessen lehnt Mom sich aus dem Autofenster und winkt Don und Debbie munter zu.

Wir sind an einem toten Punkt angelangt. Die Ärzte finden nichts mehr, was bei mir nicht stimmen könnte. Ich bekomme regelmäßig meine Herzmedikamente, nur Dosierung und Einnahmehäufigkeit ändern sich gelegentlich ein wenig. Doch die große Chance, wirklich herauszufinden, wo die Ursache des Übels liegt, haben wir verpasst.

Einmal hätten wir die Möglichkeit gehabt, durch eine Operation am offenen Herzen auf echte Antworten zu stoßen. Doch der Arzt war zu jung und zu unerfahren, um mit meinem besonderen Fall umzugehen. Mom hat sich ihr Leben lang darum bemüht, für ihr krankes Kind die beste medizinische Betreuung zu finden, doch alles umsonst. Ich bin nach wie vor krank, und da Dad letztes Jahr an meinem Geburtstag seinen Job verloren hat, sind wir jetzt nicht einmal mehr ausreichend krankenversichert.

Immer noch gehen wir gelegentlich in die Kirche. Dort erzählt Mom den anderen, dass ich wohl niemals gesund werden würde, man möge mich doch bitte in die Gebete einschließen. Es würde sie wundern, wenn ich meinen zwanzigsten Geburtstag noch erlebte. Bestenfalls könnten wir darauf hoffen, dass sich mit den Medikamenten, die ich bekomme, mein Zustand stabil halten lässt. Noch immer leide ich unter Herzrasen, noch immer bin ich kurzatmig, noch immer hängt mir der Mund offen. Ich trinke auch weiterhin dosenweise Ensure Plus mit Schokoladengeschmack und stopfe kalorienreiche Kekse in mich hinein. Aber jetzt weiß ich, dass sie ohne Wirkung bleiben.

Dad will unter vier Augen mit mir sprechen. Dort drinnen, erklärt er, während er auf eines der leeren Schlafzimmer zeigt. Er geht zum Bett, und ich folge ihm beklommen. Nachdem er sich auf die Bettkante gesetzt hat, klopft er sich aufs Knie. Ich soll mich draufsetzen wie ein kleines Mädchen. Doch ich bin inzwischen sechzehn, ich will nicht mehr bei meinem

Vater auf dem Schoß sitzen. Zaghaft lasse ich mich mit einer Pobacke darauf nieder, stütze jedoch den Großteil meines Gewichts auf das andere Bein, das ich so weit wie möglich wegstrecke.

Dad legt mir die Hand auf den Rücken. »Ich kann nicht zulassen, dass du bei der Christlichen Jugend Rettungsschwimmerin wirst.«

»Aber Dad! Das ist der einzige Job, den ich in den Sommerferien haben möchte. Ich kann schwimmen, und ich kann …«

»Weißt du noch, wie die Leute auf der Straße über dich gelacht haben, als du klein warst?«

Ich nicke. Heiße Tränen schießen mir in die Augen.

»Nun, Liebes. Ich kann es nicht ertragen, dass mein kleines Mädchen ausgelacht wird, wenn es im Badeanzug herumläuft. Du hast keinen Busen, keine Hüften, keinen Hintern, Sissy. Im Badeanzug siehst du einfach schrecklich aus. Kinder sind grausam, mein Schatz, sie werden sich über dich lustig machen. Aber mach dir keine Sorgen wegen deinem Ferienjob. Mom hat gesagt, sie will versuchen, dich im Krankenhaus unterzubringen.«

Ohne Arzttermine ziehen sich die freien Sommertage sinn- und nutzlos hin. Auf dem Land gibt es keine Ablenkung oder Zerstreuung, die einen mit der realen Welt verbindet, keine Geschäfte und Einkaufszentren, die man durchstreifen kann, keine nahe gelegenen Restaurants, keine Videothek. Endlos dehnen sich die Stunden, und ein einziger Tag kann dir vorkommen wie vier.

Abends bastelt Dad meist allein in seiner Werkstatt herum. Sobald er mit Mom zusammen ist, brüllen sie sich nur noch an. Weil Dad seinen Job verloren hat. Weil sie dadurch eine Einnahmequelle verloren haben. Und weil sie kein Geld haben, um sich scheiden zu lassen.

Wir hocken auf der Farm aufeinander, sind rastlos, gelangweilt, nervös und angespannt. Moms Schuhe stehen unbeachtet im Wandschrank. Danny, die Pflegekinder und ich warten schwitzend auf den Plastiksitzen des Kombis, während sie von einem Geschäft ins nächste rennt und einkauft: mehr Kleider, mehr Schuhe, mehr Betonfiguren, um sie im Flur aufzureihen.

Der einstige Trailer hat jetzt so viele Anbauten, wie es nur geht. Wir verfügen über sechs Schlafzimmer, drei Bäder, zwei Wohnzimmer, einen Raum für die Gefriergeräte, einen Wäscheraum, ein Arbeitszimmer, das gute Esszimmer, drei Veranden und das hintere Zimmer, in dem wir, die Kinder, gemeinsam mit den Spinnen hausen.

Neben der Blockhütte ist eine Werkstatt errichtet worden, außerdem gibt es inzwischen eine Scheune, in der das Heu gelagert wird, einen Schuppen für Dads Ersatzteile und einen Verschlag für das Boot, das wir über eine Zeitungsanzeige gekauft haben, aber nie benutzen. Wir haben langsam wachsende Weiden und Obstbäume gepflanzt. Die Einfahrt haben wir so oft gekiest, dass die Schwielen an meinen Händen zum Dauerzustand geworden sind. Es ist meine Aufgabe, die jährliche Lastwagenladung auf dem Boden zu verteilen.

Das Schwimmbecken ist aufgestellt. Die Zäune sind gespannt. Wir besitzen nun zehn Pferde. Im Stall lagern die verschiedensten silberbeschlagenen Sättel mit dazu passendem Zaumzeug, Decken und Halftern. Danny und ich haben all die gelben, rosa und roten Kunststoffbänder gewonnen, die jetzt in den Schrankregalen liegen, und ich bin beim Jahrmarkt von Pickaway die gekrönte Rennsiegerin geworden.

Meine Mutter steht mit verschränkten Armen in starrer Haltung neben dem Holzofen, das Gewicht auf ein Bein verlagert.

»Und, was gedenkst du dagegen zu tun, he?«, fragt sie. »Du elender Waschlappen, du blöde Schwuchtel!«

Während sie die Worte genüsslich in die Länge zieht, lässt sich mein Vater von den Beleidigungen immer mehr aufstacheln. Allmählich sieht er rot. Obwohl er vor Wut auf sie kocht, bahnt sich seine Feigheit wie heiße Lava ihren Weg zu mir. Er greift an, indem er sich ein Büschel meiner Haare packt.

»Ich werde dir schon zeigen, was ich dagegen zu tun gedenke! Ich lasse es nicht zu, dass eine gottverdammte kleine Schlampe ihre voll gerotzten Taschentücher herumliegen lässt.« Zwischen uns steht nur der Couchtisch. Dad drückt das Taschentuch zusammen, als wollte er es zermalmen.

Mom hat ihm erzählt, ich ließe die Taschentücher fallen, damit er sie aufheben muss – ein raffinierter Trick, um ihn krank zu machen.

Er nimmt das Taschentuch, und während seine Stimme immer lauter wird, verschwindet Mom mehr und mehr von der Bildfläche. Wie bei einem Mannschaftslauf lässt er sich von ihr die Stafette geben, und nachdem sie die erste Strecke zurückgelegt hat, kann sie jetzt ihm das Feld überlassen. Ich beobachte die Szene mit aufgerissenen Augen. Das kann doch nicht wahr sein! Das Taschentuch stammt von Mr Beck, erkläre ich ihm, er verliert es immer, wenn er zur Toilette schlurft. Er kann nichts dafür, er ist durch seine Medikamente so schusselig geworden.

Meine Mutter verdreht die Augen. Dies sei die albernste Ausrede, die sie je aus meinem Mund gehört habe. Er greift den Faden auf – was für ein verlogenes Miststück –, und die Aussicht auf Belohnung stachelt ihn an: dass sie ihn in Ruhe lässt, bitte, lieber Gott, er will doch nur zufrieden gelassen werden und sich in sein Schneckenhaus zurückziehen.

Ach, wolle ich ihn etwa einen Lügner nennen? Ich werde ihm doch nicht widersprechen? So ein kleines Stück Dreck – und nennt ihren Dad einen Lügner!

Er rammt meinen Kopf auf die Tischplatte. Und noch einmal. Mein Schädel knallt gegen die scharfe Kante. Schmerz durchzuckt mich, durchflutet mein Gesicht, meine neue Nase und setzt sich vibrierend in jeden Winkel meines Kopfes fort, wie ein Blitz, der in Verästelungen über den Himmel jagt. Zack, knallt mein Gesicht auf den Tisch, auf das Glas, gegen die böse Schärfe seiner Wut.

Ich kann nicht weinen. Denn ich muss jetzt sterben. Weinen hat keinen Sinn, wenn es keine Hoffnung mehr im Leben gibt. Ich bin versteinertes Holz, wie Kawliga in dem Lied, das Mom und ich im Auto immer gesungen haben, und so hart und steif wie meine Mutter, die mit verschränkten Armen in der Zimmerecke steht. Aber dann zieht er meinen Kopf wieder nach oben, so hastig, als würde ich sonst in einem mit Wasser gefüllten Metalleimer ertrinken und er, mein Retter, eilte mir mit seiner gewaltigen Kraft zu Hilfe.

Als er mir das Taschentuch vor die Nase hält, muss ich doch weinen. Nein, nein, nein! Doch, er wird mir eine Lektion erteilen, die ich mein Lebtag nicht vergessen werde. Das wird dich lehren, hier noch einmal ein voll gerotztes Taschentuch herumliegen zu lassen. Und jetzt will er es sehen. Er will zusehen, wie ich mir das Taschentuch in den Mund stecke und hinunterschlucke. Im gleichen Augenblick wird ihm klar, dass ich es nicht über mich bringe – ich kann das unmöglich tun. Dass ich ihn auf die Probe stelle, ob er Manns genug ist, sich dagegen zu wehren, dass seine Tochter ihn zum Narren hält. Ich lese in seinen Augen, dass es Moms Stimme ist, die ihn antreibt, anfeuert, und zack, nach unten, und wieder gegen die Kante, und auf dem Weg nach unten – einem langen Weg, da ich schon über einssiebzig groß bin – hebe ich flehentlich den Blick zu meiner Mutter empor.

»Bitte hilf mir!«, kreische ich. »Hilf mir, Mom! Er will mich umbringen.«

Aber sie steht immer noch dort, wo sie schon vor drei Minuten gestanden hat. Drei Minuten zuvor, als mein Leben noch anders aussah und ich unversehrt hätte davonkommen können. Doch nun …

Meine Mutter, mittlerweile ganz entspannt, setzt ein katzenhaftes, verschlagenes Grinsen auf. Sie sieht mich ungerührt an, erwidert meinen Blick, dort in der Ecke, während ich erneut nach unten gerissen werde, zack. Als ich mich aufrichte, höre ich ihn drohend knurren, er werde mich umbringen, mit seinen Fäusten, oder mich einfach mit den Händen würgen, bis alle Kraft aus meinem Körper gewichen ist. Groß und schnaubend steht er über mir, ein Bulle von mindestens vier Zentnern, und jetzt habe ich keine Zweifel mehr. Langsam und genüsslich, als wäre es die köstlichste Schweizer Schokolade, schiebe ich mir das Taschentuch in den Mund, hoffe, dass es möglichst wenig Haut berührt, ehe es sich im Speichel auflöst. Der getrocknete Rotz, so stelle ich mir vor, sind die festen Fasern von Zuckerwatte, der Geschmack eines kräftigen Pfefferminzbonbons aus den Tiefen von Grandma Madges Handtasche. Es beginnt auf meiner Zunge zu zergehen, und wird, noch ehe es seinen Weg nach unten antritt, schon im Mund der Verdauung unterzogen. Unterdessen brüllt mein wild dreinschauender Vater. Die Brauen sind über der Nasenwurzel zu einer steilen Falte zusammengezogen, auf seiner Stirn bilden sich feinere Fältchen. Und noch immer hält er mich an den Haaren gepackt, inzwischen jedoch am Hinterkopf, damit ich ihm nicht entwischen kann. Ich beginne zu kauen. Zellulose trifft auf meine Füllungen, wird durch den Druck meiner Kiefer zusammengepresst, Zellulose wird von trocken zu nass verwandelt und löst sich auf in kleine weiße Fasern, die an meinem Gaumen und der Mundhöhle kleben. Ich soll mich besser beeilen, droht mein Vater, kauen und schlucken, denn er gibt mir noch zwei Sekunden, ehe er seine Worte wahr macht und mich umbringt…

»Mein Gott, Dan! Du willst sie doch nicht zwingen, das herunterzuschlucken, oder? Was bist du doch für ein Schweinehund, dass du deiner Tochter so was antun kannst!«

Und weil sie ihm die Erlaubnis dazu gibt, lässt er mich los. Jetzt kann sie ihm nicht mehr vorwerfen, er sei eine verdammte Schwuchtel. Dass er zu nichts nütze ist, kann er verkraften, denn er ist ein Mann, und er weiß, wie man von seinen Kindern Respekt einfordert. Sie werden ihm gehorchen, verdammt noch mal. Sonst bringt er sie um.

Es war die gleiche Holly Hobbie-Sozialarbeiterin, die mich – nein, uns – im Sommer meines vorletzten Schuljahrs, als ich sechzehn war, rettete. Und es war alles einfach nur Glück.

Da ich nicht als Rettungsschwimmerin arbeiten durfte, besorgte mir Mom einen Job als Schwesternhelferin im Lancaster Fairfield-Bezirkskrankenhaus. Um meinen Gehaltsscheck abzuholen, ging ich nun durch die gleichen Flure, in denen ich früher als Patientin stundenlang gewartet hatte.

Ich arbeitete im Rahmen eines Programms, das von unserer Bezirksregierung ins Leben gerufen worden und speziell für junge Leute gedacht war, die die Highschool besuchten. Obligatorisch war dabei unter anderem ein wöchentliches Treffen mit einer Supervisorin. Auf diese Weise sollte sichergestellt werden, dass die Arbeit mit den Patienten keinen negativen Einfluss auf unsere sorglosen Kinderseelen hatte.

Mom fuhr nach wie vor mit den Pflegekindern in die Stadt zu den von den Behörden finanzierten Therapien. Sie richtete es so ein, dass jedes Kind einen anderen Therapeuten hatte und dass sie das Vorgespräch allein mit ihm führte. Sie erzählte den Psychologen, der eine würde krankhaft lügen oder der andere sei gewalttätig, und auf dem Weg zu einem

Termin erinnerte sie die Kinder stets daran, dass ihnen ohnehin niemand glauben würde, wenn sie mithilfe von erfundenen Geschichten versuchten, bei einer anderen Pflegefamilie unterzukommen.

Auf dem Weg zur Therapie faltet Maria ein Blatt Papier auseinander und beginnt auf der Rückbank ein Lied zu singen. Es handelt davon, wie sehr sie Mom liebt, dass sie aber vielleicht besser weggehen sollte, da sie Mom so wütend mache, dass sie sie jedoch immer lieb haben werde und dass sie bis in alle Ewigkeit ihre Mommy sein würde. Mom bringt den Wagen abrupt auf dem gekiesten Seitenstreifen zum Stehen, fährt auf dem Fahrersitz herum und ballt die Fäuste. Maria hält sich schützend die Hände vors Gesicht. »Jetzt hör mir mal zu, du kleine Schlampe, du wirst nirgendwohin gehen. Wenn du weg willst, dann bringe ich dich höchstens zurück zu deinem Dad in seinem Rollstuhl und zu seinen fetten Saufkumpanen. Dann können sie dir wieder die Höschen ausziehen, das würde dir wohl gefallen, was?«

Als sich meine Supervisorin erkundigte, wie es mir gehe, brach ich zusammen. Die Arbeit sei großartig, mein Zuhause die Hölle. Ich bat sie inständig, niemandem etwas zu sagen. Sie erwiderte, nach dem Gesetz könne man sie einsperren, wenn sie nichts unternähme. Dann rief sie Holly Hobbie an, und alles kam heraus.

Holly Hobbie, die eigentlich Melissa hieß, fuhr zu unserem Haus, bog in den dunklen Tunnel, der uns vor der Welt verbarg, und rollte in die verlassene Einfahrt. Mom stand am hinteren Fenster, die Pistole in der Tasche. Normalerweise kam die Sozialarbeiterin nie, ohne sich vorher anzumelden.

Melissa erklärte, Zweck ihres Überraschungsbesuches sei es, mit den Kindern darüber zu sprechen, ob sie sich adoptieren lassen wollten. Und zwar allein. Das hatte es nie zuvor gegeben. Ohne Mom und Dad, das war etwas Besonderes. Und beunruhigend. Entweder waren wir in Schwierigkeiten oder aber die beiden. Wie auch immer, eine große Sache.

Melissa nahm die Kinder mit auf einen Spaziergang an der Straße und erklärte ihnen, ich sei in der Stadt und hätte alles erzählt. Auf ihr gutes Zureden hin bestätigten ihr Maria, Lloyd und Ricky das, was sie wissen musste. An ihrem Kombi angelangt, verfrachtete Melissa die drei auf den Rücksitz, dann ging sie zurück ins Haus, um ein paar Kleider zu holen. An diesem Tag verloren Mom und Dad ihre Erlaubnis zur Aufnahme von Pflegekindern. Und an diesem Tag verlief sich die Sozialarbeiterin auch zum ersten Mal in den anderen Flügel des Hauses, wo wir Beck hielten. So verloren wir auch ihn.

Wieder in Lancaster, kam Melissa zu mir ins Krankenhaus. Ich dürfe niemals zugeben, was ich getan hatte, ganz gleich, wie mitfühlend und verständnisvoll Mom sich auch geben möge, meinte sie. Dann gab sie mir eine Notfallnummer, die ich anrufen sollte, wenn meine Eltern es herausfänden. Melissa hatte Angst um mein Leben.

Den Rest meines Arbeitstags im Krankenhaus brachte ich hinter mich, als sei nichts geschehen. Aber innerlich glühte ich. Ich hatte ein Geheimnis. Ich ganz allein hatte Maria gerettet – darum vor allem war es mir gegangen –, und gleichzeitig hatte ich auch die anderen Kinder retten können. Zwar wusste ich nicht, wo man sie hinbringen würde – ein paar Nummern mehr unter den unzähligen anderen Kindern in der Obhut des Jugendamts, für die es nun wieder galt, eine anständige Pflegefamilie zu finden –, aber immerhin waren sie entkommen. Das war alles, was zählte.

In unserer Straße angekommen, ermahnte ich mich wieder und wieder: Du musst ganz cool bleiben, du darfst dir nichts anmerken lassen, du musst dich normal verhalten, entrüstet und überrascht tun. Mom erwartete mich in der Auffahrt. »Warst du das? Du kannst es mir ruhig sagen, wir werden nicht böse sein. Hast du uns das angetan?« Ihre Stimme überschlug sich. »Du Miststück, du erbärmliches …«

Meine schauspielerischen Fähigkeiten sind mittlerweile recht ausgefeilt. Ich spiele die Schockierte, die Entrüstete. Ich weine mit Mom am Küchentisch.

Sie denkt laut nach. »Vielleicht war es ja Annabelle, weil ich Penny damals beim Ausreiten eins auf die Nase gegeben habe, dass sie geblutet hat. Oder hat Jim mich reingeritten, weil ich ihn damals im Jugendzentrum während der Pferdeshow in den Bauch getreten habe?« Mir wird schlecht. Aber ich lasse mir nichts anmerken.

Doch vier Tage später lächelte Mom, als ich nach Hause kam. Sie saß auf der äußersten Sofakante und hielt triumphierend einen kleinen Zettel in die Höhe. »Ich weiß jetzt, wer es war. Sieh dir das an.«

Es war der Papierschnipsel, auf dem ich mir in mikroskopisch kleiner Schrift die Notfallnummer notiert und den ich anschließend in einem zusammengerollten Paar Socken ganz hinten in der Schublade mit meiner Unterwäsche versteckt hatte. Mom hatte die Nummer gewählt. Als sich der Kindernotruf meldete, hatte sie den Hörer leise wieder aufgelegt.

»Dad ist schon auf dem Heimweg. Und du bist so gut wie tot, Mädchen. Er wird dich umbringen. Hast du gehört? Du bist so gut wie tot. Diesmal kommst du nicht so einfach davon. Von mir aus können sie mich einsperren bis ans Ende meiner Tage, aber vorher sollst du dafür büßen. Mach dich auf was gefasst.« Sie bebte vor Vorfreude.

»Und jetzt setz deinen Arsch in Bewegung, und geh an deine Arbeit, bis dein Vater heimkommt.«

Ich machte mich daran, die Papiertüten mit dem Abfall hinauszutragen, vorbei am Auto, das in der gekiesten Auffahrt stand, hinaus zu dem verkohlten Aschehaufen an der Straße, wo ich sie verbrannte. Als ich wieder hereinkam, um die nächste Ladung zu holen, schüttete ich den Müll hinten in meinen Schrank, füllte die Tüten mit Kleidern und bedeckte sie mit zusammengeknülltem Papier. Beim Kombi angekommen, warf ich die Tüten hastig auf den Rücksitz. Als ich genügend Kleidung beisammen hatte, schnappte ich mir meine kleine Hündin P. J., setzte sie auf den Beifahrersitz und lenkte den Wagen aus der Einfahrt. Lieber Gott, hoffentlich kommt mir Dad nicht auf der Straße entgegen! Ich habe die Notfallnummer nicht mehr. Es gibt keinen Ort, wo ich hingehen könnte, außer zu Debbie Millers Sohn. Ich habe seine Nummer im Kopf, weil Mom sie mich auswendig lernen ließ. Don wird da sein, in seiner nach Polo riechenden Eigentumswohnung auf mich warten. Es wird ihn umwerfen, wenn ich allein komme. Er will mir etwas zeigen. Und ich weiß, dass ich ihm seinen Willen lassen muss. Meine Mutter hat mich gut abgerichtet.

Tags darauf holt sich Dad mein Auto vom Parkplatz, während ich arbeite. Im Auto befanden sich nicht nur alle meine Kleider, sondern auch mein kleiner Hund. Jetzt besitze ich nichts mehr als die Krankenhausuniform, die ich am Leib trage. Ich muss Melissa anrufen.

Sie fährt mit mir in eine Notunterkunft für Minderjährige, die von zu Hause weggelaufen oder straffällig geworden sind. Nun bin ich ein Heimkind. Melissa hat mir versprochen, mich in einer netten Familie unterzubringen, doch bisher hat sie noch keine gefunden.

Die meisten Heimkinder in meinem Alter sind hart im Nehmen und gemein. Einige Mädchen sind schwanger. Die meisten stehlen. Der Traum von einer Familie mit Mutter und Vater hat sich bei ihnen auf die gleiche Weise verabschiedet wie die Geschichte von der Zahnfee und der Glaube an den Weihnachtsmann. Wenn Kinder im Teenageralter unter staatliche Aufsicht gestellt werden, kräht nach ihnen kein Hahn mehr. Die Welt sieht zu, wie sie einen Schlag nach dem anderen einstecken müssen, und da können sie sich noch so oft einreden, sie seien Wunschkinder, im Grunde ihres Herzens wissen sie, dass sie, wenn es sich so verhielte, erst gar nicht hier gelandet wären. Das ist einfach nur logisch.

Selbst wenn sie gelegentlich Hoffnung schöpfen, die neue Pflegestelle könnte anders sein, merken sie schon während des Probeaufenthalts bei einer Familie an den rigiden Vorschriften und Strafen, die dort festgelegt werden, dass es zwei Arten von Regeln gibt: Die einen gelten für die richtigen Kinder, die anderen für sie. Pflegeeltern hüten sich, Jugendliche aufzunehmen, egal unter welchen Umständen, denn sie wissen, dass ein Heer unterbezahlter Sozialarbeiter ihnen jede beliebige Lüge auftischen wird, nur um eines dieser Kinder bei ihnen abzuladen. Hat man erst einmal einen Teenager aufgenommen, ist es schwer, den Sozialarbeiter dazu zu bewegen, ihn wieder abzuholen. Wie Waren zweiter Wahl gibt es Pflegekinder nur mit begrenzter Haftung. Und die Sozialarbeiter agieren wie Handelsvertreter, die mit überschwemmungsgefährdeten Seegrundstücken und gelb angemalten unreifen Zitronen hausieren gehen. Sie sind die Verkäufer der Schattenseite Amerikas.

Aber ich war ein geschundenes Kind, ein Kind, dessen Leben in Gefahr war. Melissa versuchte, den Unterschied hervorzuheben, betonte, dass ich nicht auffällig geworden sei, doch die Leiterin des Heims kannte solche Geschichten zur Genüge. Wie alle anderen jugendlichen Straftäter würde ich die Ausgangssperre hinnehmen und die Personenkontrollen über mich ergehen lassen müssen. Jugendliche Straftäter nannten sie uns. Ich sollte also mit jugendlichen Straftätern zusammenleben. Da zeigt man seine Eltern wegen Misshandlung an und wird mit einer Horde krimineller, unangepasster junger Menschen zusammengesperrt.

Trotzdem arbeitete ich während der Sommermonate weiterhin im Krankenhaus. Melissa kam jeden Morgen aus Lancaster, um mich von dem Heim in Logan abzuholen und zu meinem Dienst zu bringen. Abends fuhr sie mich zurück. Sie ließ sich nicht davon abbringen – dies sei das Mindeste, was sie für mich tun könne, meinte sie. Manchmal sah ich, dass sie während der Fahrt leise vor sich hin weinte, denn die Sonne spiegelte sich in ihrem tränennassen Gesicht. Vielleicht hat es damit zu tun, das sie Penny nicht geglaubt hat, überlege ich mir.

»Ach, Sis, biiitte, bitte komm doch nach Hause! Bitte sag ihnen, dass du es dir überlegt hast und dass du die Vorwürfe zurücknimmst. Ach bitte, du fehlst mir so, Siiisssy!«

Mom und Dad warten im Auto, das mit laufendem Motor auf dem Parkplatz steht. Ungefähr einmal in der Woche schicken sie Danny los, damit er sich in den Krankenhausfluren auf die Suche nach mir macht und mich bittet, nach Hause zu kommen. Er ist erst zehn.

»Ich vermisse dich auch, Danny, aber ich kann nicht. Melissa rechnet mit meiner Aussage gegen Mom und Dad. Sie zählt auf mich. Wenn ich jetzt nach Hause komme, bringen die beiden mich um.«

»Mom sagt, es ist alles vergeben und vergessen, du brauchst keine Angst zu haben, Sis. Sie ist nicht mehr wütend auf dich. Wenn du nach Hause kommst und alles vergisst, wird sie dir verzeihen.«

»Danny, ich wäre wirklich gern wieder bei dir, aber ich kann einfach nicht. Ich muss hier in Logan bleiben und meinen Job behalten, denn sonst wird Melissa böse auf mich. Aber ich komme dich bald besuchen, das verspreche ich dir.«

Danny trottet durch die Cafeteria davon. An der doppelten Schwingtür dreht er sich noch einmal um. Händeringend fleht er mich an, ich möge es mir noch einmal anders überlegen. Ich wische mir die Tränen ab, dann lege ich den Kopf auf den Tisch. Es ist schrecklich, ihn so betteln zu sehen.

Jede Woche stromerte Danny auf der Suche nach mir durch die Krankenhausflure, doch das durfte niemand wissen. Dass auch mein kleiner Bruder seinen Eltern fortgenommen wurde, war das Letzte, was ich wollte.

Als mein Fall endlich vor Gericht kam, war ich mir meiner Sache weniger sicher denn je. Ich merkte, dass Melissa es langsam satt hatte, meinetwegen noch mehr Zeit in ihre Arbeit zu investieren. Die Fahrt von Logan nach Lancaster und zurück dauerte jeweils vierzig Minuten, die sie vor und nach Dienstschluss im Amt unterbringen musste. Und dann war da noch der erste und einzige Schlichtungstermin mit meiner Familie. Melissa hatte eingewilligt, als Mom sie anrief und mich um ein Gespräch bat, bei dem nach Möglichkeit alles auf den Tisch gelegt und geklärt werden sollte. Ich sah bildlich vor mir, wie mich Mom und Dad in Anwesenheit eines Therapeuten bitten würden heimzukommen, und stellte mich darauf ein, ernst und bescheiden zu bleiben, wenn sie mich mit gesenktem Kopf um Vergebung baten.

Stattdessen hatten sich Mom und Dad einen Berater gesucht, der nicht beim Jugendamt arbeitete und keine Ahnung hatte, warum ich mich in Gewahrsam befand.

Eingezwängt wie eine Ölsardine saß ich also zwischen ihnen im Raum des Therapeuten und hörte Dad erzählen, dass ich das Familienauto gestohlen hätte und dass sie sich fast zu Tode gesorgt hätten. Dann schaltete sich Mom ein und berichtete, sie habe mich dabei erwischt, wie ich aus dem Fenster kletterte, um mich am Ende der Straße mit Jungs zu treffen.

Der Therapeut war ein stämmiger, schwerfälliger Schwarzer, nicht unähnlich dem Mann, gegen den Dad im McDonalds Drive-In ein Jahr zuvor die Waffe gezogen hatte, als er sich unserem Autofenster näherte. Aber diesmal sagte Dad »Ja, Sir« und »Nein, Sir«. Er erklärte ihm, ich lebte inzwischen in einem Heim für jugendliche Straftäter und hätte damit zu rechnen, demnächst aufgrund ihrer Klagen wegen

Aufsässigkeit vor Gericht gestellt zu werden. Als ich endlich zu Wort kommen durfte, hatte ich ihn bereits millionenfach mit »aber« unterbrochen.

Der Therapeut wandte sich mir zu. »Hast du das Auto genommen, Julie, und bist du abgehauen? Antworte einfach nur mit ja oder nein.«

»Ja, aber ich hatte …«

»Hast du dir überhaupt nicht überlegt, welche Sorgen sich dein Vater und deine Mutter machen würden? Hast du dir gar keine Gedanken über ihre Gefühle gemacht, bevor du das Familienauto gestohlen hast? Und wo bist du an diesem Abend überhaupt hingefahren? Zu einem älteren Mann? Um die Nacht dort zu verbringen, Julie?«

Und von diesem Moment an ging es nur noch bergab.

Die Aufzeichnung aus diesem Schlichtungsgespräch trug Dad auf dem Weg zum Gericht unter dem Arm wie eine Trumpfkarte, und Mama presste einen Briefumschlag aus Manilapapier an ihre Brust, auf dem in für alle deutlich zu lesenden, großen Lettern stand: »Beweise für das unsittliche Verhalten von Julie Gregory«.

Das hatte gerade genug offizielle Bedeutung, um mich aus dem Konzept zu bringen.

Die Verhandlung begann um acht Uhr morgens im bescheidenen Zentrum der Kleinstadt Logan. Melissa war noch nicht da. Ich hatte die kurze Strecke vom Heim zum Gericht zu Fuß zurückgelegt. Dad saß auf der breiten, gewundenen Treppe, die zum Gerichtssaal hinaufführte, und hielt nach mir Ausschau.

»Sissy, kannst du einen Moment mit mir nach draußen kommen? Ich muss unbedingt mit dir reden.«

Wir setzten uns auf den Stufen der Außentreppe in die Sommermorgensonne. Dad nahm meine Hand und legte sie auf sein Knie. Seine Augen wurden feucht, dann fing er an zu weinen. Er weinte meinetwegen, wegen dem, was man mir antun würde, wenn ich festgenommen wurde, und wegen der Schläge, die ich bekommen würde – mit einem Gummischlauch, damit man die Striemen nicht sah.

Ob ich denn nicht wisse, warum ich an diesem Morgen vor Gericht stünde? Ob ich denn bescheuert sei oder was? Nicht sie seien angeklagt, sondern ich selbst, wegen meiner Aufsässigkeit.

»Liebling, sie haben dich einfach nur mit einem Trick vor Gericht gelockt, damit wir dich zur Verantwortung ziehen können, weil du so über die Stränge schlägst. Deine Mutter und ich haben genügend Beweise dafür.

Denk darüber nach, Sis! Warum glaubst du wohl, haben sie dich in ein Heim gesteckt? Meinst du nicht, sie hätten dich an eine normale Familie vermittelt, wenn du ein braves Kind wärst? Und wenn du diese Frau auf deiner Seite hast, warum ist sie dann jetzt nicht hier?«

Ich blickte mich um. Melissa war nicht da, doch die Verhandlung sollte bald beginnen. Aber ich habe mich doch bei einer Familie vorgestellt. Melissa hat gesagt, das braucht seine Zeit. Und nicht ich bin in Schwierigkeiten, oder? Ich dachte, der Termin sei festgesetzt worden, weil das Jugendamt meine Eltern wegen Kindesmisshandlung vor Gericht bringt, nicht, weil Mom und Dad mich angezeigt haben. Warum ist Melissa nicht da? Vielleicht ist das alles wirklich nur ein Trick.

»Ich sage dir, Julie, die Beweise gegen dich sind dem Gericht bereits ausgehändigt worden. Wenn wir wegen Kindesmisshandlung angeklagt wären, warum sind dann die anderen Kinder nicht auch hier, um gegen uns auszusagen? Ich habe Angst um dich, mein Schatz, wenn du auf eigene Faust irgendeine blödsinnige Geschichte auftischst, denn ich bin sicher, sie werden das rasch durchschauen. Wenn sie dich erst mal haben, Sis, können wir nichts mehr tun, um dir da rauszuhelfen. Sie werden dich behalten, bis du einundzwanzig bist. Und ich will nicht, dass du das erleben musst, Julie.«

Mein Dad darf mich mit seinem geflochtenen Ledergürtel schlagen oder mit den Fäusten. Er darf mir mit seinen Stahlkappenstiefeln in den Bauch treten, bis ich glaube zu sterben. Er darf mein Gesicht mit Striemen entstellen, er darf meinen Kopf gegen die Kante des Couchtischs donnern, er darf mich an den Haaren ziehen und mein Gesicht auf das Armaturenbrett knallen. Aber nie würde ich zulassen, dass ein Fremder mich schlägt, mit einem Gummischlauch.

Als Melissa atemlos im Flur auftauchte, verstellte ihr Dad wie zufällig den Weg in den Gerichtssaal. Er flüsterte ihr etwas ins Ohr. Von meinem Platz im Gerichtssaal konnte ich mit klopfendem Herzen beobachten, wie sie langsam rot wurde. Als sie mich bemerkte, riss sie sich von Dad los.

»Julie, Dan hat mir gerade gesagt, dass du nicht aussagen willst. Mein Schatz, wir brauchen dich, ich brauche dich, damit du ihnen von den Misshandlungen berichtest. Für mich ist es sehr wichtig, dass du das Richtige tust!«

Zusammengesunken sitze ich auf der harten Bank. Hatte ich nicht bereits das Richtige getan? Ich hatte die Kinder gerettet. Wie konnte ich hier vor lauter Fremden stehen und beschreiben, was Mom und Dad getan haben – während sie beide und Danny daneben saßen und zuhörten? Woher sollte ich wissen, dass der Richter mir glauben würde – vor allem nach der Erfahrung mit dem schwarzen Therapeuten? Und Melissa hatte bisher keinen Platz gefunden, wo ich leben konnte. Für mich gab es keine Belohnung – keine Familie –, die auf mich wartete, wenn ich das Richtige tat. Ich hatte nur mich selbst.

Melissa starrte mich ungeduldig an. Am liebsten hätte ich geweint. Ich wünschte mir, sie würde mich in ihre langen Arme ziehen, sodass ich, dort geborgen, einfach nur weinen konnte. Wenn du mich festhältst, Melissa, wenn du mich in die Arme nimmst, dann werde ich das Richtige für dich tun.

Aber sie tat es nicht. Und ich wollte nicht zurück in das Etagenbett in dem einsamen Haus mit den blöden alten Heimleitern, die den Job nur des Geldes wegen machten. So würde ich wenigstens wieder bei Danny sein.

Da Melissa mich nicht ohne Zustimmung des Gerichtes im Pflegeheim belassen konnte und sie beim Gericht keine Unterstützung fand, da die an mir verübten Misshandlungen nicht durch Beweise oder Zeugenaussagen belegt wurden, gab es keine andere Wahl, als mich nach Hause zu schicken.

Ich war erleichtert. Wahrscheinlich, so sagte ich mir, lag es an mir. Wahrscheinlich hatte ich einfach nur Schwierigkeiten, mich an den Gedanken zu gewöhnen, dass ich langsam erwachsen wurde. Oder ich hatte, wie Mom und der Schulpsychologe in der zehnten Klasse behauptet hatten, einfach nur eine unglaublich blühende Fantasie.

Als ich nach Hause zurückkehrte, fand ich eine ganz andere Familie vor. Mom und Dad stritten sich nicht mehr. Die Pistolen blieben, wo sie waren. Keine Schlafzimmertür quietschte bei Nacht. Wenn Dad einen der tiefen Seufzer hören ließ, die er immer von sich gab, bevor er explodierte, sagte Mom nur »Na, na« und streckte den Arm aus, um seine Hand zu nehmen.

Abends gab es Braten und vor dem Schlafengehen eine Umarmung. Wir sahen zusammen fern. Danny half bei der Hausarbeit, und Dad schleppte schwere Sachen. Es war die glücklichste Zeit, die ich je erlebt hatte. Wir sprachen weder über das Schreckliche, was ich getan hatte, indem ich Mom und Dad verpfiff, noch darüber, dass ich sie fast in den Ruin getrieben hatte, indem ich ihnen die einzige Einnahmequelle raubte.

Wir benahmen uns wie eine normale Familie. Und ich war nicht mehr krank. Während der Zeit im Heim hatte ich keine Herzmedikamente genommen, weil ich sie zurückgelassen hatte, als ich weglief. Anstatt mit Arztterminen verbrachte ich meine Freizeit damit, im öffentlichen Schwimmbad vom Sprungbrett zu springen und mir von meinem Schwesternhelferinnengehalt Kleider zu kaufen. Ich hatte schon seit fast einem halben Jahr keinen Kardiologen mehr aufgesucht, und Mom kaufte mir nicht einmal mehr Ensure Plus.

Als ich in diesem Herbst, wenige Wochen nach meiner Heimkehr, zu meinem letzten Jahr wieder in die Schule zurückkam, freute ich mich riesig über mein neues Leben. Nach dem Unterricht arbeitete ich jetzt bei Rax Roast Beef; so hatte ich eigenes Geld für das Mittagessen in der Schule, bekam Prozente auf das Abendessen bei Rax und konnte, da ich an Wochentagen mit dem Auto zur Schule fahren musste, irgendwo Halt machen, um zu frühstücken. Dieses Jahr würde ich wirklich gute Noten bekommen, dieses Jahr würde ich Freunde und Freundinnen haben, dieses Jahr würde ich beliebt sein, stellte ich mir vor, und vielleicht würde ich mich sogar für Leichtathletik oder Tennis einschreiben.

Mit hoch erhobenem Kopf gehe ich, meinen neuen Spiralordner an die Brust gepresst, in meinen neuen Kleidern durch die Flure. Als ich hinter mir Getuschel höre, glaube ich, das sei ein Zeichen von Bewunderung. Doch der Tag vergeht, ohne dass jemand mit mir spricht, bis auf meine Freundin Carmen, die als Einzige zu mir gehalten hatte, als man mich in den Dreck zog. Die anderen sagen nur hallo, lächeln flüchtig und gehen schnell weiter. Als ich am Ende des Tages gerade vor meinem Spind stehe, kommt Missy Morrison zu mir herübergeschlendert und fragt geradeheraus: »Warst du diesen Sommer über wirklich in einem Heim?«

Ich werde rot und richte den Blick auf meinen Schrank, um zu verbergen, dass mir die Tränen in die Augen schießen. »Nein«, sage ich gelassen und gleichgültig. »Also wirklich! Wer hat dir denn das erzählt?«

»Na, das weiß doch jeder.«

Und es wusste wirklich jeder. Alle wussten, dass man mich in ein Heim für schwer erziehbare Kinder gebracht hatte. Alle wussten, dass ich in der siebten Klasse ein Freak mit grünen Haaren gewesen war. Alle wussten, dass ich in der achten Klasse Lügen über meine Mutter erzählt und meine Freunde verloren hatte. Und sie alle hielten mich für dumm, weil ich letztes Jahr in Algebra, in Französisch und sogar in dem leichtesten Fach von allen, in Gesundheitslehre, versagt hatte.

Eines Tages Ende September fragte mich Mom, ob ich eine Freundin hätte, bei der ich übernachten könnte. Sie plane, mit Danny für zwei Tage ins Reiterlager zu fahren. Zufällig wolle Dad am gleichen Abend einen privaten Flohmarkt in der Stadt besuchen. Da sie mich nicht allein zu Hause lassen wollten, meinte Mom, könne ich die Nacht vielleicht bei Carmen verbringen.

»Du bist viel vernünftiger geworden, Sis, und ich glaube, wir können dir jetzt vertrauen.«

In dieser wundervollen Nacht der Freiheit blieben Carmen und ich bis weit nach Mitternacht auf. Wir sprangen auf ihrem Bett Trampolin und ließen uns in einen riesigen Berg Girlie-Klamotten fallen, die wir zuvor stundenlang anprobiert hatten. Wir rannten während eines Gewitters barfuß über den warmen Asphalt der Straße und atmeten tief die dampfige Luft ein, die schwach nach warmem Atem roch. Wir kauften uns Pizzaschnitten, und als wir uns schlafen legten, kuschelten wir uns eng aneinander, steckten immer wieder kichernd die Köpfe aus dem Deckenmeer und flüsterten: »Findest du Martin Roberts aus der Parallelklasse hübsch? Meinst du, Bruce Delorne ist in mich verliebt? Glaubst du, Mr Summer ist schwul?«

Siebzehn Jahre lang hatten Mom und ich in einer allumfassenden Symbiose gelebt. Und wenn ich doch einmal meiner eigenen Wege ging, kam Dad wie ein tollwütiger Hund aus der Werkstatt geschossen, um die Verfolgung aufzunehmen, sobald irgendein Junge aus der Schule unsere Straße entlangfuhr und Halt machte, um kurz mit mir zu plaudern. In all den Jahren der Reitshows und Geländeritte, der Runden im Schwimmbecken, der Abende auf der Veranda, an denen ich Stink Pup und Ebony nach Zecken absuchte oder meine P. J. knuddelte, hatte ich niemals so viel Spaß gehabt wie in der Nacht, die ich bei Carmen verbrachte. Und zwar nicht nur, weil ich woanders als zu Hause war, sondern vor allem deshalb, weil ich die Erlaubnis von Mom und Dad hatte, weil sie mir inzwischen so weit vertrauten, dass ich bei jemandem übernachten durfte. Weil sie, wie ich tief in mir ahnte, wussten, dass ich in Gottes Augen das Richtige getan hatte, als ich sie verriet. Ich hatte mir endlich ihren Respekt verschafft. Und das machte mich glücklich.

Am nächsten Morgen, als ich unter dem dichten Blätterdach durch unsere Straße fuhr, sah ich dort, wo unser Trailer mit doppelter Standardbreite gestanden hatte, ein verlassenes, schwelendes, von verbogenen Metallteilen übersätes Feld, das von einer dicken schwarzen Rußschicht überzogen war.

Ich nahm den Fuß vom Gas und ließ den Wagen in Schritttempo rollen. Meine Gedanken rasten. »O MEIN GOTT! Ich habe den Lockenstab angelassen und das Haus angezündet!«

Jetzt würde ich wirklich Probleme bekommen. O MEIN GOTT! War jemand im Haus, als es passierte? Ist jemand umgekommen? Voller Panik trat ich aufs Gas und ließ den Motor auf den letzten dreißig Metern bis zum Haus aufheulen. Als ich mit quietschenden Bremsen auf dem Kies in der Einfahrt zum Stehen kam, streckte Mom den Kopf aus der Blockhütte.

»Oh, Mom, es tut mir so leid, es tut mir so schrecklich leid.« Ich sprang aus dem Auto. »Habe ich ihn angelassen? Habe ich das getan?«

»Was, Julie?«

»Den Lockenstab, Mom, habe ich den Lockenstab angelassen und das Haus angezündet?«

»Lieber Himmel, Julie, das war ein Blitzschlag. Als dein Dad heute Morgen heimgekommen ist, war schon alles vorbei. Niemand hätte da noch etwas machen können.«

Mom erzählte, dass die Feuerwehr schon vor Ort gewesen sei, als Dad nach Hause kam; die Nachbarn hatten die Polizei gerufen, als sie über den Baumwipfeln Rauchschwaden aufsteigen sahen. Der Feuerwehrhauptmann ging davon aus, dass unsere Fernsehantenne schuld war. Dort hatte der Blitz eingeschlagen und anschließend über die Kabel seinen Weg genommen. Da wir in jedem Zimmer einen Fernseher stehen hatten, fingen die Wände allesamt sofort Feuer, und es kam zu einer Explosion, die das ganze Haus in ein Flammenmeer verwandelte.

Wären wir zu dieser Zeit daheim gewesen, hätte es keiner von uns überlebt.

»Da wären wir nie rausgekommen«, sagte Mom. »Gott sei Dank ist uns nichts passiert.«

Ich starrte auf die immer noch schwelende Ansammlung kohlschwarzen, verbogenen Aluminiums. Adrenalin schoss durch meine Venen, genau wie wenn wir in der Schule schwierige Spielzüge im Ballsport geübt hatten. Die Gefahr war vorüber, uns war nichts geschehen, und obwohl wir unser Haus verloren hatten, würde sich alles zum Guten wenden. Und ich war unschuldig.

Langsam ging ich zu den schwarzen Aschesteinen, die einst das Fundament des Trailers gewesen waren. Nacheinander schossen mir Dinge durch den Kopf, die ich nie wieder sehen würde. Meine Schuhe, oh, die wunderbaren himmelblauen Schuhe, die ich so geliebt hatte, und meine pinkfarbene Kaschmirjacke, und … mein Gott, wo ist P. J.? Wo ist P. J.? Eine leise Panik ergriff von mir Besitz.

Ich lief zurück zum Weg und rief: »Mom! Wo ist P. J., wo ist meine P. J.? Ich kann P. J. nicht finden!«

»Julie.« Mom zögerte. »Hör mal, P. J. war im Haus, als es brannte. Denk jetzt nicht daran. Dad hat gestern Abend versucht, sie herauszulocken, aber du weißt ja selbst, dass sie sich immer unter dem Bett verkriecht, wenn es donnert.«

»Dad hat versucht, sie herauszuholen? Ich dachte, er war auf dem Flohmarkt.«

»Himmel noch mal! Ich meine, er hat versucht, sie herauszulocken, bevor er das Haus verließ, verstehst du, um sie draußen im Zwinger unterzubringen. Kannst du jetzt bitte aufhören, mich zu nerven?«

Nein, nein, das ist zu viel, wenn ich P. J. verloren habe! Du kannst mir meine Jacke und meine Lieblingsschuhe nehmen, die Stereoanlage mit den abnehmbaren Boxen, meine Sammlung von Porzellanpuppen und all meine Bücher, ja sogar meine Babyfotos, aber … o je, P. J. muss solche Angst gehabt haben, und sie war so allein! Nein, P. J. kannst du mir doch nicht wegnehmen, lieber Gott, warum? Warum, lieber Gott?

Das ist es, was ich von Gott erflehe: dass er mich emporhebt und mich alles von einer höheren Warte aus sehen lässt. Es ist so tragisch. Warum nur, warum musste P. J. auf diese Weise verbrennen? Gott muss sich etwas dabei gedacht haben, was ich als kleiner, schwacher Mensch nicht erkennen kann. Ich spreche ein Gebet für die Hündin, die ich verloren habe, für Mom und für Dad, und aus tiefstem Herzen bitte ich Gott: Lass mich die Pläne sehen, die du in deiner Weisheit für mein Leben geschmiedet hast, damit ich verstehe, warum du mir das angetan hast. Bitte, lieber Gott, zeig mir das Licht.

Dad sitzt in seinen abgeschnittenen Jeans auf der obersten Schlafkoje im Wohnwagen. Er lässt den Kopf hängen. Ein paar Tränen haben sich unter seinen Lidern hervorgestohlen und dünne Streifen auf seinem schmutzigen Gesicht hinterlassen. Ich klettere in den Gang des Wohnwagens und setze mich still zu seinen Füßen.

Er hebt den Kopf, und ich stehe auf, um ihn zu umarmen. Er braucht mich, mein Dad. Und ich bin stark. Ich kann meiner Familie über all das hinweghelfen. Als er anfängt zu schluchzen, gibt mir das die Erlaubnis, mit ihm zu weinen. Abwesend flüstert er vor sich hin: »Warum musste das passieren, wie konnte das nur geschehen?« Wenn Dad klein ist, bin ich groß und habe alle Antworten parat.

»Gott hat eben andere Pläne mit uns, Dad. Jetzt könnt ihr, du und Mom, das tun, was ihr immer wolltet. Ihr habt endlich die Chance, euch scheiden zu lassen.« Von nun an war das meine feste Überzeugung. Dieses Feuer hatte Gott gesandt. P. J. war geopfert worden, damit Mom und Dad das Geld bekamen, das sie brauchten, um frei voneinander zu sein. Frei von der Vergangenheit und von allem, was sie einander angetan hatten. Wenn wir all unsere Kleider, unsere Fotos, die Sachen aus unserer Kindheit verlieren sollten, wenn es das war, was geschehen musste, so hatte Gott wohl beschlossen, dass es so sei. Ich war stolz, dass ich unseren Verlust von einer so edlen Warte aus sehen konnte. An diesen Gedanken klammerte ich mich fester als an meine weiße Sonntagsschulbibel mit dem Goldschnitt.

Es waren hundert Dollar, Geld, das meine Familie gut gebrauchen konnte. Ich war eine Heldin, diejenige, die uns vor dem Verhungern retten würde, bis der Scheck von der Versicherung eintraf.

In den ersten Tagen nach dem Brand wohnten Mom und Danny bei einem Mann in unserer Straße, den sie von den Reitshows her kannten, Daddy hing in Columbus bei seinen Schrottplatzkumpanen herum, und ich kam unter, wo es gerade ging. Wir hatten kein Zuhause mehr, und es war einfacher, wenn wir uns aufteilten. Kurz darauf begegnete ich zufällig ein paar jungen Leuten, die ich aus Lancaster und von meinem Job bei Rax kannte. Inzwischen hatte sich in unserer Gegend herumgesprochen, dass unser Haus abgebrannt war. Dass ich im Heim gewesen war, wusste in Lancaster zu meinem Glück jedoch niemand. Die Jungs wollten zu den Dragster-Rennen in Columbus fahren. Da ich arbeitsfrei hatte, ergriff ich die Gelegenheit, einen ansonsten öden Tag herumzubringen. Nachdem ich auf den Rücksitz ihres frisierten Firebird geklettert war, fuhren wir in hohem Tempo über den Highway.

Als wir die Autorennbahn in Columbus erreichten, gab es nur noch einen einzigen grasbewachsenen Platz zum Parken, und der befand sich direkt neben einer roh gezimmerten Bühne, auf der mehrere Mädchen in einer Reihe standen. Das ist ja komisch; so viele Mädchen zusammen an der Rennbahn.

Ich schälte mich vom Rücksitz, und als ich mich zu meiner vollen Größe aufgerichtet hatte, sah ich, dass sich vor der Bühne eine riesige Schar Männer drängte. Und sie sahen mich.

»He, hübsches Fräulein, wir können es kaum erwarten, dich zu sehen! Juhuuu!«

Es handelte sich um einen Wettbewerb, bei dem die Mädchen in nassen T-Shirts auftraten, und aufgeregt haspelte der Moderator auf der Bühne in sein knackendes Mikrofon, dass eine dieser sechs Damen hundert Dollar bekommen sollte. Welche, entschied der Beifall der Männer.

»Und hier, gerade noch rechtzeitig, wird sie direkt vor die Bühne gefahren – Applaus, meine Herren, für unsere siebte junge Schönheit!«

Junge Schönheit. So hat mich noch nie jemand genannt. Die Männer johlten und jubelten. Etwas Ähnliches hatte ich noch nie erlebt. Eine ganze Männerriege tobte meinetwegen wie wild.

Ich blickte in das Meer von Gesichtern. Einige der Kerle trugen Overalls. Andere sahen einfach nur hässlich aus mit ihrem fettigen Haar, das unter den Baseballkappen hervorlugte. Wieder andere hatten ihre Hüte gelüftet und schwenkten sie herum. Sie alle schienen ganz versessen auf mich zu sein; sie beugten sich nach vorn und legten in einer flehenden Geste die Hände aneinander, als wollten sie sagen: Bitte stell dich da oben zu den anderen Mädchen, und schenk einem alten Mann ein bisschen Lebensfreude, bitte!

Es war tatsächlich Geld, das meine Familie gebrauchen konnte. Keiner wusste, dass ich hier war. Diese Männer wollten, dass ich gewann. Vielleicht hatte ich ja Glück. Warum nicht versuchen, die Kohle zu gewinnen, um sie anschließend Dad zu geben? Ich stellte mir vor, wie ich meinen Eltern einen knisternden Hundertdollarschein überreichte und Dad Freudentränen in die Augen stiegen. Ich muss ja nichts weiter tun, als mir Wasser über das T-Shirt schütten zu lassen.

Also ging ich auf die Bühne zu. Die Männer tobten. In den gleichen Klamotten, die ich am Abend zuvor getragen hatte, stand ich nun hier am Ende der Reihe. Allerdings blendete ich die Außenwelt aus, genau wie ich es in all den Jahren zuvor in jeder Prüfungssituation getan hatte. Aber diesmal kreisten meine Gedanken nur um ein Thema: Diese hundert Dollar sind für Dad. Der Schnabel des Kruges streift über meine Brust. Dieser Hunderter wird uns in Liebe zusammenführen. Wasser rinnt über meinen Körper. Das Mädchen neben mir streift ihr Top ab, und die Menge gerät außer Rand und Band. Als Familie. Ich tue das Gleiche. Diese hundert Dollar werden dafür sorgen, dass Danny ein paar Klamotten für die Schule bekommt, damit sich die Kinder nicht über ihn lustig machen. Sie zieht ihre Shorts aus. Es liegt in meiner Hand, unsere Familie zu retten. Ich darf nicht egoistisch sein. Schon fallen meine Jeans zu Boden, und ich schiebe sie mit dem Fuß beiseite. Die Männer drängen sich am Bühnenrand, ihre unscharf tätowierten Arme bewegen sich wie Tentakel. Ich schnappe nach Luft. Die ganze Zeit über hatte ich den Atem angehalten. Nachdem mithilfe von Jubel- oder Buhrufen die Mädchen einzeln aussortiert worden waren, blieben nur noch wir zwei übrig, Fräulein Krachblondes-Langhaar und ich, die Unschuld vom Lande. Kein Make-up, rasierte, glatte gerade Beine bis hinauf zu meinen spitzenbesetzten Purpurhöschen, grazile Figur, die ich dosenweise Nahrungsergänzungsmitteln und meiner Unfähigkeit verdankte, Gewicht zuzulegen.

Mit einem verstohlenen Grinsen beschloss Miss Das-mach-ich-doch-nicht-zum-ersten-Mal, den Einsatz zu erhöhen; sie vollführte eine halbe Drehung, zeigte der Menge ihren Hintern, wackelte mit ihm – seichte Zustimmung – und beugte sich tief hinab. Dann entledigte sie sich ganz langsam ihres Schlüpfers. Wie ein Fahrstuhl, der abwärts saust, passierte er die Rückseite ihrer Knie und Waden, um schließlich wie ein seidenes Band um ihre Knöchel zu hängen.

Die Männerschar schaukelte sich gegenseitig hoch bis zu einer einzigen pulsierenden Raserei. Das Mädchen drehte, noch immer mit gebeugtem Oberkörper, den Kopf in meine Richtung. Ihr Lächeln besagte: »So. Du bist geschlagen.«

Einige Männer warfen ihre Hüte in die Luft, sie schlugen ihren Kumpeln auf die Schulter und wischten sich die Tränen aus dem Gesicht. Ich setzte mein eigenes, naives Lächeln auf. Das Spiel war aus. Zwar wollte ich das Geld haben, unbedingt wollte ich es haben, doch trotzdem brachte ich nicht über mich, zu tun, was sie getan hatte. So bückte ich mich, sammelte meine Kleider auf, zog sie mir über und schritt anmutig die altersschwachen Bühnenstufen hinab.

Später an diesem Tag traf ich Big Eddie, einen von Dads Schrottplatzkumpanen. Kaum hatte er mich entdeckt, hellte sich seine Miene auf. »Purpurschlüpfer, Purpurschlüpfer.« Mir muss das Entsetzen ins Gesicht geschrieben gewesen sein, denn seine Augen verengten sich zu Schlitzen. Mit der Gemeinheit eines Ganoven von der New Yorker Westside sagte er: »Glaubst du mir etwa nicht? Such nur deinen Vater. Er hat davon Polaroids geschossen.«

Danny und ich hatten mittlerweile einen dicken grünlichen Belag auf den Zähnen, und wir pinkelten in den Garten. Vor dem Zubettgehen aßen wir eimerweise Halloween-

Süßigkeiten, und morgens stopften wir uns damit die Taschen voll, um sie in der Schule anstelle des Mittagessens in der Cafeteria zu verzehren. Butterkekse zum Frühstück, Snickers am Mittag, Smarties zwischendurch und riesige Schüsseln voll Lucky Charms mit Milch zum Abendessen. Wir benutzten nicht einmal mehr die Zuckerdose, sondern schütteten direkt aus der Zweieinhalbkilopackung eine drei Zentimeter dicke Schicht auf unsere Cornflakes.

Bevor Mom und Dad gingen, hatten wir alle zusammen in einem winzigen Wohnwagen gelebt, den ein Nachbar uns geliehen hatte. Er stand auf Schlackensteinen inmitten der verkohlten Ruinen unseres ehemaligen Zuhauses. Der winzige Esstisch, um den wir uns beim Abendessen drängten, wurde anschließend in ein Bett für Danny und mich verwandelt, indem die Tischplatte auf die Höhe der Sperrholzsitzbänke abgesenkt und mit den fleckigen Polsterkissen bedeckt wurde. Mom und Dad schliefen auf der Schaumstoffmatratze in der Schlafkoje, nur durch das Waschbecken und einen halben Meter Arbeitsfläche von uns getrennt. Einen zwanzig Liter fassenden Eimer für Angelwürmer stellten wir draußen neben der Garage auf und benutzten ihn als Toilette, denn in dem Wohnwagen gab es nicht einmal ein Klo.

Da saßen wir also und warteten auf das Geld von der Versicherung. Ehe wir damit rechnen konnten, mussten wir uns alle Mühe geben, uns an jeden einzelnen Gegenstand zu erinnern, der sich in unserem Zuhause befunden hatte: Moms Hunderte von Schuhpaaren, der ganze Krempel im hinteren Zimmer, den wir einmal gekauft, aber nie benutzt hatten, unsere mit Kleidung überfüllten Schränke, die mit Spielzeug – darunter eine Sammlung von Matchbox-Autos und eine von Porzellanpuppen – und Möbeln voll gestellten Zimmer.

In unserer kindlichen Handschrift füllten wir damit Seite um Seite, und manchmal entdeckten wir in der Schule oder in der Stadt noch etwas, was wir zwar besessen, mittlerweile jedoch völlig vergessen hatten. Noch Jahre später verfolgte mich die Erinnerung an unsere vom Feuer geraubten Besitztümer, ausgelöst zum Beispiel durch ein bestimmtes Oberteil, das ich an einem Mädchen sah. Wir versahen unsere Listen mit den Preisen und dem Zeitwert, soweit unsere jungen Gehirne sich den Wertverlust überhaupt vorstellen konnten, und überschlugen uns vor Begeisterung über all die neuen Sachen, die wir mit dem Geld würden anschaffen können.

Mom stürzte sich auf endlose Aufstellungen mit Dingen, die wir kaufen wollten, welche sie, bemüht, den Überblick zu behalten, anschließend zu weiteren Listen zusammenfasste. Wir hingegen fragten immer wieder: »Wann kommt der Scheck endlich? Wann kommt der Scheck?« Mittlerweile war der November angebrochen. Es wurde kälter, der Himmel war wolkenverhangen, die Blätter färbten sich, und die Nacht brach früher herein. Bereits um fünf dunkelte es, und wir hatten immer noch kein Geld. Danny und ich trugen nach wie vor die gleichen Kleider wie an dem Tag, an dem das Haus abgebrannt war. Danny konnte sich noch glücklich schätzen, denn Mom hatte ein paar Sachen für sie beide eingepackt, als sie über Nacht wegfuhren. Ich hingegen besaß nur die Feuerkleider sowie ein paar Hochwasserhosen aus Polyester, die mir die Kollegen bei Rax gegeben hatten, damit ich weiterhin an ein paar Nachmittagen dort arbeiten konnte.

Dass der Scheck gekommen war, wussten wir gleich, als wir eines Tages aus dem Schulbus stiegen und neben dem Brunnen eine neu gelieferte Waschmaschine und ein

Trockner standen, noch originalverpackt, da es kein Haus gab, in dem man sie hätte aufstellen können. Auf der anderen Seite der Straße fraßen zwei Fohlen Getreide aus Eimern, und weiter hinten stand ein neuer vierspänniger Trailer, noch angekuppelt an einen frisch erworbenen Pritschenwagen mit Breitreifen. Am Tag darauf befand sich auf dem Dach unseres kleinen Wohnwagens eine weiß glänzende Satellitenschüssel. Mom zog für Danny und mich je hundert Dollar aus ihrer Handtasche, die wir im Einkaufszentrum Value City ausgeben durften. Wir fühlten uns wie die Könige.

Und dann war sie weg.

Mom verschwand mit dem Mann, der uns den Wohnwagen geliehen hatte, nach Mexiko – mit Barbwire Bob, einem drahtigen, groß gewachsenen Cowboy und ehemaligen Rodeoreiter. Dad blieb noch eine Weile bei uns, doch im November zog er in eine Werkstatt in Stoutsville. In sein Fenster hängte er eine schwarze POW-MIA-Fahne, auf der zu lesen stand: »Bringt sie alle um, soll Gott sie aussortieren«.

Wir konnten Dad nicht begleiten, da sich jemand um die Pferde kümmern musste, besonders um Moms neue Fohlen, die hilflos in dem kleinen Gehege auf der anderen Straßenseite standen.

Dad nahm nicht nur seinen neuen Pritschenwagen mit, sondern auch die Waschmaschine und den Trockner. Das Einzige, was Danny und mir neben unserem Zwanziglitereimer und den Müslischüsseln blieb, war das ständig über uns wachende Auge der riesigen Satellitenschüssel. Leider hatten wir keinen Fernseher.

Wir überstanden diese Tage und Nächte mit der Demut zweier Schlüsselkinder, die entschlossen waren, die Fassade zu wahren – und sei es nur, damit unsere Mitschüler nicht die Wahrheit erfuhren. Wir waren auf uns allein gestellt, und jetzt war ich Danny wirklich eine Mutter. Weil wir so abgelegen wohnten, stiegen wir morgens um sechs als Erste in den Schulbus und abends als Letzte aus. Wir vertrauten darauf, dass der Busfahrer jeden Tag die gleiche Route nahm und niemand mehr im Fahrzeug saß und aus dem Fenster sah, wenn der Bus in unserer Einfahrt wendete. Mit vorgetäuschtem Selbstbewusstsein präsentierten wir uns der Welt als so eingebildet, wie man das unter den gegebenen Umständen nur sein konnte. Lieber Gott, wenn bloß niemand das Jugendamt informierte.

Als Mom und Barbwire Bob vor Weihnachten zurückkehrten, fuhren sie einen einfachen Trailer auf die schwarze verbrannte Erde, wo zuvor unser doppelter gestanden hatte. Ich hatte damals zwei Jobs, ging zur Schule und hielt mich von zu Hause fern, wann immer es ging. Auf meiner Abschlussfeier in der Highschool ließ sich niemand blicken, weder Mom noch Dad, noch Danny. Zwei Monate später verfrachtete mich Mom in unseren Kombi und warf mich auf Kroger´s Parkplatz wieder hinaus.

Während des Sommers hatte sie oft mit einem älteren Mann telefoniert, der mich heiraten wollte. Der Armeesoldat hatte eine Hasenscharte und besaß einen weißen Firebird, dessen Kühler ein wagenbreiter Aufkleber des Feuervogels mit ausgebreiteten Schwingen zierte. Inzwischen rief er jede Woche an und besprach mit Mom, wie er mit mir den Bund fürs Leben schließen konnte.

»Julie, überleg doch mal! Glaubst du wirklich, irgendjemand will ein krankes Mädchen wie dich heiraten? Dieser Mann ist in der Armee, er hat einen guten Job. Lass ihn doch für dich sorgen!«

Mom meinte, wenn sie mich auf einem Parkplatz mit nichts anderem als einer Papiertüte voller Kleider allein ließ, würde ich so viel Angst bekommen, dass ich ihn anrief, damit er mich holte.

Doch kaum war sie losgefahren, suchte ich das Weite. Ich trampte nach Columbus und besorgte mir einen Job bei einer Umweltgruppe, der in der Zeitung ausgeschrieben war. Dann kaufte ich mir ein altes Cabrio und gerade genug Sachen, um es voll zu laden, sodass ich, wenn ich wieder mal fliehen musste, nur noch meinen Futon drüberzuklappen brauchte und losfahren konnte. Drei Jahre lang war ich auf der Flucht, zehnmal wechselte ich in drei verschiedenen Bundesstaaten den Wohnsitz, immer ohne Nachsendeantrag und ohne Namen auf dem Mietvertrag. Einmal beging ich den Fehler, Mom meine Adresse zu geben. Postwendend bekam ich ein Paket mit billigen Plüschtieren und vergoldeten Fußkettchen von dem Kerl, der mich noch immer heiraten wollte.

Die meiste Zeit über wohnte ich in einem angrenzenden Bundesstaat. Wenn das Wochenende kam und ich mich nach meinem Bruder sehnte und mich einsam fühlte ohne meine Familie, fuhr ich manchmal nach Lancaster ins Einkaufszentrum oder besuchte einen anderen meiner früheren Tummelplätze. Hin und wieder machte ich sogar einen Ausflug aufs Land, bog unter den verschlungenen Baumwipfeln in den Kiesweg ein, und wenn ich aus dem Auto stieg, umfing mich ein Konzert von Vogelgezwitscher, Libellensummen und Grillengezirp. Dann stürzte Danny jedes Mal auf mich zu wie ein junger Hund und schlang die Arme um mich wie einst um Dad.

Ich habe ein Foto von Danny im Alter von zwölf Jahren, als er noch bei Mom wohnte. Er sitzt am Steuer meines alten Buick-Cabrio, dessen Verdeck heruntergeklappt ist, und braust zwischen den hohen grünen Wiesen über die unbefestigte Straße. Um das Foto zu schießen, war ich aus dem Fenster geklettert und lag auf der Motorhaube, den Arm um die

Antenne und den Fuß um die Kühlerfigur geschlungen. Danny hat den Kopf zurückgeworfen; die Sonne scheint ihm ins Gesicht, und er lacht aus vollem Hals über diesen Moment des Glücks, diesen Augenblick der Freude in einem Meer von Schmerz.

Jedes Mal, wenn ich kam, hatte Barbwire Bob eine neue Veranda gebaut oder einen weiteren Anbau aus Pressspanplatten zusammengetackert. Und Mom hatte wieder damit begonnen, Tierfiguren, Kleider und Schuhe zu sammeln.

An manchen Nachmittagen, wenn Danny noch in der Schule war, blieb ich mit Mom allein. Dann unternahmen wir etwas: Wir ritten, schwammen im Schwimmbecken und streichelten die durchscheinend grünen Laubfrösche, die sich nach wie vor unter der blauen Plastikplane sammelten, mit der das Becken ausgelegt war. Über die Vergangenheit sprachen wir nie, ebenso wenig über die Frage, wie ich meine Krankheiten hinter mir gelassen hatte. Nach solchen Tagen saßen wir abends am Küchentisch, und sie schilderte mir, was für ein verfluchter Bastard mein Vater gewesen sei. Und ich nickte. Ich weiß, Mom, ich weiß.

Mom und ich hocken in dem kleinen Lieferwagen auf dem Parkplatz eines Secondhandshops in Lancaster. Es hat zu regnen begonnen, Tropfen klatschen an die Scheiben. Ich sitze in der Falle. Mom redet sich in Wut über Dad. Aber ich kenne die Leier schon. »Jahaaa«, sage ich. »Ich weiß.«

Heute kann sie sich gar nicht beruhigen. Er sei ein bescheuerter Schweinehund; er habe sich von ihrem Anteil der Versicherungssumme Geld geborgt, das er ihr eigentlich mit Zinsen zurückzahlen sollte, doch nun behaupte er, sie könne ihn nicht dazu zwingen, sie seien quitt.

Ich nutze die Gelegenheit, um sie noch einmal an den Willen Gottes zu erinnern, der auf seine göttliche Art wundersamerweise dafür gesorgt hat, dass der Blitz ausgerechnet in jener Nacht einschlug – der einzigen Nacht, in der wir nicht zu Hause waren. Dadurch, dass der Trailer niederbrannte, hatten sich die beiden die Scheidung leisten können.

»Ich glaube, einen besseren Zeitpunkt hätte es gar nicht geben können.« Gottergeben drehe ich die Handflächen nach oben. »Es ist sein Werk!«

Meine Mutter wendet sich um. Sie starrt mich mit offenem Mund an, als ob ich sie nicht mehr alle hätte, und verdreht die Augen. »Das kann doch nicht dein Ernst sein! Du bist wohl nicht ganz bei Verstand! Glaubst du wirklich, Gott hätte den Brand ausgelöst? Es war dein Vater. Er ist Elektriker, Julie!« Sie klatscht sich mit der Hand aufs Knie. »Das darf doch nicht wahr sein!« Während sie aus dem Fenster blickt, steigert sie sich in Rage. »Du bist ja dümmer, als die Polizei erlaubt! Glaubst du, es war Zufall, dass wir nicht zu Hause waren? Wieso habe ich dann wohl noch diesen Stapel Fotos, die in der Blockhütte lagen? Meinst du, sie haben die Tür aufgemacht und sind da hineingewandert? Ja?« Sie schnaubt. In der Mitte ihrer Unterlippe hat sich der kleine weiße Speicheltropfen gebildet.

Ich starre reglos nach vorn und sehe den Regen über die Windschutzscheibe rinnen. Doch meine Gedanken überschlagen sich. Deshalb also war sie an jenem Tag in der Blockhütte: Sie hat die Sachen durchgesehen, die sie dort aufbewahrte. Deshalb besitzt sie noch immer Dannys und meine Geburtsurkunde. Und deshalb hatten sie noch einen Fundus von Kleidern, auf die sie zurückgreifen konnten.

Nach und nach sehe ich klarer, so als würde von einem Fenster, dessen Existenz mir bislang nicht bewusst war, der Vorhang zurückgezogen.

»Aber …« Mein Kopf schmerzt. »Aber was ist mit P. J.?«

»Oh! Dein Arschloch von Vater hat sie im Haus gelassen.« Ich bin fassungslos. Wie kann man einen kleinen Shi-Tsu mit weichem, lockigem Fell in einem Haus einsperren und es dann anzünden? Wie kann man eine Hündin großziehen, Jahr um Jahr ihre Welpen verkaufen und es ihr letztlich vergelten, indem man sie lebendig verbrennt? Den Regentropfen auf der Windschutzscheibe gleich strömt mir eine Flut von Tränen übers Gesicht.

»Scheiße, der Hund hat mir das Haus vollgepinkelt. Ich habe diesen Hund gehasst. Aber er hat ihn einfach drinnen gelassen. Da siehst du mal, was für ein elender Schuft dein Vater ist.«

Als ich sie von der Seite anblicke, sticht mir der kleine weiße Speicheltropfen auf ihrer Lippe ins Auge. Jener Fleck, den ich schweigend schon mein ganzes Leben lang beobachtet habe. Langsam steigt Wut in mir auf. Herr im Himmel, am liebsten würde ich ausholen und ihn ihr aus dem Gesicht schlagen, meine Krallen von innen tief in ihre Wangen graben und ihr das Fleisch aus dem fauligen Mund reißen.

Doch ich sitze neben ihr, in der Falle. Die ganze Zeit habe ich geglaubt, es sei Gottes Werk, das uns aus der Hölle befreit hat. Stattdessen war es mein verdammter Vater gewesen, der unser Haus mithilfe seiner elektrischen Mausefallen abgebrannt hatte, bis nur noch ein Haufen Ruß übrig war. Die beiden also hatten es so elegant eingefädelt, dass wir nicht da waren. Deshalb waren wir nach meiner Rückkehr aus dem Heim und nachdem sie den Offenbarungseid geleistet hatten, drei Wochen lang eine richtige Familie gewesen. Ihr Plan hatte schon festgestanden. Anschließend hatten sich die beiden die Versicherungssumme geteilt, ihren Kindern aber nur je hundert Dollar gegeben, um ihre Sachen zu ersetzen. Und wir waren so naiv gewesen, uns von ihrer Großzügigkeit beschämt zu fühlen. Danny und ich mussten uns mit einem Eimer als Toilette begnügen, während Mom mit Barbwire Bob durch Mexiko zog. Dad ließ sich eine Satellitenschüssel installieren und eine neue Waschmaschine und einen Trockner bis vor die Schwingtür seines Wohnwagens liefern, während seine Kinder nicht einmal einen Topf besaßen, in den sie pinkeln konnten.

In diesem Augenblick verlor ich den Glauben an Gott. Meine Zuversicht, dass Gott weiß, was er tut – das Einzige, was es mir ermöglicht hatte, in all der Sinnlosigkeit einen Sinn zu finden –, war zerstört, ausgelöscht, mir aus dem Herzen gerissen. Und zwar auf eine Art und Weise, die mich lehrte, wie dumm es war, überhaupt daran zu glauben.

Ich bin müde. Die Lider werden mir schwer. Am liebsten würde ich mich an die Autotür lehnen und einschlafen.

»Wir sollten reingehen, ehe der Laden zumacht«, sage ich leise. Meine Stimme klingt heiser und erstickt.

»Mein Gott, Julie, ich dachte, du hättest es gewusst«, erwidert Mom. »Es war doch ganz eindeutig.«

»Nein, ich habe es nicht gewusst.«

Noch immer liefen mir die Tränen über die Wangen. Ich weinte um P. J. Und ich weinte um alles, was auf dieser gottverdammten Welt falsch lief und was niemand ändern konnte.

Mit einundzwanzig kehrte ich nach Ohio zurück. Ich hatte es nicht geplant, sondern war einfach nur des Umherziehens müde. Es war Wochenende, und ich fuhr wieder einmal aufs Land. Mom hatte mir schon früher einen Schlüssel gegeben, damit ich auch dann ins Haus konnte, wenn sie fort war. Als ich nachmittags bei meiner Ankunft niemanden antraf, durchstöberte ich ihre Kommode nach einer Shorts, die ich im Haus tragen konnte. In der untersten Schublade fand ich unter einem Stapel kurzer Hosen in Pastellfarben einen dicken Umschlag mit der Aufschrift: »Beweise für das unsittliche Verhalten von Julie Gregory«.

Ich ließ mich auf den Rand des Wasserbetts sinken und riss ihn auf. Heraus fielen eine Unmenge Zettel, liniertes Papier, aus einem Spiralheft gerissen und von Hand beschrieben. Die gleiche Sorte von Zetteln, wie ich sie mit meinen Freundinnen in der Schule ausgetauscht hatte.

Ein paar von ihnen waren echt und stammten von Missy und Carmen, andere jedoch hatten mit den harmlosen Botschaften, die wir uns in der siebten Klasse schrieben, absolut nichts zu tun. Hastig überflog ich die Zeilen. Da war die Rede davon, gemeinsam wegzulaufen oder uns am Ende der Straße von älteren Männern auflesen zu lassen. Ich fand Wendungen wie: »Verflucht sei meine dämliche Mutter, diese dreckige Nutte ...« und: »Ich mache es für fünfzig Mäuse ...«, gefolgt von widerlichen Einzelheiten, die mir das Blut in die Wangen trieben. Sie alle waren in einer ausladenden Handschrift verfasst, die meiner eigenen glich, und mit meinem Namen unterzeichnet. Es gab sogar Antwortbriefe, die die Unterschrift meiner Freundinnen trugen. Ich starrte die Briefe an, von denen ich wusste, dass sie nicht mein Werk waren. Und schließlich entdeckte ich eine für das ungeübte Auge kaum erkennbare, aber eindeutige Ähnlichkeit mit Moms zitteriger, geschwungener Handschrift.

Danach hatte ich nicht mehr die Kraft, weiter als bis nach Columbus zu fahren. Ich schlug die Sonntagszeitung auf und mietete mir die erste billige Wohnung, die ich fand. Ich war des Fortlaufens müde. Mein Herz tat weh, doch ich wusste nicht, warum. Nach und nach kehrten die Symptome aus meiner Kindheit zurück, und mit der Zeit befürchtete ich, ich könnte sterben, noch ehe ich fünfundzwanzig geworden war.

Trotz all der Jahre, die vergangen sind, quäle ich mich mit einem nagenden Hungergefühl im Bauch durch die Tage und sinke abends halb verhungert auf dem Bett zusammen. Die abgemagerte, ausgehungerte Dreizehnjährige aus dem Krankenhaus, die von ihrer Mutter nichts zu essen bekam, war einer abgemagerten, ausgehungerten Dreiundzwanzigjährigen gewichen, die sich selbst nicht ernähren kann. An die Stelle des Mädchens, dessen Leben durch fest ineinander verwobene Illusionen zusammengehalten wurde, ist eine junge Frau getreten, die das Ganze jetzt zu entwirren beginnt.

Morgens, wenn ich aufwache, mische ich mir eine Packung Schokocremetortenteig an. Nachdem ich die ganze Schüssel ausgelöffelt habe, liege ich den Rest des Tages schlafend oder stöhnend vor Schmerzen auf dem Bett. Meine Muskeln fühlen sich an wie Fasern rissigen Suppenfleischs, die sich von den Knochen lösen.

Meine Kopfhaut brennt. An meinem Schädel oberhalb der Ohren befinden sich zwei Dellen von dem Schraubstock, der meinen Schädel umklammert. Die Dellen füllen sich langsam mit bleierner Flüssigkeit. Wenn ich draufdrücke, um den Druck zu lindern, werde ich von einer Übelkeitswelle erfasst. Es kommt mir vor, als spürte ich immer noch die Kante des Couchtisches. Mein Atem geht in flachen Stößen, mein Herz rast, wenn ich aufstehe, und manchmal werde ich auf der Toilette ohnmächtig. Wenn ich wieder zu mir komme, liege ich um die Wanne gekringelt wie die Kreideumrisse eines Mordopfers. Irgendwas stimmt nicht mit mir.

Also kehre ich zurück zu dem guten alten Dr. Strong in Lancaster, der sich meines Falles nach der Herzkatheteruntersuchung angenommen hatte. Er hört gedankenabwesend mein Herz ab und erklärt mir dann so nebenher, was mir wohl im Augenblick fehlen könnte.

Er erkundigt sich nicht, ob ich etwas esse, und mir ist nicht klar, dass ich es nicht tue. Ich sorge für mich nicht anders, als ich es von Mom gelernt habe – und die hielt sich schließlich an die Anweisungen des Arztes.

Aber Dr. Strong hat an meiner Herzkrankheit das Interesse verloren. Meine Mutter hat die Stafette an mich abgegeben. Jetzt muss ich sie weitertragen.

Nach wie vor lebe ich nur einen Anruf weit von meiner Mutter entfernt.

Wir sind beim Einkaufen, ich schiebe den Wagen. Mom läuft durch einen der Gänge auf mich zu, ein ausgestopftes Plüschtier im Arm. »Kaufst du mir das, Sissy?«, ruft sie im Singsang. »Ach bitte!« An der Kasse steckt sie die Finger durch das Metallgitter des Wagens, schummelt Süßigkeiten aus dem Regal auf das Laufband, während ich den Wagen auspacke und bezahle. Ich bin die Mutter meiner Mutter, und während ich älter werde, wird sie wieder zum Kind.

Dabei pendele ich hektisch von einer Identität zur anderen. Entweder bin ich Moms Therapeutin, oder ich bin das dumme Kind, über das sie triumphiert – je nachdem, was sie gerade braucht.

Ungefähr alle zwei Monate ruft mich Danny an und bittet mich zu kommen, um meiner Mutter die Pistole aus dem Mund oder das Tablettenröhrchen aus der Hand zu winden. Zwischen Bob und ihr ist es aus, und als sie versucht hat, zu Dad zurückzukehren, erfuhr sie von seiner jungen Freundin. Dieses Mal hat sie sich in seinem Lieferwagen eingeschlossen und will es zu Ende bringen. Danny hat keine Ahnung, wie viele Tabletten sie geschluckt hat, wenn überhaupt. Ich rase die sechzig Kilometer bis zu Dads Werkstatt. Mein kleiner Bruder hat ihr schon durch das getönte Fenster zugerufen, dass ich auf dem Weg bin.

Jetzt bin ich die Therapeutin. Ich hocke auf dem fleckigen Stoffsitz im Auto, schmiege mich an ihren Rücken und ringe mit ihr um das Tablettenröhrchen, das sie umklammert hält.

Sie schluchzt. »Wenn mich nicht mal mehr dieser Taugenichts, dieser Frauenschläger, dieser Fettarsch, dieser Wahnsinnige, dieser verfluchte Hurensohn haben will, wer soll mich denn dann noch wollen?«

Aber wenn das alles auf Dad zutrifft und er ihr so schrecklich wehtut, warum möchte sie dann, dass er sie haben will, gebe ich zu bedenken. »Weil ich, wenn ich nicht einmal ihn dazu bringen kann, dass er mich will«, jammert sie, »bei überhaupt keinem Mann mehr Chancen habe.«

Als Ersatz für das Tablettenröhrchen, das sie umklammert hält, habe ich ihr eine farbenprächtige Zeitschrift namens *Sweethearts Magazine* mitgebracht. Ich hatte in *People* davon gelesen und eine Ausgabe bestellt, damit ich etwas in der

Hand habe, wenn sie ihren nächsten Selbstmordversuch unternimmt. Das Blatt enthält ausschließlich Anzeigen von einsamen Ranchern und Bergbewohnern in abgelegenen Regionen Montanas, mit halbseitigen detaillierten Beschreibungen und Farbfotos. Ich wedele vor ihren Augen mit der Zeitschrift, blättere durch die Seiten, staune laut über einsame Cowboys mit breiten Kaugummizähnen und Westernkluft und zeige auf die in Großbuchstaben gehaltenen Überschriften: »Ehefrau gesucht«. Mom schluckt den Köder, und als ich das Röhrchen vorsichtig aus ihren Fingern löse, schiebe ich ihr, ohne dass sie es merkt, die Zeitschrift in die Hand. Dies ist das Einzige, was sie trösten kann: die Aussicht auf einen Mann, an den sie sich klammern kann. Sie hangelt sich von einem Klettergerüst zum nächsten, verhandelt ihren Tod gegen die Hoffnung auf ein Leben mit einem anderen.

Und dann bin ich wieder das Kind. Danny und ich sind mit ihr auf der Farm, und sie spielt die tobende Mutter, die uns immer schon so eingeschüchtert hat, dass wir starr den Atem anhielten. Mit unfehlbarer Logik macht sie uns herunter, und der Wahrheitsgehalt ihrer Worte lässt sich nicht leugnen. Wir sind wirklich dumme Kinder, wir haben wirklich schlechte Zeugnisse gehabt, wir sehen wirklich krank aus. Sie legt ihren Finger in die Wunde, um uns gefügig zu machen.

Sie stellt sich vor einen Spiegel und verlangt von mir, sie zu fotografieren. Gleichzeitig schnauzt sie Danny an, er solle den Spiegel so hinstellen, dass ich genau das Spiegelbild aufnehme, das sie gerade vor sich sieht. Sie braucht diese Fotos, um sie an die Männer in der Zeitschrift zu schicken. Mit der Hoffnung ist auch ihre Überlegenheit zurückgekehrt.

Während ich darauf warte, dass Danny den Spiegel für die nächste Aufnahme ausrichtet, sinniere ich vor mich hin. Mom, so wird mir klar, benutzt uns alle wie einen Spiegel.

Und wir sollen genau das zurückwerfen, was sie gerade sehen möchte, und das auch noch im richtigen Winkel. Tun wir es nicht, so holt sie aus und zerschlägt das Glas.

Mit vierundzwanzig kehre ich zurück zur Schule.

Als ich einmal in den Regalen eines Antiquariats stöberte, fiel mir eine Kinderenzyklopädie in die Hände. Die Illustrationen in Primärfarben und die einfach gehaltenen Texte waren so interessant, dass ich mich noch im Geschäft auf den Boden hockte und den Lernstoff der vierten Klasse, den ich zu großen Teilen verpasst hatte, gierig in mich aufsog. Nach diesem Erlebnis wollte ich nur noch eins: alles nachholen, was ich als Kind wegen meiner Krankheit nicht gelernt hatte. Da ich kein Abschlusszeugnis von der Highschool vorweisen kann – ich hatte im letzten Schuljahr mein Mythologiebuch verloren und kein Geld gehabt, um es zu ersetzen –, lüge ich auf dem Bewerbungsformular für die Volkshochschule. Mit diesem Trick erreiche ich, dass sie mich aufnehmen.

Mit gerade so viel Nahrung im Körper, wie ich brauche, um die Wohnung zu verlassen, verwende ich meine ganze Energie darauf, dreimal wöchentlich den Unterricht zu besuchen. Ich möchte wissen, ob ich wirklich so verrückt bin, wie Mom und Dad behauptet haben, ob ich wirklich so dumm bin, wie mir von der Highschool bestätigt wurde. Und ob ich einen Hirnschaden habe, wie Mom es mir immer eingeredet hat. Dies möchte ich herausfinden, für mich allein, indem ich in Columbus zur Schule gehe, wo ich mich nicht schämen muss, falls diese Eigenschaften doch zutreffen sollten.

Ich mache mir im Unterricht ausführliche Notizen, studiere das Sonnensystem, Kopernikus und Tycho Brahe. Ich lese *Im Namen der Rose* und andere Werke der Weltliteratur und erfahre, dass die *Upanishaden* auf dem gleichen Schöpfungsmythos basieren, auf den die Bibel Alleinanspruch erhebt. Mein Horizont erweitert sich, und ich schreibe ohne Schwierigkeit gute Noten. Dass ich vielleicht doch ein bisschen klüger bin, ist eine Vorstellung, von der ich nicht genug bekommen kann.

Doch heimlich, still und leise kehrt meine Krankheit zurück. Im zweiten Jahr komme ich nach ein paar Monaten einfach nicht mehr mit, genau wie damals, als wir noch auf der Farm lebten. Mein Herz beginnt zu rasen, sobald ich aufstehe. Ich zittere, wenn ich mir zum Frühstück eine Packung Fertigteigmischung anrühre. Ich lerne im Bett, verpfusche meine Referate und verpasse immer wieder den Unterricht, weil ich es nicht aus der Tür schaffe. Also erkläre ich meinen Lehrern, dass ich für eine Weile pausieren muss, weil ich an einer rätselhaften Herzkrankheit leide, einem Überbleibsel aus meiner Kindheit. Denn was, um Himmels willen, sollte denn sonst mit mir los sein?

Dann lerne ich Ray kennen: strahlend blaue Augen, schlanke Gestalt, volles, ungebändigtes Haar. Ray ist ein Musiker aus dem Ort, der sich anzieht wie Frank Sinatra und aus dessen Saxophon Hardcore-Punk dröhnt. Ich löse ihn auf, schütte ihn in einen Infusionsbeutel und spritze ihn mir in den Arm. Wir sind unzertrennlich. Ein Tag nach dem anderen vergeht, ohne dass ich etwas zustande bringe. Ich esse meine Kuchenteigmischung und lebe nur noch für Ray. Für seine Berührungen, für seine Art, für alles, was er mir antun will. Knutschflecken am Hals, Abdrücke von Zähnen, mitternächtliche Anrufe, ich solle ihn abholen, weil er sich nach dem fünften Wodka irgendwo an einer Mauer festhalten muss. Nichts von dem stelle ich infrage, und in gewisser Weise ist dies die glücklichste Zeit in meinem kranken Leben.

Doch dann bricht alles zusammen. Ray will Ende des Monats nach San Francisco ziehen, und ohne ihn werde ich nicht zurechtkommen. Er wiederum schnupft Ketamine, woraufhin er auf allen vieren kriecht, wenn er zu mir kommt, über den Boden robbt und im Bett versinkt. Abgesehen von meiner Fertigteigmischung, die mich ruhig werden lässt, nehme ich keine Drogen. Wir sprechen über Dinge, an die er sich am nächsten Morgen nicht mehr erinnert, überlegen, dass ich ihn begleite, planen eine gemeinsame Zukunft. Er entgleitet mir, obwohl ich mich so fest an ihn klammere, wie es mir nur möglich ist. Ich komme nicht mehr an ihn heran. Wir hören auf zu essen, wir hören auf zu reden. Unsere zusammenhanglosen, überbetonten Worte sind wie verletzende Spitzen, und es gelingt uns nicht, sie wieder in Fluss zu bringen. Seine Drogen, sein Alkohol, seine Unfähigkeit, beim Anziehen zwei gleiche Socken herauszusuchen, kümmern mich nicht. Ich weiß nur eins, nämlich dass es mir mit ihm genauso ergeht wie mit meiner Mutter: Ohne ihn werde ich sterben.

Wir driften auseinander, verstehen uns nur noch auf der sexuellen Ebene. Ich markiere jeden Tag, jede Stunde, die wir zusammen sind, im Kalender mit einem Sternchen als einzigem greifbaren Beweis, dass ich von ihm immer noch ein Ja habe, dass er mich immer noch will. Die Quadrate mit den Sternchen in meinem Kalender ermöglichen mir Rückschlüsse auf die Wirklichkeit; manchmal sind es viele, dann wieder weniger. Mehrere Sternchentage in einer Reihe zeigen mir schwarz auf weiß, welche Tendenz ich für die Zukunft erwarten kann. Eine Zukunft, in der alles besser sein wird; eine Zukunft, in der alles anders sein wird. Jene Zukunft, die ich mir mein Leben lang erhofft habe.

Wenn Ray nicht kommt, nehme ich den Kalender mit ins Bett, schmiege mein tränenfeuchtes Gesicht an die Quadrate mit den meisten Sternchen und wünsche mir, es möge noch mehr solche Tage geben. Beim Erwachen am Morgen finde ich die Sternchen als Flecken auf meinem Gesicht wieder, die wie Tattoos aus der Popcornpackung in einer Reihe auf meinem Wangenknochen sitzen. Zufrieden gehe ich mit Rays Sternen durch den Tag, und wenn ich im Spiegel entdecke, dass sie verblassen, verfalle ich insgeheim in Panik.

In den letzten Tagen nimmt sich Ray, was er will und wann immer er will. Ich empfinde nur noch ein unstillbares Verlangen nach ihm. Dass ich ihm meinen Körper übereignen kann, so lange er daran Gefallen findet, ist mein einziger Trost.

Um mich nicht ganz und gar von Ray vereinnahmen zu lassen, habe ich mich für das Sommersemester eingeschrieben – nur in zwei Fächern, um es mir nicht zu schwer zu machen. An einem schwülen Julinachmittag stehle ich mich mit fettigen Haaren, Zahnbelag und ein paar auf einc Anämie hindeutenden tiefblauen und lila Flecken an den nackten Beinen eine halbe Stunde zu spät in eine Vorlesung über psychische Krankheiten. Ich lümmele mich in die letzte Reihe und kritzele gedankenlos vor mich hin, während meine langsamen Kommilitonen vom Lande den Unterricht mit der Geschichte ihres zweimal von der Schule verwiesenen Cousins Ernie aufhalten, der, so vermuten sie, an eben jener psychischen Störung litt, die wir gerade diskutiert haben. Haben sie denn nicht gelesen, dass sich Psychologiestudenten in den ersten Semestern immer mit mindestens einem der durchgenommenen Krankheitsbilder identifizieren und bei sich selbst und ihrer Familie oft jede Menge Probleme diagnostizieren? Merken sie denn nicht, dass sie genau das Gleiche tun? Meine Güte, wie ich sie hasse! Mein Kopf sinkt in das schützende Nest, das meine Arme auf dem Tisch geformt haben.

Die sanfte Stimme des Professors spricht über einen Sonderfall der Kindesmisshandlung: »Der Täter, gewöhnlich die Mutter, macht ein eigentlich gesundes Kind krank, um dadurch ständige ärztliche Betreuung in Anspruch nehmen zu können.«

Mutter … macht … krank.

»Mütter, die dies tun, sind in ihrer frühen Kindheit gewöhnlich selbst durch Misshandlung oder Vernachlässigung traumatisiert worden.«
Ich hebe den Kopf von meinen Armen. Ein Speichelfaden tropft von meiner Unterlippe auf den Tisch.

»Da ihr das Trauma oder die Vernachlässigung von den wichtigsten Bezugspersonen zugefügt wurde, hat die Täterin eine latente Sehnsucht nach den Eltern. Diese erfüllt sie sich durch den Kontakt mit Ärzten, weil es zur Aufgabe dieser allgemein anerkannten Autoritätspersonen gehört, für andere Menschen zu sorgen.«

Ich richte mich auf.

»Fast nie stellt der Arzt einen krankhaften Befund fest, aber die Mutter zieht von einem zu anderen, lässt Untersuchungen und Operationen vornehmen. Manchmal erfindet die Mutter die Symptome, manchmal verursacht sie sie sogar selbst. Manchmal wird das Kind verstümmelt, manchmal wird es durch eine Kombination von Medikamenten und Operationen krank. Manchmal stirbt das Kind auch.

Diese Form der Kindesmisshandlung heißt in der Fachsprache Münchhausen-Stellvertreter-Syndrom oder Münchhausen by Proxy.«

Ich versuche, den Nebel aus meinem Kopf zu schütteln. Von allen Seiten fliegen Glasscherben auf mich zu. Mit ohrenbetäubendem Krach brechen sie über mich herein, ehe sie sich zusammensetzen. Dann folgt Stille. Der zersprungene Spiegel, in den ich starre, reflektiert ein krankes, verlorenes Gesicht mit herabhängender Unterlippe und angehaltenem Atem.

Beim Aufstehen werfe ich meinen Stuhl um, dann renne ich aus dem Raum. Im Flur geben die Beine unter mir nach. Mit letzter Kraft krieche ich zum Treppenhaus.

Mein Körper, in Scheiben und Würfel geschnitten, untersucht, bis er nicht mehr mein war, für nichts und wieder nichts.

Ich verkralle meine Finger in den Klinkersteinen und ziehe mich nach oben, bis ich an der Wand lehne. Lautlos schlage ich meinen Kopf dagegen.

Sie haben all diese Untersuchungen durchgeführt, ohne auch nur eine davon infrage zu stellen.

Jetzt habe ich die letzten Puzzlestückchen beisammen, die mir für die ganze Wahrheit noch fehlten.

Das alles ist ihr Werk.

Die Teilchen fliegen durch mich hindurch, versuchen, sich an die richtigen Stellen zu setzen, damit ich sie zusammenfügen kann. Doch ich will es nicht wissen.

Mein Opfer war es, was sie am Leben erhielt.

Ich will es nicht wissen.

Damit ich am Leben bleiben konnte.

Ich will nicht.

Peng.

Wissen.

Wenn sie gestorben wäre, wäre auch ich gestorben.

Ich will nicht.

Knack.

Wissen.

Mit der Begründung, es sei ein Notfall, mache ich kurzfristig einen Termin bei Myrna von der Familienberatung aus. Sie hat mir in den vergangenen zwei Monaten, in denen ich versucht habe, mich von Ray zu lösen, als Therapeutin nach Bedarf zur Verfügung gestanden. Nachdem ich den Fünfdollarschein, ihr Honorar, aus dem Versteck geholt habe, setze ich mich ins Auto und fahre wie in Trance zu ihr. Im Wartezimmer fühle ich mich leer, ganz und gar leer, so als würde ich mich gleich auflösen. Ich kann kaum noch meine Umrisse zusammenhalten, kaum noch verhindern, dass ich immer weiter wegdrifte.

Dann setze ich mich auf ihre Couch. Schwer atmend, hysterisch lasse ich mich auf die Seite fallen, dann würge ich mühsam heraus, dass ich in der Vorlesung begriffen habe, was mit mir geschehen ist. Dass es wahr sein muss, weil es genau so vor sich ging, alles: meine Mutter, die Herzkatheteruntersuchung, die Tatsache, dass niemand einen krankhaften Befund feststellen konnte, die Vergiftungen durch Grandma Madge, in deren Folge ich in die Notaufnahme gebracht wurde, meine Nasenoperation, mein zugepflastertes Gesicht, das Röhrchen, das sie mir in die Harnröhre schoben, und, o mein Gott, o mein Gott, in dem Moment wird mir klar, was ich im Alter von dreizehn der Schwester ins Gesicht gesagt habe, worauf die Wahrheit einfach mit Beruhigungsmitteln unterdrückt wurde.

Myrna sitzt ruhig da und versucht, sich aus den bruchstückhaften Details, von denen sie zuvor noch nichts gehört hat, weil wir nie über Ray hinausgekommen sind, etwas zusammenzureimen. Ich habe den Eindruck, sie hält mich für verrückt. Was sie mir anzubieten hat, ist kein Trost, nur kühle Distanziertheit. Knisternd wickelt sie ein weiteres Hustenbonbon aus und steckt es sich in den Mund.

Dann faltet sie die Hände über dem Knie.

(Saug) »Weißt du, Julie, einigen meiner Patienten empfehle ich, wenn sie sehr aufgeregt sind«, (schlotz) »dass sie nach Hause gehen und ein schönes laaaanges Entspannungsbad nehmen. Hast du es jemals mit einem heißen Bad versucht oder, fast noch besser« (krach) »mit Tagebuchschreiben?«

Man könnte als Kafka'scher Käfer aufwachen, Myrna

würde weiter an ihren Hustenbonbons lutschen und einem erzählen, man solle nach Hause gehen und ein Bad nehmen.

Die nächsten beiden Tage vergehen, indem ich in meiner Wohnung auf und ab tigere, um vier Uhr morgens im Regen durch die Straßen laufe, Schlafmittel einwerfe und zu schlafen versuche, und wenn auch nur für zwanzig Minuten. Ich gehe in den Lebensmittelladen, doch in Gedanken bin ich wieder im Krankenhaus. Leute umschließen mich, kommen mir nahe, strecken ihre Finger nach mir aus.

Ich ziehe die Schultern hoch und mache mich beim Gehen so dünn ich kann. Meine Glieder halte ich so nah wie möglich am Körper. Ich will nicht riskieren, dass jemand sich ein Hand- oder Fußgelenk schnappt, wenn ich vorbeigehe. Sie beobachten mich, wie ich die Gänge mit Tiefkühlkost entlangschleiche, sie glotzen mich hinter Wänden von Cocktailzwiebeln und Cornichons an. Sie stehen Auge in Auge mit mir an der Kasse, verstellen mir den Weg mit ihren Einkaufswagen, mustern mich von Kopf bis Fuß. Ich kann ihre Gedanken hören. Sie überlegen, ob ich mit meiner Kränklichkeit und meiner Unfähigkeit, ein gesundes Interesse an Sport zu entwickeln, es überhaupt noch wert bin, am Leben zu sein.

Ray ist fort, und was in der Woche zuvor in Psychologie besprochen wurde, habe ich voll und ganz vergessen. Meine Erregung schreibe ich der Tatsache zu, dass ich mit der Post die Nachricht erhalten habe, mir werde der Strom abgestellt. Meine Krankenhausrückblenden fallen durch die Risse in mein vergrabenes Unterbewusstsein.

Als ich zwei Nächte später auf dem Boden meiner kleinen Wohnung zusammenbreche, krallen sich meine Hände vor meinen Augen zu Krähenfüßen zusammen. Je schneller ich atme, desto fester verkrampfen sie sich, bis sie schließlich gefroren und verknotet, deformiert und klauenförmig direkt vor meinem Gesicht liegen.

Ich erwache in einer kostenlosen Unterkunft für geschlagene und geisteskranke Frauen. Als ich mich genügend gesammelt habe, um sprechen zu können, versuche ich ihnen zu erklären, was geschehen ist, dass ich nicht krank war, dass sie alles nur erfunden hat. Meine untersetzte, wohlgenährte Krankenschwester tätschelt mir die Wange und sagt: »Aber jetzt ist alles in Ordnung, Schätzchen. Du brauchst nicht zu reden.«

Mein kleiner Bruder Danny ist es, den sie schließlich holen lassen. Er setzt sich an mein Bett und bricht bei meinem Anblick in Tränen aus. Ich versuche, mit ihm zu sprechen, ihn als Zeugen zu gewinnen, damit sie wissen, dass ich nicht verrückt bin.

»Danny, weißt du noch, wie Mom dich wegen deines Asthmas hat behandeln lassen?«

Danny schüttelt den Kopf.

»Erinnerst du dich an die Pistolen? Danny, du hast doch eine auf Dads Kopf gerichtet, damals, als das Haus abgebrannt war und wir alle in dem kleinen Wohnwagen zusammengepfercht waren?«

»Ich kann mich nicht erinnern, Sis.«

»Und daran, dass ich wegen meines Herzens im Krankenhaus war und operiert wurde?«

Danny wischt sich die Tränen ab. Seine Stirn legt sich in

tiefe Falten aufgestauter Gefühle, genau wie bei meinem Vater. Er presst die Augen zusammen und versucht seine zitternde Unterlippe zu beruhigen. »Sis«, seine Stimme bricht, »ich kann mich an überhaupt nichts aus der Zeit erinnern, als ich klein war.« Seine Fäuste liegen geballt auf den Oberschenkeln. »An nichts, bis ich ungefähr fünfzehn war.«

Das war das Alter, in dem der gute Danny endlich von Mom wegging und zu Dad zog.

Auch die indische Psychologin, die man mir zuteilte, hielt mich für verrückt.

»Also schön. Was ist das also für eine Sache, die Sie Mooonchhazen Prozy nennen? Nie etwas davon gehört.« Misstrauisch mustern mich ihre Augen unter den buschigen Brauen. Offenbar versucht sie, einen Blick auf meinen ganz speziellen Wahn zu erhaschen, damit sie mir das richtige Psychopharmakon verschreiben kann.

»Können Sie es mir noch einmal erklären?«

Vier Tage später verließ ich die Unterkunft und zog in ein Haus voller Spiegel.

Mein Spiegelhaus ist eine heruntergekommene Farm, nur knapp zwei Kilometer von dem Krankenhaus entfernt, in dem ich operiert wurde. Die Miete ist sehr gering. Im oberen Stockwerk gibt es keine Heizung. Es befindet sich zwar in der Stadt, doch es liegt abgeschieden, am Ende einer Sackgasse, von Bäumen umgeben. Seine Grundmauern versinken allmählich in der angrenzenden tiefen Schlucht.

Ich stehe im größten Raum, dessen Wände mit rahmenlosen Spiegeln aus einem aufgegebenen Tanzstudio ausgekleidet sind. Nackter Holzboden. Keine Möbel, nur die Spiegel und ich. Hier wohne ich jetzt. Und es gibt niemanden, der mir helfen kann.

Ich betrachte mich im wandhohen Spiegel. Eine natürliche Schönheit. Aber krank. Ich bin schön, doch eingehüllt in eine zentimeterdicke Schicht Krankheit. Sie zeigt sich in den dunklen Schatten unter meinen Augen, in meiner fahlen Gesichtshaut, in den Hautfetzen, die sich von meinen Lippen schälen, in meinen trüben, glasigen Pupillen, in meinem schwer gehenden Atem, in der Aura von Gedämpftheit, die mich umgibt.

Ich könnte diese Schicht abwerfen, mich davon reinigen und zu einer Schönheit aufpolieren, wenn ich es schaffen würde, mich nicht mehr krank zu machen. Aber das gelingt mir nicht. Es ist in meine Zellen eingebrannt. Es liegt mir im Blut. Es schlummert in meinem Überlebensinstinkt, der seit meiner Geburt in die falsche Richtung gelenkt wurde. Mein Leben wird durch den Tod bestimmt – vielleicht nicht vom Tod an sich, sondern durch die Tatsache, dass mir der Impuls fehlt, für meine Gesundheit zu sorgen.

Um die notwendigsten Ausgaben finanzieren zu können, nehme ich eine Teilzeitstelle als Rezeptionistin an, falte meine langen Glieder unter dem von Papieren überquellenden Empfangstisch einer Praxis für Naturheilkunde. Ich habe mich für diese Stelle entschieden, weil ich glaubte, auf diese Weise günstiger an gesundheitsfördernde Maßnahmen und Medikamente zu kommen – eine Ernährungsberatung, eine Entgiftungskur, Nahrungsergänzungsmittel. Stattdessen vereinbare ich den ganzen Tag Termine für einen nicht enden wollenden Strom von Patienten, die sich offenbar darüber freuen, dass ihnen etwas fehlt. Um allen Anwesenden zu beweisen, was man in der Praxis für sie getan hat, zieht eine Frau ganz aufgeregt ein Einmachglas aus der Tasche, auf dessen Boden sich ein Spulwurm kringelt. Am schlimmsten ist es, wenn eine Mutter vor mir steht, um einen Termin abzumachen, und jedem, der es hören will, von den Symptomen ihres Kindes erzählt. Dann sehe ich nicht sie an, sondern blicke in die blassen Augen des Kindes und wünsche mir, wir wären wie die Pflegekinder, die sich ohne Worte verständigen konnten.

»Tut mir leid,« lüge ich. »Ich habe keinen Termin mehr. Erst wieder … tja … in einigen Wochen.« Dann trage ich sie für einen Tag ein, an dem ich frei habe. Manchmal vergesse ich auch, ihren Namen in dem Buch zu notieren, obwohl ich weiß, dass die Praxis viel zu überlaufen ist, um jemanden ohne festen Termin zu behandeln.

Solange ich nur zwischen der Praxis und meinem Haus pendele, komme ich noch zurecht. Doch draußen in der realen Welt fühle ich mich wie ein Beutetier. Ich schleiche herum und habe ständig das Gefühl, die Leute starren mich an. Sie durchbohren mich mit ihren Blicken, und ich spüre, was sie denken: Passt auf, jeden Augenblick kann sie durchdrehen.

In meinem Farmhaus jedoch kann ich meine Schutzhülle ablegen. Ich hebe langsam die Arme wie ein Phoenix und tanze, ich wirbele durch den Raum, bis ich weinend vor dem Spiegel zusammenbreche. Im Winterlicht, das durch die großen Fenster fällt, erkenne ich in den Spiegeln allmählich, wie ich tatsächlich wirke – anstelle des Bildes, das zu sehen ich mein Leben lang geschult worden bin. Ich schreibe nicht darüber. Ich spreche nicht darüber. Mir ist nicht klar, was vor sich geht. Aber wie ein junger Vogel öffne ich meine bis dahin noch verklebten Augen und breite meine feuchten Flügel aus. Die Vergangenheit lässt sich nicht in Worte fassen. Ein Teil von mir weiß, dass sie da ist, dass sie unmittelbar hinter dem lauert, was ich erkenne, doch sie ist nicht in meinem Blickfeld. Und ich achte darauf, dass es auch so bleibt.

Nach wie vor habe ich Kontakt zu meiner Mutter, weil ich es brauche. Ohne sie bin ich wie eine Raupe, die sich nur halb entpuppen kann. Mittlerweile wohnt Mom mit ihrem indianischen Freund in einem Reservat in Montana. Ich spreche mit ihr, als ob nie etwas geschehen und alles in Ordnung sei. Noch immer versuche ich ihr Liebe abzuringen. Ich nehme ihre nächtlichen Anrufe entgegen, in denen sie mit Selbstmord droht, und bemühe mich, ihr aus dreitausend Kilometern Entfernung die Pistole oder die Tabletten auszureden. Außer mir kann niemand sie retten. Ich könnte mir selbst nicht mehr ins Gesicht sehen, wenn meine Mutter sterben würde, weil ich nicht das getan habe, was sie mir so eindringlich beigebracht hat.

Manchmal, wenn sie anruft, ist sie ganz weich und bereit, sich zu öffnen. »Sis, es reißt mir die Seele aus dem Leib«, sagt sie. »Ich habe das Gefühl, du musst noch viel loswerden – über die Vergangenheit.« Ich beginne zu weinen. Ich muss ihr sagen, dass ich weiß, was sie getan hat. »… du wirst mir nie verzeihen können, was damals geschehen ist…« Warum auch? Außerdem möchte ich hören, wie sie um meinetwillen weint. »… Ich verstehe das alles nicht.« Worte stauen sich in meiner Kehle an, dort, wo sie stecken, seit ich im Sprechzimmer saß und Moms Aufzählung meiner angeblichen Symptome nur Schnalzlaute entgegensetzen konnte. Seit zwanzig Jahren haben sie sich dort zu einem wütenden Strom aufgestaut, der bereit ist, donnernd hervorzubrechen und sie, begleitet von einer Tränenflut, mit sich fortzureißen. »Wenn ich nur wüsste, warum er das tut. Dabei habe ich ihm doch schon längst vergeben.« Ich schlucke. »Man versucht es eben immer wieder. Ich habe es wirklich versucht. Die Ehe zu retten, damit ihr Kinder es gut habt.« Der Augenblick ist vorüber. »Und jetzt sitze ich da mit meinen fünfzig Jahren und versuche, das Gröbste zu kitten. Als ich dort war, weißt du, haben sie mich nicht einmal zum Essen eingeladen, nicht ein einziges Mal. Dabei hat es mich eine ganz schöne Stange Geld gekostet. Schließlich habe ich zwei Kinder, die aufs College gehen. Aber du weißt ja, ich schaffe das schon, ich komme auch allein zurecht.«

Ihr Kontakt zur Realität ist sehr brüchig. Und die beiden

Kinder auf dem College finanzieren ihr Leben mit ihrer eigenen Hände Arbeit.

Der Frühling hält Einzug, und ich betrachte vor dem Spiegel, wie sich an mir Brüste zu formen beginnen. Durch den plötzlichen Wachstumsschub haben sich an den Seiten weiße, an Tigermuster erinnernde Dehnungsstreifen in der Haut gebildet. Meine Hüften runden sich, brechen auf wie eine Blüte im Zeitraffer, und ich entwickele mich wie ein Mädchen in der Pubertät. Die Hülse, in der ich steckte, hat Risse bekommen, und so sehr es auch schmerzt, ich löse mich aus dem eng sitzenden Korsett. Mit meinen eigenen Fingern reiße ich die Schnüre auf und schäle mich aus dem engen Kokon, in dem ich gefangen war, befreie krumme, verkümmerte Glieder aus seiner Gewalt.

Stundenlang berühre ich vor dem Spiegel mein Gesicht, studiere meine Züge. Ich muss wissen, was mein Gesicht erzählt, was es ausdrückt, wohin meine Augen wandern, ob es zuckt wie das meiner Mutter.

Wenn ich nicht vor dem Spiegel stehe, vergesse ich, dass ich hübsch bin. Mir ist nicht bewusst, dass ich einen schönen Körper habe. Oder dass er in bisher ungenutzter Weisheit über die Fähigkeit verfügt, sich selbst zu heilen. Meine Sinne sind zu einem Knäuel zusammengerollt und so verknotet, dass ich monatelang Tag für Tag behutsam daran herumzupfen muss, um die Schlingen zu entdecken und zu lösen.

Ich rolle mich vor dem Spiegel zusammen. Haut und Knochen. Die Rippen am Rücken werfen geschwungene Schatten auf die dünne Haut. Ich betrachte die feinen blauen Adern, beobachte fasziniert den fast unmerklichen Puls, der aus eigener Kraft das Blut durch sie hindurchpumpt, die Bestätigung, dass ich noch lebe. Ich brauche nichts dazu zu tun, mein Herz hält mich auch ohne Hilfe am Leben.

Ich studiere jede Einzelheit meines Körpers im Spiegel, um zu entdecken, was all die anderen sehen, die nicht in meiner Haut stecken. Meine Hände. Sie sind so schön. Fasziniert wende ich sie vor dem Spiegel hin und her. Und wieder mein Gesicht. Es ist weich und kindlich, mein Körper aufrecht und schlank. Aber wenn ich vom Spiegel wegtrete, begleitet mich nichts. Sobald ich den Kontakt zu meinem Abbild verliere, ist auch fort, was ich dort sehe.

In meine Vorstellungswelt hat sich der kränkliche Widerhall dessen eingebrannt, was in sechsundzwanzig Jahren mein Gefühl für mich selbst und meine Wahrheit über mich selbst ausgemacht hat: dass ich ein absonderliches, zerbrechliches Geschöpf bin, auf die Welt gekommen, um früh zu sterben. Vor meinem geistigen Auge sehe ich mich, gebeugt und ausgemergelt, mit dunklem fettigem Haar und dem langen Gesicht eines Pferdes auf dem Weg zur Schlachtbank: eingefallene Wangen, herabhängende Unterlippe, abwesender Blick. Und weil ich das glaube, fühle ich mich auch so, und weil ich mich so fühle, verhalte ich mich auch so, und weil ich mich so verhalte, behandelt mich die Welt auch so.

Wenn ich jedoch vor den Spiegel trete, ist sie wieder da, die junge Frau, diese Fremde, wie die anderen sie sehen. Ich streiche mit den Fingern über ihr Gesicht. Meine Augen können es nicht fassen, und misstrauisch starre ich sie an. Das bin doch nicht ich, die meinem Blick begegnet? Die Wahrheit in meiner Vorstellung und die Wahrheit im Spiegel können gegensätzlicher nicht sein. Ich bin in der Mitte zerrissen, stehe mit gegrätschten Beinen über der Kluft zwischen zwei Welten, schwirre hin und her zwischen der Welt, die ich kenne, und der Welt im Spiegel. Es wird drei Jahre dauern, bis ich sie endlich zusammenfügen kann.

Das Leben in diesem ungeschliffenen neuen Zustand verläuft träge und hat kindliche Züge. Meine Entwicklung nimmt sich Zeit. Ich als Frau, die im Leben steht, mache die Schritte eines Kleinkinds, das gerade laufen lernt.

Und ich kann immer noch nichts essen.

Wenn ich in den Kühlschrank schaue, sehe ich Nahrungsmittel, aber nichts zu essen. Mein Magen knurrt, doch ich habe keinen Appetit.

Appetit und Hunger sind nicht das Gleiche. Appetit ist der geistige Auslöser, der einen dazu bringt, nach etwas Nahrhaftem zu greifen, es in den Mund zu stecken, zu kauen und hinunterzuschlucken. Das habe ich jedenfalls in meinem ersten Psychologiekurs gelernt. Essen bedeutet nicht nur Befriedigung der körperlichen Bedürfnisse, sondern es beginnt im Kopf – mit dem Hungergefühl, das dazu führen sollte, dass sich der Körper Nahrung einverleibt. Doch bei mir gibt es keine Verbindung zwischen den beiden Punkten.

Es sei denn, man fasst mich an. Berühre mich, und ich esse alles für dich. Streichele mir den Rücken, halte mich im Arm wie ein Baby, betaste und knete meinen Körper, und ich werde gefräßig.

Wenn man einen Säugling berührt, das weiß ich aus den Vorlesungen, wird die Hirnanhangdrüse stimuliert und meldet, dass jetzt etwas zu essen kommen muss. Unterbleibt die Berührung, erfolgt keine Stimulation, und das Kind verhungert. Warum sollte es bei einer Erwachsenen, die in ihrer Entwicklung stehen geblieben ist, nicht ähnlich sein? Wenn ein Mensch emotional über das Stadium des Kleinkindes nicht hinausgekommen ist, muss das Ergebnis eigentlich ähnlich aussehen.

Ich lerne, nur drei bis fünf Dinge im Kühlschrank zu lagern, damit ich nicht überwältigt werde, sobald ich ihn öffne. Auf diese Weise sehe ich ein Gericht, das ich essen kann, und nicht ein Sammelsurium von Gläsern, Flaschen und Tüten. Schachteln mit Getreideflocken auf dem Kühlschrank, Brot und Gebäck auf der Arbeitsplatte, Schubladen voller Besteck und Küchengeräte ertrage ich nicht. Wenn irgendwas zu weit rechts oder links steht, ist der ganze Tag verloren. Wie eine Dreijährige brauche ich einen geordneten übersichtlichen Raum mit nicht mehr als zwei, drei Sachen zur Auswahl. Ich habe mir eine Welt wie aus *Teletubbies* gebastelt.

Und ich musste allein bleiben, da ich es als Übergriff empfand, wenn mir jemand nahe kam. Nur in Abwesenheit anderer Menschen konnte ich die Ruhe finden, um die Dinge eins nach dem anderen anzugehen.

Hin und wieder machte ich in Begleitung von Bekannten einen Ausflug in die Welt, doch der Ausgang war stets ungewiss. Jeder zufällige Kontakt barg Gefahren in sich.

Ich bin mit einem neuen Freund in einer Bar, die sich allmählich füllt. Angesichts der Menge von Menschen, die hereinströmt, werde ich immer unruhiger. Ich verkrieche mich in einer Ecke des Raums, um zu vermeiden, dass mich jemand berührt. Mein Freund gibt mir ein Signal und winkt mich zu sich heran. In dem Glauben, er sei eine Insel der Sicherheit, auf die ich mich flüchten kann, gehe ich auf ihn zu. Doch auf meinem Weg durch die Bar schließt sich die Menge um mich. Junge Männer in Anzügen schieben und drücken. Sie stoßen über meinem Kopf mit Bierflaschen an und lachen mit ihren gemeinen, verschlagenen Mündern. Ich schlage wild um mich, damit mich ihr Atem nicht streift. Das Haar hängt mir ins Gesicht. Mein Freund lacht. Lacht, weil ich so einen lächerlichen Anblick biete – als würde ich auf einen eingebildeten Bienenschwarm eindreschen. Jedes Mal, wenn ich den Schwingungen eines anderen Menschen zu nahe komme, endet es in einer Verstrickung.

Ich habe mein Leben in einer künstlichen Blase verbracht. Zuerst war es ihre. Dann war es eine Blase, die ich selbst schuf. Nun, da ich die Schutzhülle aus Irrglauben abgestreift habe, die mich jahrelang umgeben hat, bin ich wie ein Embryo, zu nackt, um es mit der Welt aufzunehmen. Die Menschen üben nicht nur Einfluss auf mich aus, sondern sie legen sich in einer dünnen Schicht um mich wie heiße Klarsichtfolie. Ihre Worte werden zu meinen Worten, ihre Stimmen verschmelzen mit meiner, ihre Meinungen überlagern die skizzenhaften Ansätze von Gedanken, die sich in mir entwickeln.

Wenn ich mir meine Fotos aus den Jahren nach dem Brand anschaue, entdecke ich in meinem Antlitz den Ausdruck und die Mimik jener Menschen, die für mich damals von Bedeutung waren. Meine Züge spiegeln die Eigenheiten des anderen Gesichts, die feinen Fältchen, die Art, wie die Kiefermuskulatur sich beim Lächeln anspannt und in dieser Stellung gefriert. Mein Gesicht löst sich auf, um jeweils eine andere Identität anzunehmen.

Dann betrachte ich ein Babyfoto, das mich im Alter von sechs Monaten auf dem Bauch liegend und fröhlich und unverkrampft lächelnd zeigt. Mein eigenes Lächeln, ungebrochen und intakt. Nur auf dieser einen Aufnahme finde ich mein eigenes Gesicht und nicht das eines oder einer anderen. Bin ich dazu bestimmt, die Vergangenheit mit mir herumzutragen wie eine abgelöste Plazenta? Wie weit muss ich noch in die Vergangenheit gehen, um mich selbst zurückzuerobern? Und wie viele Teile meines Ichs habe ich auf meinem Weg verloren? Wo werde ich sie finden? Wird es mir gelingen, sie an der richtigen Stelle wieder einzufügen? Wie oft klebt man die Scherben einer zerbrochenen Vase zusammen, ehe man sie wegwirft?

Man hat mich entkernt. Meine Mutter hat ihre Finger in mein Inneres gegraben wie in das Fleisch einer Melone und mich ausgehöhlt. Und nun, Jahre später, klafft zwischen Bauchdecke und Rückgrat nur noch ein Vakuum.

Meine Freunde sind jetzt die Bücher. Mit ihnen kann ich schweigen, für sie gelte ich nicht als Sonderling, wenn ich keine Lust habe, mich zu betrinken und auf dem Parkplatz Kavalierstarts hinzulegen. In ihrer Gesellschaft kann ich mich beruhigt tiefen Gefühlen hingeben und mich genüsslich plätschernd und strampelnd auf der tiefen Seite im Pool räkeln, selbst wenn ich abends in der Dunkelheit allein bin, nach einer großen Mahlzeit Bauchkrämpfe habe und untergehe.

Ich gehe mit Büchern zu Bett. Wenn ich nicht in der Praxis arbeite, nutze ich jede Minute, um leise zwischen ihre Seiten zu schlüpfen und ein paar Wahrheiten zu finden, die mit der im Spiegel übereinstimmen. Sie sind meine Selbsthilfegurus, die mich im positiven Sinne bemuttern und mir zeigen, dass ich an mich selbst glauben kann. In ihnen finde ich tief gehende spirituelle Weisheiten: dass jede Seele ihre Eltern und ihre Erfahrungen selbst wählt, um die Lektionen zu lernen, die sie braucht, um sich voll zu entfalten. Dass das menschliche Ego, wenn es schon im Voraus wüsste, was es zu lernen hat, den Prozess der Erkenntnis mit einem Kurzschluss beenden würde. Im Verlauf dieser Doppelblindstudie befindet man sich auf dem schmerzlichen Weg zu sich selbst immer genau an dem Punkt, der für einen gerade der richtige ist, sagen sie.

Und dass man Zeit braucht, sich an das Licht zu gewöhnen, wenn man lange in einer dunklen Höhle gelebt hat und plötzlich der Stein vor dem Eingang weggerollt wird.

Und dass Hawaii erst durch einen Vulkanausbruch mit giftiger Lava und Asche überschwemmt werden musste, ehe es so grün und prächtig werden konnte.

Und dass man den Eindruck hat, die Kleider würden immer schmutziger, wenn sie sich in der Waschmaschine drehen und durch die dreckige Lauge gezogen werden. Erst nach diesem Aktionszyklus kann man sie frisch und sauber herausnehmen.

Ich halte mich mit Sinnsprüchen bei der Stange, mit bekannten Sätzen wie: »Widerstände machen stark«, und: »Das Einzige, woran die Wahrheit rüttelt, sind unsere Illusionen.« So versenke ich die Pfeiler im weichen Lehm und errichte darauf meine neuen Grundmauern.

Die Bücher sprechen zu mir wie das Kind, das ich bin, und zwingen mich sanft zu einer eigenständigen Entwicklung. Im übertragenen Sinn hängen sie all die bunten Bilder, die ich male, an den Kühlschrank, wenn ich mit ihnen nach Hause geeilt komme. Nie sagen sie: Sei doch ein bisschen fröhlicher, du denkst zu viel. Wenn sie mir überhaupt etwas empfehlen, dann höchstens: He du, stell den Fernseher und den Lärm ab, benutze deine grauen Zellen und überlege mal richtig. Nie wimmeln sie mich ab mit: Da musst du drüber hinwegkommen. Nie fragen sie wie mein Vater: Wovon sprichst du überhaupt? Oder klagen wie mein Bruder: Ich erinnere mich an gar nichts mehr. Oder erklären wie Mom, wenn ich ihr vorwerfe, ich sei noch viel zu klein gewesen, als ich sie am Selbstmord hindern musste: Himmel, Julie, an wen soll eine Mutter sich denn sonst wenden, wenn sie Hilfe braucht, wenn nicht an ihre eigene Tochter? Glaubst du etwa, die Sonne scheint nur für dich allein? Hattest du etwa keine Probleme? Mir fallen da unzählige Male ein, wo du …

Vor dem Einschlafen baue ich die Bücher um mich herum auf. Sie sind das mentale Schutzgitter, das mich davor bewahrt, nachts aus dem Bett zu fallen.

Ich beschließe, es noch einmal mit meinem Vater zu versuchen. Vielleicht kann ich ja aus dem ganzen Schlamassel wenigstens einen Elternteil für mich retten. Mein Motor könnte auch mit einem Zylinder weiterlaufen. Wir sind zwar in Kontakt geblieben, doch unsere Begegnungen bewegen sich auf dem dünnen Eis oberflächlicher Unterhaltungen, sodass wir uns in schrägen Achten umkreisen. Ich bin nicht mal sicher, ob er noch weiß, dass ich seine Tochter bin. Manchmal nennt er mich Sandy oder Danny, wie es sein Vater mit ihm tat, dann wieder zögert er und durchforstet sein Gedächtnis nach meinem Namen.

Wir treffen uns in einem chinesischen Restaurant, in dem man für einen Pauschalpreis essen kann, so viel man mag. Er hat das Lokal ausgesucht, und ich habe darauf bestanden, dass wir unter uns bleiben. Bereits bei zwei Gelegenheiten hat er nämlich versucht, seine Freundin oder Danny mitzubringen, irgendjemanden, der dafür sorgt, dass wir uns nicht zu nahe kommen. Ich ziehe den zwanzigseitigen Brief hervor, den ich in der Nacht zuvor in einem Ansturm der Gefühle geschrieben habe und in dem ich ihm alles sage. Er holt einen Gameboy aus der Tasche und spielt Solitär.

»Dad!« Ich lehne mich über den Tisch. »Hast du gewusst, das Mom Lügengeschichten über mich erfunden hat?«

»Mir ist klar, dass du es schwer hattest, Julie. Aber hör mal, als ich noch ein Junge war, gerade mal zehn, da bin ich bei uns im Garten vom Baum gefallen. Chester hat in seinem Sessel gehockt und ferngesehen. Ich wusste gleich, dass ich mir den Arm gebrochen hatte, aber niemand kam, ich musste zu ihm gehen. Weißt du, dass dieser Schweinehund erst gewartet hat, bis die Sendung zu Ende war, ehe er mit mir ins Krankenhaus gefahren ist? Mein Arm war gebrochen, und es dauerte eine halbe Stunde, bis man mich ins Krankenhaus brachte.«

»Dad!«

»Ja, mein Schatz?«

»Ich hatte mir beide Arme gebrochen. Und mich hat man den ganzen Tag lang nicht zum Arzt gebracht.«

»Du hattest dir den Arm gebrochen?« Er runzelt die Stirn. »Wann soll das gewesen sein?«

»Dad! Einmal in der zweiten Klasse, und dann noch mal in der vierten. Damals musste ich darauf warten, bis du in die Burns Road zurückgekommen bist. Erst dann konntest du mich ins Ärztehaus fahren. Erinnerst du dich denn nicht mehr, dass ich beide Arme im Gips hatte?«

»Ich wusste gar nicht, dass du dir den Arm gebrochen hast, Julie.«

Auf mein Drängen hin liest er über dem vollen Teller den Brief, und ich beobachte ihn dabei. An seinem Gesichtsausdruck erkenne ich, an welchem Punkt er gerade angelangt ist. Ich habe ihm geschrieben, wie sehr ich ihn als Kind geliebt habe, dass er mein Held war. Und wie weh es mir getan hat, als er sich immer mehr zurückzog und mich ganz ihrer Willkür überließ. Als er zu der Stelle kommt, wo ich beschreibe, wie Mom mit dem Werkzeug davonschleicht, das sie hat verschwinden lassen, damit er uns schlägt, laufen ihm ungehindert die Tränen übers Gesicht und tropfen auf das fleckige rot karierte Tischtuch. Ich weine mit meinem Vater, wir sitzen uns gegenüber und lesen den Brief gemeinsam, und wir sind uns niemals vorher oder danach so nahe gewesen wie in diesem Augenblick. Ich starre fasziniert auf seine Tränen, denn sie zeigen mir, dass er sich öffnen wird. Ich werde mich meinem Vater zuwenden und die Goldstücke auffangen, die aus seinem Herzen kullern wie aus einem einarmigen Banditen, direkt in meine aufgehaltenen Hände. Und ich werde mir mit meinen goldenen Händen übers Gesicht wischen und es von all den schmutzigen Tränenspuren des Trailer-Mädchens reinigen.

Als er geendet hat, drängt der gleiche Strom von angestauten Worten an die Oberfläche, die ich bei meiner Mutter nicht habe anbringen können. Er schwappt mir an die Kehle, um eine Verbindung zu meinem Vater herzustellen. Dies ist unsere Chance, die gerissenen Fäden wieder zusammenzufügen und alles zu heilen. Ich kann es kaum erwarten, dass Dad sich mir nach all den Jahren zuwendet. Ich habe seinen Panzer aufbrechen können, und jetzt werde ich den Lohn ernten.

Dad faltet den Brief sorgfältig zusammen und schiebt ihn in seine Brusttasche. »Sollen wir gehen, Sissy?«

Dass er mit mir allein sein und dieses Plüschlokal verlassen will, freut mich besonders. Auf dem Parkplatz ist er dann da, der Augenblick. Ich gehe neben ihm und atme ganz verhalten, damit mir auch ja kein Wort entgeht, sei es auch noch so leise.

Dad räuspert sich. »Und, wie läuft dein Auto?«

»Dad!«

»Was ist?«

»Der Brief! Was meinst du dazu, Dad?«

»Nun, ich habe ja schon immer gesagt, dass deine Mutter verrückt ist. Tut mir leid, was sie getan hat.«

»Aber Dad, du warst ein erwachsener Mann! Du musst wenigstens für das Verantwortung übernehmen, was du getan hast. Du hast mich gezwungen, Papiertaschentücher zu essen, um Himmels willen. Wie kann man einem kleinen Mädchen so was antun? Du musst dich für das entschuldigen, was du, ein erwachsener Mann, getan hast!«

»Also«, schnaubt Dad, »es war doch wohl richtig, was ich getan habe! Schließlich hast du danach nie wieder voll geschnupfte Taschentücher im Haus herumliegen lassen, stimmt´s oder hab ich recht!«

Die Wahrheit ist immer das, was du glaubst. Und Glaubenssätze werden uns von denjenigen vorgegeben, die uns aufziehen. Wenn jemand deine Vorstellungswelt mit falschen Sätzen prägt, musst du dir etwas suchen, das dir die richtigen Antworten gibt.

Nach meiner Begegnung mit Dad wurde mir klar, dass ich die richtigen Antworten nur bei mir selbst finden konnte. Mithilfe der Spiegel wechselte ich hin und her zwischen Ausflügen in die reale Welt, Reisen zurück in das wirbelnde schwarze Loch meiner Familie und bisher nicht gekannten Abenteuern außerhalb der künstlichen Blase. Ich probierte aus, wie lange ich mich von den Spiegeln lösen konnte, ehe die alten Gedanken meine neuen Erkenntnisse wieder überlagerten. Manchmal gelang es mir nur, in die Küche oder die paar Stufen zur Veranda hinunterzugehen, bisweilen überstand ich aber auch einen halben Tag, ehe ich nach Hause eilen und mich selbst betrachten musste.

Als der Sommer kommt, errichte ich mit zunehmender Geschwindigkeit die Mauern auf meinem neuen Fundament. Ich rubbele und schrubbe meine Haut, um dadurch meinen Appetit zu wecken. Ich grabe mir die Finger ins Fleisch und trommele mit der Faust auf die Beine, um die verdorrten Muskeln zu reaktivieren. Ich nehme Aromabäder, um neue körperliche Erfahrungen zu sammeln, und ich zerstückele meinen Tag in überschaubare Etappen, um ihm Struktur zu geben.

Auf der Liste meiner Pflichten steht: aufstehen, Haare waschen, essen. Wenn ich etwas erledigt habe, streiche ich es mit einem schwindeligen Funken Stolz aus. Und ab und an passiert es, dass ich im Vorübergehen einen flüchtigen Blick auf mein Spiegelbild erhasche und mir meiner Schönheit bewusst werde. Mein Lächeln zeigt sich jetzt ungezwungener, ohne den unbeholfenen geistigen Spagat, den ich machen muss, um meiner äußeren Erscheinung zu entsprechen. Mit jedem Blick in den Spiegel reihe ich neue Elemente von Selbstverständnis auf, wie einzelne Flocken Verpackungsschaum, und es entsteht eine einfache, aber farbenfrohe Girlande, die ich über die langsam verblassende Vergangenheit hänge.

Mit meinen frisch gestärkten Sinnen wage ich mich Zentimeter für Zentimeter aus meinem Brutkasten heraus. Immer länger bleibe ich in der realen Welt, und wenn die Wogen über mir zusammenschlagen, habe ich es nicht mehr so eilig heimzulaufen. Sobald ich untergehe, nehme ich einen Stift und schreibe mich wieder an die Oberfläche. Um das Sperrfeuer an Gedanken festzuhalten, ist mir jedes Material recht: Papierservietten aus der Bar, Toilettenpapier, Spucktüten aus dem Flugzeug, mein nacktes Bein. In meinen Notizen verwende ich Begriffe aus meinem neuen Vokabular, und ich schreibe mich aus der Paranoia, locke mich fort vom Abgrund. Ich fülle mit diesen Augenblicken ganze Bände von Tagebüchern, eng und beidseitig beschrieben und ergänzt durch fieberhaft voll gekritzelte Zettel und tintenverschmierte Papierhandtücher.

Mein Leben hat nun drei Bestandteile: einen in den Spiegeln, einen in der Welt und einen, in dem ich zwischen den beiden balanciere wie zwischen zwei Meeren, die die Gezeiten im Einklang durchlaufen müssen, ehe das eine das andere ersetzen kann.

Als mein erstes Gesundheitsrequisit habe ich eine purpurrote Yogamatte erworben. Wenn ich sie ausbreite, rolle ich zunächst darauf herum wie ein unterernährtes Stehaufmännchen, dann führe ich meine eigene erbärmliche Version von all den Gymnastikübungen aus, an die ich mich noch erinnere. Langsam arbeite ich mich so weit vor, dass ich Fahrrad fahren kann, ein altmodisches grünes Schwinn, auf dessen schweren Rahmen meine Glückszahl 7 gepinselt ist. Zunächst schaffe ich nur kurze Strecken, meine Straße entlang und zurück oder einmal um den Block, doch mit der Zeit nehme ich auch sanfte Steigungen in Angriff, die ich im Schneckentempo und schnaufend und keuchend in der Augusthitze hinaufstrampele. Meine Beine brennen vor Anstrengung. Ein Strom läuft durch mich hindurch, ein Strom des Lebens, der Freude, eine vage Ahnung von Gesundheit. Es ist, als bräuchte ich nur die Arme auszustrecken und sie mir zu schnappen, ehe sie sich wieder auflöst. Erneut betrachte ich meinen Körper im Spiegel, nachdem ich mir die Kleider abgestreift habe. Er verändert sich vor meinen Augen, als würde ich von Tag zu Tag wachsen. Die Haare sind fülliger, ich wirke größer, schwache Anzeichen von Muskeln deuten sich an meinen Beinen an, die bläulichen Adern sind verschwunden, haben sich voll gegessen und betrunken an dem Blut, das ich durch sie hindurchpumpe.

Zum ersten Mal in meinem Leben sitze ich in der Empfangshalle eines Fitnessstudios und fülle ein Aufnahmeformular aus. Auf einer Seite steht:

Haben Sie über längere Zeit Medikamente genommen?
Haben Sie je unter einer Herzerkrankung gelitten?
Leiden Sie unter Atemnot?
Spüren Sie manchmal Schmerzen in der Brust?
Waren Sie zu einer Behandlung im Krankenhaus?
Mussten Sie sich einer Operation unterziehen?
Wie verlief Ihre Krankengeschichte?
Haben Sie Allergien?
Wenn Sie auf eine der Fragen mit Ja antworten, schildern Sie bitte die Einzelheiten.

Wie kann ich es erklären? Die Zeilen unten auf dem Bogen lassen mir nicht ausreichend Platz. Mag ja sein, dass die Antwort auf diese Fragen in der Vergangenheit »Ja« lautete, doch wenn diese Vergangenheit eine Lüge war, gebe ich ihr dann nicht zu viel Bedeutung, wenn ich jetzt auch mit »Ja« antworte? Hier sollen echte Gesundheitsprobleme aufgespürt werden. Aber die habe ich doch nicht, oder?

Den schwarzen Stift in der Hand gehe ich die Zeilen durch und schreibe in jedes Feld ein resolutes NEIN.

An einem verträumten Abend mache ich mich auf den Weg zu einem jungen Mann, der ebenso empfindsam ist wie ich und genauso viel Schutz braucht. Er hat ungefähr mein Alter und ist feinsinnig und schön. Der Wunsch, ihn zu sehen, ist so stark, dass ich die Sicherheit des Fünfzehn-Kilometer-Radius um mein Haus verlasse. Silbern und schwer hängt der Mond am grauen Winterhimmel, hinter mir verblassen die Lichter der Stadt, denn ich fahre hinaus aufs Land. Plötzlich führt mich mein Weg am Ärztehaus vorbei, wo alles begann. Ich sehe den einstöckigen, nichtssagenden Gebäudekomplex zum ersten Mal seit zehn Jahren, und ich habe den Gedanken daran verdrängt, seit ich weiß, was er für mein Leben bedeutet hat. Jetzt trete ich aufs Gaspedal und rase daran vorbei, als könne er nach mir greifen und mich packen, wenn ich ihn nicht schnell genug hinter mir lasse. Bei meinem Freund angekommen, falle ich ihm in die Arme. Die Geschichte bricht aus mir heraus, und zum ersten Mal treffe ich auf Verständnis – raue Steine aus meinem Mund, in der Trommelmaschine zu weichen ausdrucksvollen Edelsteinen geschliffen.

So fasse ich den Mut, im Ärztehaus anzurufen und um

meine Krankenakte zu bitten. Ich bin jetzt bereit zu sehen, was sie gesehen haben, und fest genug in der Wahrheit verankert, um die Berichte zu lesen, ohne von meinem Weg abzukommen. Als ich sie abhole, muss ich im Foyer warten, wie so oft in meiner Mädchenzeit. Auf dem Videoschirm läuft eine Endlosschleife von Werbefilmen, in denen Medikamente und Behandlungen angepriesen werden, als handele es sich um Wellness-Produkte: Glückliche Menschen, in Pastellfarben gekleidet, laufen über eine Wiese, blicken über die Schulter zurück und lachen.

Dann mache ich mich daran, die anderen Praxen aufzuspüren, die meine Mutter mit mir besucht hat. Einige Ärzte sind inzwischen verstorben oder umgezogen; der Arzt, der mir die Nase operiert hat, ist aus der Stadt fortgegangen, ohne eine neue Adresse zu hinterlassen. Außerdem haben wir viele Praxen nur ein Mal besucht, und ich kann mich nicht mehr an die Straße oder den Namen des Arztes erinnern. Schließlich bin ich damals erst neun, zehn, elf Jahre alt gewesen. Manchmal sind wir eine ganze Stunde gefahren, um einen neuen Arzt auszuprobieren, und wenn die Untersuchung ohne Befund blieb, gab es keinen Grund, ihn wieder aufzusuchen. Oder Berichte weiterzuleiten. Die Ärzte, die mich für gesund hielten, kann ich also getrost außer Acht lassen.

Dann trafen die Berichte ein (s. Anhang). Sobald ich einen Umschlag bekam, setzte ich mich hin und riss ihn auf. Einhundertfünfzig Seiten verschwendeter Jahre. Einhundertfünfzig Seiten verlorener Unschuld.

Bei den Unterlagen zu meiner Herzoperation befindet sich auch ein Brief meines Kardiologen aus der Kinderzeit. Er bezieht sich auf eine Nachfolgeuntersuchung, die vorgenommen wurde, als ich fünfzehn war (s. Seite 302).

Sie waren ein erwachsener Mann, ein Arzt mit Erfahrung. Wie konnte Ihnen das entgehen? Welche Fünfzehnjährige sucht schon einen Kardiologen auf, um mit ihm eine Erhöhung ihrer Atenololdosis zu besprechen? Sie als Arzt kennen sich aus mit menschlichem Verhalten, Sie sollten faule Tricks und gewiefte Lügner durchschauen können. Glauben Sie nicht, dass eine Fünfzehnjährige Besseres zu tun hat, als in Ihre Praxis zu kommen? Sind Sie sicher, dass nicht doch meine Mutter den Termin vereinbart hat? Wer hat von meinen neuen Symptomen gesprochen, wer hat Ihnen gesagt, dass ich um eine Erhöhung der Dosis bitte? Wer hat sich auf dem Stuhl vorgebeugt und den Kopf schief gelegt, um mit Ihnen darüber zu sprechen, dass es für eine junge Herzpatientin viel zu gefährlich ist, im Sommer zu verreisen, Sport zu treiben, sich mit Freunden zu treffen? Sind Sie nicht derselbe Arzt, der zwei Jahre zuvor im Flur stand und meiner Mutter eindringlich klarmachte, dass die Herzoperation, die sie immer wieder forderte, auf keinen Fall infrage komme? Und nun sitzen Sie ruhig da und empfehlen mir, die Dosis meines Herzmedikaments zu verdoppeln?

Ja, das dachte ich mir.

Das schwache, herzkranke Kind ist tot. Ich bin jetzt eine richtige Frau mit weiblichem Körper und Temperament. Ich kann meine Gedanken, Gefühle, Wünsche und Bedürfnisse ausdrücken. Im Lebensmittelgeschäft trete ich selbstbewusst auf, und ich spreche ohne Scheu mit anderen Menschen. Männern gegenüber zeige ich mich als Frau und nicht als scheues Reh. Und während meine Fügsamkeit von mir abfällt, wird mir immer stärker bewusst, dass unter meiner Haut etwas Böses und Dunkles aufsteigt, das mit aller Macht an die Oberfläche drängt.

Meine Wut ist nicht mehr aufzuhalten. Sie bricht aus mir hervor, sodass ich Kassiererinnen, Telefonisten und allen anderen Menschen, die zu langsam sind, um mich aufzuhalten, aufgebracht über den Mund fahre. Ich bin penibel und gnadenlos. Alle anderen sind inkompetent. Und dumm. Und zu nichts zu gebrauchen. Am liebsten würde ich sie mit der Fliegenklatsche erschlagen. Erst Stunden nach einem solchen blindwütigen Zornausbruch komme ich zu mir und erkenne, was mit mir los ist: Ich lasse die anderen büßen, so wie meine Mutter mich hat büßen lassen – mich und die Pflegekinder und die Ärzte. An jedem, der von ihren Angriffen zu sehr verunsichert war, um ihr Einhalt zu gebieten, ließ sie ihre Wut aus. Jetzt bin ich es, die die anderen in die Enge treibt, mit messerscharfer Präzision Schuldgefühle weckt und ihr Selbstwertgefühl untergräbt – auf die gleiche Weise, wie es meine Mutter mit den Ärzten tat, die wir aufsuchten. Das muss ein Ende haben.

In der Shen-Therapie legst du dich in einem abgedunkelten, stillen Raum in eine Stoffschaukel, die wie eine Hängematte über der Behandlungsliege angebracht ist. Die Shen-Therapeutin hält ihre Hände knapp über deinen Körper, meist auf Höhe des Magens, denn in den Nerven, die zwischen Brustbein und Becken verlaufen, sind häufig traumatische Erfahrungen gebunden. Dann fordert sie dich auf, tief zu atmen, während sie versucht, die Gefühlsblockaden aufzulösen.

Judith, meine Therapeutin, hat mir geraten, zwei Monate lang bei ihr Sitzungen zu nehmen. Nach unserem ersten Gespräch beschloss sie, mir dafür nichts zu berechnen.

Wenn ich in meinem Shen-Kokon liege, empfinde ich eine tiefe Ruhe, und nach der Hälfte der vereinbarten Sitzungen habe ich mich so weit geöffnet, wie ich es nie für möglich gehalten hätte. Ich beginne, unter Judiths Händen zu zerfließen. Sie ist heiter, warmherzig und allumfassend. Nie habe ich mich geborgener gefühlt. Die Sitzungen verlaufen in der Regel ohne Worte, doch heute soll ich mir vorstellen, wo ich stand, als mir zum ersten Mal bewusst wurde, dass etwas nicht stimmte.

Ich erinnere mich. Ich sehe ein kleines Mädchen mit kurz geschnittenen, fransigen Haaren. Unwillkürlich ballen sich meine Hände zu Fäusten. Das Mädchen hält eine Fliegenklatsche umklammert. Es verzieht den Mund zu dem gleichen Lächeln, wie es seine Mutter zur Schau trägt.

»Ja, jetzt sehe ich sie.«

»Wie alt ist sie, Julie?«

Ich kneife die Augen zusammen, um das Bild zu vertreiben.

»Elf«, murmele ich. »Ich kann sie nicht ausstehen!«

»Wieso? Sie ist doch noch ein kleines Mädchen.«

»Sie schlägt die anderen Kinder. Sie schlägt sie so lange, bis sie schreien. Ich hasse sie. Am liebsten würde ich sie umbringen!« Ich beginne zu hyperventilieren.

»Gut, Julie, dann lass sie gehen. Beruhige dich. Atme langsam und regelmäßig.«

»Ich hasse sie, Judith. Ich hasse sie!«

»Gut, lass jetzt los. Ist sie fort?«

Allmählich beruhigt sich mein Atem wieder.

»Und jetzt möchte ich, dass du in ein späteres Alter gehst. Wie alt warst du, als es dir erneut bewusst wurde?«

Ich liege im unteren Etagenbett in Dannys Zimmer und höre ihre Stimmen durch die dünnen Wände des Trailers. »O Gott, ich war zwölf. Mom und Dad haben sich abends im Bett meinetwegen gestritten. Sie wussten nicht, was sie mit mir anfangen sollten. Am liebsten hätte ich ein Küchenmesser genommen und es mir in den Bauch gestoßen, ehe sie es tun.«

»Du siehst also dieses zwölfjährige Mädchen, das im unteren Etagenbett liegt. Und du stehst bei ihr im Zimmer und blickst sie an. Was möchtest du dem Mädchen sagen?«

»Sagen? Gar nichts will ich ihr sagen. Ich muss sie da rausholen, Judith. Diese Leute sind durchgeknallt. Ich darf sie nicht dort lassen, sie werden sie kaputt machen. Ich muss sie da rausholen, und zwar sofort. Ich darf nicht warten, bis so ein Weichei von Sozialarbeiterin kommt und sich auf die Suche nach einem Gift macht, das keine Spuren hinterlässt. Ich muss sie da rausholen, Judith, ich muss sie retten!«

»In Ordnung, dann tu es. Schnapp sie dir, und lauf mit ihr davon. So, jetzt seid ihr draußen. Sie ist bei dir, und heute, Jahre später, seid ihr beide in Sicherheit. Was sagst du jetzt zu ihr?«

»Oh, Judith!« Ich wende den Kopf zur Seite und lächele strahlend in das Dämmerlicht. »Sie ist etwas Besonderes. Jeden Tag werde ich ihr sagen, wie schön sie ist, wie sehr ich sie liebe, dass es mir leid tut, was sie alles durchmachen musste, und dass ich mit meiner Liebe alles wiedergutmachen werde. Sie wird mehr geliebt werden als alle andern kleinen Mädchen, und sie wird gesund werden. Sie werden sie nie mehr in ihre Gewalt kriegen.«

So weit bin ich durch Shen gekommen.

Danach fühle ich mich in der Lage, es noch einmal mit einer Gesprächstherapie zu versuchen. Allerdings spiele ich dabei weniger die Rolle der Patientin, sondern eher die einer Dozentin, die dafür bezahlt, der Therapeutin Fragen über das Münchhausen-Stellvertreter-Syndrom zu beantworten. Wie konnte den Ärzten das nur entgehen? Wieso ist das niemandem aufgefallen? Hatten Sie denn gar keine Nachbarn? Waren Sie wirklich krank?

Dennoch breche ich während der Sitzungen oft in Tränen aus. Ich habe Schuldgefühle, weil ich meine Mutter verrate, weil ich ihre Geheimnisse, die bei mir so sicher gewesen sind, jetzt nicht länger unter Verschluss halte. Und ich schäme mich wegen meiner eigenen Geheimnisse. Ich habe viel aufgeschrieben, darüber, was ich dabei empfand, wenn ich aufgeschnitten wurde, während meine Mutter schmallippig säuselte: »Der Doktor will das so, meine Süße!« Wie es war, von der eigenen Mutter ausgenommen und dann wieder gefüllt zu werden wie eine Weihnachtsgans. Und zu glauben, man sei wirklich krank, weil es das ist, was man von der Welt gespiegelt bekommt.

Meine Therapeutin erklärt mir, meine Mutter habe kannibalische Züge. Sie habe sich mein Fleisch einverleiben, mir die Stücke aus dem lebenden Körper reißen wollen. Diesem Kannibalismus sei sie am nächsten gekommen, indem sie mich Vertretern der medizinischen Zunft auf dem Präsentierteller zum Aufschneiden darbot. Je länger ich wegen meines Verrats in meinen Schuldgefühlen verharrte, desto größer sei die Gefahr, dass ich mich eines Tages selbst auf dem Präsentierteller darböte.

Trotzdem, die Hand, die mich niederdrückte, war auch die Hand, die mich aufrichtete. Die, die mich schlug, war auch die einzige, die mich vor Schlägen bewahren konnte. Die Frau, die mich umbringen wollte, war dieselbe, die mit Selbstmord drohte, wenn ich mich nicht freiwillig unters Messer begab. Von Geburt an war mir beigebracht worden, ihr in einer Alibifunktion zu dienen. Hätte ich mich gegen sie gewandt, und sei es auch nur in Gedanken, so hätte sie mein Leben ausgelöscht. Ganz beiläufig hatte sie mich zurechtgestutzt, sodass kein Härchen mehr in die falsche Richtung stand.

Noch immer redete ich mir ein, dass es in Ordnung und gar nicht so schlimm gewesen sei. War es nicht normal, dass ein Kind für seine Mutter Opfer brachte? Worte, die in mich einprogrammiert worden waren und die ich mir zu Eigen gemacht hatte. Wenn selbst die Ärzte sich in ihrem Netz verfingen und nicht entschlüsseln konnten, was sie tat, wie hätte ich dann dazu in der Lage sein sollen?

Bis ich dreißig werde. Da sehe ich sie plötzlich so deutlich vor mir, als würde ich auf einer windumtosten Klippe am Meer stehen und sie sähe vom darunter gelegenen Strand zu mir hinauf. Es gibt nur ein Band, das uns verbindet, und das ist um meinen Bauch gewunden; mein Hunger ist an den engsten und mit den tiefsten Gefühlen gekoppelten Kontakt geknüpft, den es überhaupt gibt: die Berührung durch die Mutter. Alles, was weniger stark ist als ihre Umklammerung, fühlt sich an, als sei es zu wenig.

Und das gilt für alle Menschen, die ich mir in mein Leben hole. Wie einst der Kontakt zu meiner Mutter sind meine Beziehungen von Anfang an äußerst intensiv, manchmal sogar gewaltsam fordernd. Nach und nach wird mir klar, dass ich mich mit gebrochenen Persönlichkeiten umgebe, mit

Menschen, die noch schwerer geschädigt sind als ich. Ja, dann wollen wir mal deine Risse zählen, einhundert, zwei … gut, du wirst schon zurechtkommen. Neben einem zerrissenen Menschen wirke ich gesund, denn dann habe ich jemanden, der mich braucht, um den ich mich kümmern kann. Bin ich jedoch mit gesunden, ungebrochenen Menschen zusammen, spüre ich meine eigenen Risse.

Also fange ich noch einmal von vorn an. Wenn mir etwas misslingt oder wenn mich jemand erdrückt, gehe ich fort. Es ist nur eine weitere Gelegenheit, eine weitere Chance, in der Welt dort draußen zu agieren, ohne mich von ihr ganz und gar, mit Haut und Knochen vereinnahmen zu lassen.

Ich verlasse Ohio. Mein Farmhaus wird abgerissen, da es mit seiner Südseite immer weiter in die Schlucht abrutscht. Ich gehe mit einem Hammer zu der Wand, an der der größte Spiegel befestigt gewesen ist, und schlage mit weit ausholenden Schwüngen darauf ein. Dabei brülle ich Namen – die Namen all der Dinge und Menschen, die mich jemals verletzt haben. Löcher öffnen sich im Putz und geben Fetzen uralter Tapeten frei. Dann schichte ich im Garten einen Holzstapel auf und bestücke ihn mit meinem Notvorrat an Fertigkuchenteig, den Duplikaten meiner medizinischen Berichte, Zeugnissen aus dem College, Briefen von Jungen, Briefen von Männern, Unmengen von Besitztümern, die nicht zu mir passen, damals nicht und heute nicht – all das, was ich angesammelt und an das ich mich geklammert habe, seit bei dem Brand alles vernichtet worden ist, was ich liebte.

Glühende Asche stiebt empor und steigt in einer schma-

len Säule gen Himmel. Genauso habe ich mir früher meinen Körper gewünscht, dünn und durchscheinend wie ein Ahornblatt. Dann schließe ich die Tür zu meinem Farmhaus, das jetzt ebenso leer ist wie die Hülle einer Heuschrecke nach der Metamorphose. Ich packe meine Gitarre und eine Papiertüte mit meinen Kleidern in das alte Cabrio und mache mich mit einer Tüte Gemüse und Fruchtsaft auf den Weg in das saubere, helle Los Angeles, wo man die Möglichkeit hat, jeden Tag sein Leben neu zu beginnen, wo man auf immer und ewig anonym bleiben und sich in einem Meer von Menschen verlieren kann und wo sich niemand darum kümmert, ob man lebt oder mitten unter ihnen im Sterben liegt.
Und mit jeder Meile, die ich hinter mir lasse, löst sich das Bild meiner Mutter weiter auf – Felsbrocken gleich, die von einer Klippe abbrechen und in die Tiefen meiner Erinnerung stürzen. Wie unsere Einkaufstouren nach einem Arztbesuch, die mich von dem abschnitten, was zuvor am Tag geschehen war, lassen mich die plötzlichen und raschen Veränderungen in meinem Leben immer stärker daran zweifeln, ob ich meinen Erinnerungen an die Vergangenheit noch trauen kann. Je mehr ich mich in der normalen Welt eingewöhne, desto unwirklicher und unglaublicher erscheint mir die Welt, aus der ich stamme.

Ich habe es durchlebt, ohne dass es jemand bezeugen könnte. Dann habe ich mich davon gelöst, ohne es mir bestätigen zu lassen. Jahre später und Tausende von Kilometern entfernt beherrschen immer öfter Zweifel meine Gedanken.

So schlecht kann sie doch gar nicht gewesen sein. Und bestimmt hat sie sich inzwischen geändert. Ihr blieb gar nichts anderes übrig, als sich so zu verhalten. Sie hat sich an mir abreagiert, so wie sich ein misshandeltes Kind an seiner

Puppe abreagiert. Doch das war nun vorüber, und bestimmt ist sie mittlerweile ein ganz anderer Mensch geworden.

Auf diese Weise begannen meine Rückschritte. Je mehr ich mein Umfeld änderte, desto schwächer fühlte ich mich. Je schwächer ich mich fühlte, desto klarer traten meine Bedürfnisse zutage. Je deutlicher ich meine Bedürfnisse spürte, desto mehr sehnte ich mich nach einer Mutter. Einer Mutter, die mir beistand, bei der ich mich geborgen fühlte. Verzweifelt suchte ich die Blicke fremder Mütter. Ich hungerte danach, wie ein kleines Kind in den Arm genommen zu werden – das, was meine Mutter bei mir gesucht hatte. Wenn ich doch nur meinen Kopf in den Schoß einer Mutter legen könnte! In meinen nächtlichen Panikattacken tröstete ich mich mit der Vorstellung, eine Mutter würde auf dem Rand meines Bettes sitzen und mir tröstend und liebevoll die Haare zurückstreichen, es in Strähnen hinter den Ohren aufrollen, es um ihre Finger wickeln und mich mit ihrer pulsierenden Wärme, die auf mich herabsinkt wie Sternschnuppen am Nachthimmel, behutsam ins Land der Träume führen. Meine Seele mit ihren warmen Händen heilen.

Ich habe sie seit sieben Jahren nicht gesehen. Das letzte Foto von uns beiden wurde am Muttertag aufgenommen: Wir sitzen während eines Querfeldeinritts zusammen auf einem Baumstamm im Wald, essen Sandwiches und lächeln in die Kamera. Moms messingfarbenes Haar leuchtet frisch aufgehellt in der Sonne.

Ein paar Monate später sollte ich, mein Leben zu einem Nichts verkohlt, am Fuß einer Treppe zusammenbrechen, während sie auf dem Weg nach Montana war und ihr eigenes Nichts an Leben hinter sich ließ, um von vorn zu beginnen. Jetzt, wo ich meine Vergangenheit hinter mir gelassen habe und meinem Leben alle sechs Monate eine neue Wende gebe, habe ich mein Gedächtnis durchforstet und jede kleinste Scherbe unserer gemeinsamen Jahre ausgegraben, um eine Erscheinung zu rekonstruieren; durch das Verdrehen und Verknoten von Erinnerungssträngen erschaffe ich ein Hologramm meiner Mutter, das irgendwo gerade außer Reichweite schwebt und mich mit dem Finger lockt.

Eines Nachmittags, ich bin einunddreißig Jahre alt, wähle ich mit angehaltenem Atem ihre Nummer.

»Sandy?«

Ich bringe es nicht über mich, Mom zu sagen. »Hallo, hier ist Julie.«

Ich erwarte nichts von ihr, allenfalls Ärger oder aber vielleicht auch eine Flut von Schuldgefühlen.

»Sis? Lieber Himmel, Julie, ist das schön, deine Stimme zu hören! Wo bist du? Ich hab mir solche Sorgen gemacht.«

Und so fing es an, dass ich mich meiner Mutter langsam wieder öffnete. Nach mehreren glatt verlaufenen Telefongesprächen, in denen ich ihr meine eigene Nummer stets verweigere, wenn sie danach fragt, gebe ich schließlich nach und sage ihr, wie sie mich erreichen kann. Sie verspricht, nie zu spät anzurufen, eine unausgesprochene Bitte um Entschuldigung für all die mitternächtlichen Anrufe, in denen sie mit Selbstmord drohte.

Los Angeles ist ein einsames Pflaster. Irgendwann wird man der Anonymität müde. In Ohio war ich etwas Besonderes; in L.A. ist jeder ein Fall für sich. Für L.A. ist man niemals gut genug. Leute, denen man seine Telefonnummer gibt, rufen niemals an. Je mehr man sich nach Kontakt sehnt, desto weniger bekommt man. Die Menschen in Los Angeles riechen die Bedürftigkeit und halten sich fern.

Dadurch, dass sie woanders lebte, wurde meine Mutter meine einzige Verbindung zurück zu verlässlicheren Menschen, die nicht zweimal täglich von der Flut davongetragen wurden. Ich erzählte ihr von meinen Problemen in der großen, leeren Stadt.

»Du kannst jederzeit nach Hause kommen, Sis.«

Nach Hause, Sis. Die Vorstellung, alles stehen und liegen zu lassen und wieder zu meiner Mutter zu ziehen, schien absurd. Doch ich war meiner Unabhängigkeit so müde, dass der Gedanke, mich ihr auszuliefern, um mich von ihr versorgen zu lassen, in meinen Tagträumen eine immer größere Rolle spielte.

Im Laufe des Jahres hatte mir Mom mehrmals Pakete mit Sachen geschickt, die ich brauchte, mir aber nicht leisten konnte. Als an meinem Auto eine Sperre angebracht wurde, schickte sie mir einen Scheck, damit ich es auslösen konnte. Sie half mir, wenn es mir am schlechtesten ging. Zum ersten Mal war sie meine Mom. Ich musste sie nicht mehr retten. Ich brauchte sie, und sie rettete mich, sagte die richtigen Worte, die mir wieder auf die Beine halfen, rief stets im richtigen Moment an. Meine Abwehr bröckelte. Sie hat sich verändert, sie versucht es wiedergutzumachen, wir brauchen nicht einmal über das Geschehene zu sprechen, es genügt, dass sie die Hand ausstreckt.

Sandy kommt nach Great Falls in Montana, um mich abzuholen. Ich habe nur wenig Geld und noch weniger Pläne. Eigentlich wollte ich ein Buch über mein Leben mit ihr schreiben, aber dass ich eine Mutter habe, ist mir wichtiger.

Ich muss es wissen: Ob sie, wenn wir uns gegenüberstehen, immer noch die Mom sein kann, die sie am Telefon ist – oder habe ich die weißen Flecken einfach mit falschen Hoffnungen ausgefüllt?

Sie besitzt in direkter Nachbarschaft zu ihrem Grundstück ein kleines Bauernhaus, das sie mir überlassen will, damit ich zur Ruhe kommen und mich häuslich niederlassen kann. Dort will ich mit meinem kleinen Hund LuLu einziehen, und alles wird gut, denn dann habe ich endlich eine Mutter.

Um nach Montana zu gelangen, muss ich dreimal das Flugzeug wechseln. Jedes ist kleiner als das vorhergehende, sodass ich mir vorkomme wie Alice im Wunderland, als sie die Türen durchquert. Das letzte Flugzeug, das über den leeren Himmel schwirrt, wirkt wie eine Limonadendose an einer Drachenschnur.

Am winzigen Flughafen von Great Falls steige ich von der Rampe, beladen mit allem, was mich in mein neues Leben begleiten soll: mein kleiner Hund in einer Schultertasche mit Leopardenmuster, Kleidung, Bücher. Dann entdecke ich meine Mutter.

Mein Gott, das Leben muss hart mit ihr umgesprungen sein.

Ich erkenne sie kaum wieder. Jedenfalls sieht sie nicht so aus, als könne sie ihre oder meine Vergangenheit aufarbeiten. Ihr Gesicht wirkt geschwollen, als würde unter ihrer Haut ein Giftcocktail brodeln. Hinter ihr stehen ein paar Menschen, die sie ihre Familie nennt und als ihren Mann Ed und ihre beiden Adoptivkinder Tina und Paul vorstellt. Ich schlucke.

Wir bauen uns unter dem dicken Flughafen-Grizzlybären auf, der sich mit traurigem Ausdruck auf die Hinterbeine gestellt hat, um bedrohlich zu wirken, und Ed schießt ein Foto. Mom sagt den Kindern, sie sollen lächeln, und sie strahlen genauso wie wir damals, während sie wie immer in Modelmanier ihr Bein anwinkelt.

Wir klettern in den Familienvan, um die hundertsechzig Kilometer zu ihrer abgelegenen Viehranch zurückzulegen. Mom will, dass wir unterwegs beim Ponderosa Steakhouse Halt machen, um zu feiern. Als wir schließlich um den polierten Holztisch sitzen, beginnt das Eis langsam zu schmelzen. Ich bin eine erwachsene Tochter, und dies ist das neue Leben meiner Mutter. Ich bin hierher gekommen, um mich darin einzufügen, und ich will, dass es für uns alle gut wird.

Über unsere Steaks und Folienkartoffeln hinweg mustere ich Tina ausführlich. Sie ist elf, und ihr Bruder Paul ist vier – der gleiche Altersunterschied wie zwischen Danny und mir. Sie ist klein, wie ich es war, und sie trägt die gleiche lächerliche Frisur, wie meine Mutter sie mir verpasste, als sie meine hüftlangen Locken abschneiden ließ. Während ich in meinem Essen stochere, beobachte ich verstohlen meine Mutter, lese zwischen den Zeilen, wenn sie mit Tina und Paul spricht, und versuche herauszufinden, ob sie immer noch die Frau aus meiner Kindheit ist.

Aber das ist sie nicht.

Alles geht gut. Die Kinder lachen, und sie und Ed scheinen eine stabile Beziehung zu führen. Am Finger trägt sie einen auffälligen Ehering. Als wir schließlich zu Hause eintreffen, ziehen die Kinder Geschenke für mich hervor und kreischen: »Wirst du unsere große Sissy sein?«, während Mom einen Kuchen mit Kerzen aus der Küche holt. Nie zuvor bin ich von meiner Familie so willkommen geheißen worden. Ich bin gerührt. Wir bauen uns alle dicht beieinander vor dem Kühlschrank auf und drücken auf den Selbstauslöser des Fotoapparats. Die Umarmungen und die Zuneigung, die man mir entgegenbringt, lassen mich schon am Küchentisch – dem gleichen unechten Holztisch, an dem ich damals in Ohio so viele Abende im Gespräch mit meiner Mutter verbrachte – in Tränen ausbrechen. Ich freue mich, dass ich mich geirrt habe. Ich freue mich darauf, meine Notizen zu zerreißen, die mich nur verfolgen würden, verfolgen wie ein Höllenhund, wenn ich sie nur einmal wieder »Mom« nennen könnte.

Sie hat ein eigenes Zimmer für mich vorbereitet, mit einer Heizdecke, weil sie weiß, dass ich nachts leicht friere, mit Extrakissen, die ich mir zwischen die Knie stecken kann. Sie hat mir die besten Handtücher herausgesucht. Sie zeigt mir, wo alles liegt, und behandelt mich wie einen Gast. Sie hat mir etwas zum Anziehen gekauft und mir neue Bettwäsche aufgezogen, in Frühlingsfarben, von denen sie hofft, dass sie mir gefallen. Als ich wie ein Kind ins Bett steige, schaffe ich es schließlich, das zu sagen, was ich sieben Jahre lang nicht über die Lippen gebracht habe.

»Gute Nacht« – es bleibt mir im Hals stecken, so sehr bin ich aus der Übung –, »Mom.«

Sie schaltet das Licht aus. »Schlaf gut, Sis.«

Ich schlafe wie ein kleines Kind.

Am nächsten Morgen sind alle im Haus früh auf den Beinen. Mom und Ed arbeiten draußen, und die Kinder sitzen, über Schüsseln mit Puffreis gebeugt, am Küchentisch.

An diesem Tag besichtige ich die Farm. Das Haus, in dem Mom und ihre Familie leben, ist ein Trailer mit doppelter Standardbreite, aber geschickt getarnt durch verschiedene Accessoires wie hübsche handgewebte Teppiche und eine in bunten Kattunstoff gekleidete Betongans vor der Eingangstür. Die Zimmer der Kinder sind voller Spielzeug und Filme. Tina hat ein in Pastellfarben gehaltenes Himmelbett, genau wie ich damals. Paul schläft in einem Bett in Form eines Rennwagens. Es sieht alles gut aus.

Aber mit der Zeit fallen mir auch andere Einzelheiten auf. Moms Schuhe zählen immer noch mehrere Hundert

Paar und sind brutal in riesige Aufbewahrungsschachteln gestopft, Spitzen und Absätze ragen aus den Handgriffen und unter den billigen Kartondeckeln hervor, als würden sie verzweifelt nach Luft ringen. Die Schachteln sind wahllos aufeinandergetürmt. Und noch mehr Schuhe: in schwarze Müllsäcke geschichtet, in die Geräteschuppen und Wohnwagen geschleudert, die im Garten verstreut stehen.

Nachbarn gibt es keine. Das Grundstück, auf dem sie leben, ist mehrere Quadratkilometer groß, und obgleich das Haus in Straßennähe steht, liegt das nächste bewohnte Anwesen Kilometer entfernt. Statt der Schlachthauspferde aus meiner Zeit gibt es jetzt dickbäuchige Schecken und Zuchtstuten. Deren Fruchtbarkeitszyklen sind auf dem Kalender in der Küche notiert, und ständig steht die Geburt von Fohlen bevor, die dann verkauft werden. Sie brauchen eimerweise Getreide, viele Ballen Heu und nehmen jede Menge Zeit in Anspruch. Alle übrigen Tagesereignisse sind nebensächlich. Die Schule, die Tina besucht, hat insgesamt acht Schüler, vom Kindergarten bis zur sechsten Klasse. Ich frage mich, wie ein Kind in einer derart ärmlichen und abgeschiedenen Umgebung überhaupt etwas lernen kann. Der Unterricht wird von einem Mann gehalten, der Direktor, Hausmeister und Lehrer in einer Person ist. Während der großen Ferien im Sommer geht er seiner Nebenbeschäftigung als Lastwagenfahrer nach.

Später, beim Abendessen, nähern wir uns vorsichtig einander an und versuchen unsere Welten – zerbrechlich und glänzend wie Weihnachtskugeln – zusammenzubringen, ohne sie zu beschädigen. Paul plappert bei Tisch unzusammenhängendes Zeug, und Mom bemüht sich, jeder seiner Äußerungen mit Geduld und einem Lächeln zu begegnen, um zu zeigen, wie sehr sie sich verändert hat. Tina ist für ein elfjähriges Mädchen ungewöhnlich still. Ich will sie aus der Reserve locken und sehen, ob sie sich mir öffnet.

»Na, Tina, wie geht's dir in der Schule?«

Mit einem fragenden Blick sieht Tina meine Mutter an. Die antwortet, ohne sie anzusehen. »Nun, Tina ist langsam, sie leidet am Alkoholembryoapathie. Sie kommt in der Schule einigermaßen mit, wird aber nie gute Noten haben. Sie war in einem miserablen Zustand, als sie hier ankam, stimmt's, Tina?«

»M-hm, Mom.«

»Aber jetzt geht es ihr richtig gut. Nicht wahr, mein Schatz?«

Tina nickt. Ich schaffe es nicht, meinen Braten aufzuessen. Tina genauso wenig. Sie stochert in ihrem Essen herum, den Kopf in die abgeknickte Hand gestützt, und verabschiedet sich dann mit einem entschuldigenden »Ich mag eigentlich gar kein Fleisch«.

An diesem Abend sitzen Mom und ich am Küchentisch und unterhalten uns, fast wie früher, nur dass ich jetzt außerhalb stehe und hoffe, den kleinen Bruch, der beim Abendessen entstanden ist, kitten zu können.

Sie spricht über die alten Zeiten mit Smokey und darüber, dass mein Geburtstag auf ihren Hochzeitstag fällt. Mich kann sie seit Jahren am sechzehnten Mai nicht erreichen, weil ich mich in der Welt vergraben habe, und ihn nicht, weil er tatsächlich begraben ist. Dann berichtet sie von ihrem neuen Leben, beschreibt, was für ein guter Mann Ed sei, schon allein deshalb, weil er sie nicht schlage wie mein Vater. In ihren Augen ist sie vorangekommen. Er hat einen Bruder, weißt du, ein guter Mann, der sich eine Frau und Kinder wünscht; sie hat ihm ein Foto von mir gezeigt. Er würde mich natürlich gern kennenlernen, während ich hier bin. Irgendwann ist sie so entspannt, dass sie mir von ihrem jetzigen Alltag hier in den weiten Ebenen von Montana erzählt.

»Wir mussten mit dem Auto zwei Flüsse durchqueren, um an dieser Geländetour teilzunehmen, dem Ritt von Palookaville über die Wasserscheide. Nach ungefähr fünfzehn Kilometern begann Jonas Walkers Pferd zu scheuen und sich aufzubäumen. Schließlich warf es ihn ab, er fiel mit dem Kopf auf ein paar Steine, brach sich das Genick und war tot. In diesem Jahr hatten wir bei unseren Ausflügen ins Hochland zum ersten Mal ein Handy dabei. Also, Jonas war ein Weißer, hatte aber gute Kontakte zu den Indianern, den Sioux, die ihn sehr schätzten. Sie haben dann für ihn auf einem Hügel mit Blick auf die Zwillingsflüsse eine Zeremonie abgehalten, eine indianische Zeremonie, weißt du. Sie beschworen die Geister, sie trommelten, und du lieber Himmel, plötzlich flog ein Adlerpaar über unsere Köpfe hinweg, und mir lief ein Schauer nach dem anderen über den Rücken.«

Das sind die Geschichten, die ich von meiner Mutter am liebsten höre, erzählt im Rhythmus eines uralten Gospelsongs oder im langsamen, immer wieder unterbrochenen Tempo einer guten Indianergeschichte. Sie handeln nie von meinem Vater oder dem schweren Leben, das sie hinter sich hat, sondern von den Ereignissen, bei denen sie eine Gänsehaut bekam oder die sie im Herzen oder im Geist vor Ehrfurcht erstarren ließen. In einem Augenblick des Schweigens, als ich darauf warte, dass sie weiterspricht, fällt mein Blick auf ihre Hände, geschwollen und knotig von der harten Arbeit, die sie sich selbst als Strafe auferlegt hat. Einer ihrer Finger ist am Knöchel genäht worden und steht seitlich ab.

»Und, Mom, wie geht es dir gesundheitlich?«

»Mein Gott, Julie, die meiste Zeit fühle ich mich hundeelend. Sieh dir nur das mal an.« Sie hebt ihr T-Shirt hoch und zeigt mir eine dicke, wulstige Narbe auf ihrem Rücken, die von der Achselhöhle bis zum Gesäß reicht. Es sieht aus, als habe sich ein Maulwurf diagonal seinen Weg über ihre Rippen gegraben. »Das hat mich fast umgebracht. Sie haben meine Rippen herausgesägt und hätten mir dabei um ein Haar das Rückenmark verletzt. Meine Bandscheiben waren zusammengewachsen.«

Ich bekomme keine klare Auskunft von ihr, warum diese ernste Operation nötig gewesen war. Immerhin sei es der Unfähigkeit der hinterwäldlerischen Ärzte hier draußen zu verdanken, dass ihr Finger verkehrt herum angenäht wurde. Bei einer anderen Gelegenheit, fährt sie fort, sei ihr der giftige Staub von einer Glühlampe ins Auge geraten, als diese beim Auswechseln in der Fassung barst. Und gerade im vergangenen Jahr sei sie beim Kardiologen gewesen.

»Sie haben mir ein sogenanntes Langzeit-EKG verpasst.« Sie spricht langsam, damit ich ihr auch bestimmt folgen kann. »Das ist so ein Ding, wie du es auch bekommen hast, mit dem man die Herzfrequenz aufzeichnet, während du zu Hause bist. Ich habe meinen Arzt gefragt: Was steht mir denn schlimmstenfalls bevor? Ein Bypass? Eine Operation am offenen Herzen? Klären Sie mich über die Risiken auf, nur damit ich Bescheid weiß. Verstehst du?«

Mir gerinnt das Blut in den Adern. Während sie spricht, lasse ich meinen Blick durch die Küche wandern. Im Regal türmen sich medizinische Fachbücher mit festem Einband und dicke Wälzer über die Wirkung von Medikamenten. Tablettenröhrchen stehen dicht an dicht auf dem Sims neben der Mikrowelle und auf einem Teller oben auf dem Kühlschrank.

»Sie haben gesagt, sie müssten eventuell eine invasive Prozedur durchführen, die sie Herzkatheter nennen – weißt du, das ist Kardiologensprache –, wenn hier zu Hause noch mal so etwas passiert.«

Ich klammere mich mit meinen kalten Fingerspitzen an den Sitz meines Stuhls und bringe das Gespräch wieder auf Tina.

»Ach, Julie, das kleine Mädchen kam aus der schlimmsten Umgebung, die man sich nur vorstellen kann. Ihr Dad ist im Gefängnis, die Mutter drogensüchtig – das ist es, woran sie leidet. Sie war von Geburt an zurückgeblieben, sie hat dieses Alkoholembryo-Dings, bei dem die Kinder klein bleiben, weißt du? Sie hat sich wirklich prächtig entwickelt, seit sie hier ist. Sie ist jetzt so glücklich. Ich weiß, dass wir unsere Vergangenheit haben und dass das harte Zeiten waren damals mit deinem Vater, aber jetzt, wo ich von ihm weg bin, bin ich ein besserer Mensch geworden. Halt einfach die Augen offen, dann wirst du es schon sehen.«

»Ja, Mom, ich glaube dir.«

Am nächsten Morgen brate ich sechzehn Frühstückswürstchen und Rühreier, während Mom draußen ihre Pflanzen gießt. Ich bin mit Tina in der Küche allein, und die Würstchen schaffen es nicht einmal bis zum Tisch. Sie greift sie sich direkt vom Küchenpapier und schlingt sie herunter, kaum dass ich sie aus der Pfanne gehoben habe. Ich ziehe Tina zu mir herüber und erkläre ihr in allen Einzelheiten, wie man sie zubereitet: mittlere Hitze, immer wieder umdrehen, bis sie von allen Seiten braun sind. Dann gebe ich ihr den Wender in die Hand und stelle mich hinter sie, damit sie nicht im Blickfeld steht, falls jemand hereinkommt. Gefahr liegt in der Luft. Wir verschwören uns gegen Sandy. Wir tun etwas Verbotenes. Als Mom durch die Glastür in den Raum stürmt, fahren wir beide zusammen.

»Tina, verdammt noch mal, du weißt doch, dass du am Herd nichts zu suchen hast! Habe ich dir nicht oft genug gesagt, dass du nicht kochen darfst?!«

Ich unterbreche sie. »Sandy, ich zeige Tina doch nur, wie man Würstchen brät, damit sie sich etwas zu essen machen kann, wenn sie Hunger hat. Sie ist vom Typ her groß und dünn, da kann sie morgens ein bisschen Eiweiß brauchen.«

»Was willst du damit sagen, Julie? Dass das Mädchen von mir nichts zu essen bekommt? Das Kind kann essen, was immer und wann immer es will. Der ganze Kühlschrank ist voller Essen.« Tina steht da wie versteinert, den Wender in der Hand.

»Aber es ist nicht gut für Kinder, zum Frühstück nur gezuckerte Getreideprodukte zu essen. Tina kann lernen, den Herd zu benutzen, um sich Würstchen zu braten, wenn sie will.«

»Julie, kümmere dich um deine eigenen Angelegenheiten. Tina weiß genau, dass sie den Herd nicht einschalten darf. Stimmt's, Tina, das weißt du doch, oder? Sie ist zurückgeblieben, kapiert? Sie wird das Haus niederbrennen.«

Zurückgeblieben, so wie ich zurückgeblieben war, so wie auch ich nie über bestimmte geistige Leistungen hinauskommen würde. Das Haus niederbrennen, so wie du und Dad es getan habt, um an das Geld von der Versicherung zu kommen – aber das weiß sonst niemand, und darum wird es jedem Menschen nachvollziehbar erscheinen, dass man kein Risiko eingehen will, wenn man sein Heim schon einmal verloren hat. Zu dieser Art fortgeschrittener Logik war ich in all den Jahren der Isolation gelangt. Ich roch, sah und schmeckte das unsichtbare, giftige Gas.

Tina entschuldigt sich stammelnd bei ihrer Mutter und versucht sich in den Flur zu verdrücken. Ich mache schwankend ein paar Schritte nach hinten, werde von einem magnetischen Strudel zurück in die Vergangenheit gerissen. Ohnmächtig, wie ich mich meiner Mutter gegenüber fühle, kann ich nur tatenlos beobachten, was weiter geschieht.

Mom ruft: »Tina, komm sofort her! Haben wir dir heute schon deine Medikamente gegeben?« Mom greift sich ein paar Röhrchen vom Kühlschrank und schüttet Tabletten in ihre Handfläche. »Also schön, hier, dann müssen wir das eben jetzt nachholen.«

Sie klatscht Tina die Pillen in die Hand, und das Kind schluckt sie, ohne mit der Wimper zu zucken.

Mir dreht sich der Magen um, ich kotze im Bad. Das darf nicht sein. Nicht schon wieder ich. Tina ist elf, genauso alt wie das Mädchen, das ich in der Shen-Therapie vor mir gesehen habe.

Was willst du ihr sagen, Julie?

Sagen? Gar nichts will ich ihr sagen. Ich muss sie da rausholen.

»Jetzt wollen wir mal eine Sache klarstellen. Du als Gast in meinem Haus wirst mir nicht vorschreiben, wie ich diese Kinder zu erziehen habe, verstanden? Außerdem siehst du furchtbar aus – du bist wirklich die Letzte, die wüsste, was Gesundheit ist. Und du wirst dieses Mädchen nicht gegen mich aufhetzen!«

Den Rest des Tages saß ich wie auf Kohlen. Ich schlich auf Zehenspitzen um meine Mutter herum und versuchte sie in Sicherheit zu wiegen, damit sie mir vertraute und ich Fakten über Tina sammeln konnte: die Namen von Ärzten, ihre Krankengeschichte, Tinas richtigen Nachnamen, damit ich bei der Adoptionsstelle nachforschen konnte. Auch die anderen versuchten, Mom zu beruhigen, damit sie nicht ausrastete. Die ganze Familie beteiligte sich an dieser Aufgabe.

Ed fängt mich am Schuppen ab. »Ach, Julie, kann ich mal einen Moment mit dir reden? Deine Mutter behandelt diese Kinder gut. Sie gibt ihnen immer zu essen und kauft ihnen Kleider. Vielleicht regt sie sich manchmal ein bisschen auf, weil Tina nicht gut in der Schule ist, aber sie behandelt die beiden immer gut.«

Ich höre mit an, wie Mom in der Küche Tina zuzischt: »Geh und sag es ihr, Tina, geh da rein und sag es ihr.« Und Tina trottet zu mir in die Tiefkühlkammer »Julie, ich liebe meine Mommy«, erklärt sie. »Sie gibt mir zu essen und ist wirklich gut zu mir.« Tina gehorcht wie ein Roboter, genau wie ich damals.

Je mehr ich versuche, die Würstchengeschichte herunterzuspielen, desto höher schlagen die Wellen bei meiner Mutter. Ich habe ihren empfindlichsten Nerv getroffen, den Kern ihrer Identität infrage gestellt: ihre mütterlichen Fähigkeiten. Und ich habe gezeigt, dass ich die altbewährte, gut gehütete Strategie durchschaue, mittels derer sie Kinder in Abhängigkeit hält.

Den ganzen Tag über folgt sie mir wutschnaubend und fluchend durch den Trailer. Am Abend, nachdem die Kinder ins Bett gegangen sind, stellt sie mich. »So, und jetzt setzen wir uns hier hin und schließen diese Geschichte ein für alle Mal ab. Ed, du kommst auch dazu. Ich will, dass du dir das anhörst!«

»Sandy, ich glaube wirklich nicht, dass das nötig ist. Ich will nicht, dass du noch wütender wirst.«

»O nein. O nein, so leicht kommst du mir nicht davon, mein Fräulein. Du bewegst jetzt deinen Arsch hier rein, und wir unterhalten uns wie erwachsene Menschen. Was zum Teufel ist eigentlich los mit dir? Warum tust du mir das an?«

»Sandy, wirklich, ich glaube nicht …« Ich versuche auszuweichen. Andererseits, habe ich nicht genau auf diese Gelegenheit gewartet? Habe ich nicht all die Jahre über gehofft, es ihr einmal sagen zu können? Habe ich mir nicht die Genugtuung gewünscht, ihr vor Augen zu führen, was sie getan hat? Ein tiefer Atemzug. Ich schaffe es. »Okay, Sandy, als ich ein kleines Mädchen war, also. Ja. Also, du hast mit mir bestimmte Sachen gemacht, als ich ein Kind war, und ich merke, dass sich jetzt die gleichen Muster bei Tina wiederholen.«

Moms Augen werden ganz schmal. »Jetzt hör mir mal zu, mein Mädchen. Dieses Kind ist schwachsinnig. Sie versagt in der Schule und wird es nie zu etwas bringen. Und wenn ich sie nicht aufgenommen hätte, wäre sie im Heim gelandet, kapiert? Kein Mensch hätte das gottverdammte Mädchen aufgenommen!«

»Sandy, das ist ja genau der Punkt. Die gleichen Dinge hast du über mich erzählt! Dass ich dumm bin, dass ich es nie zu etwas bringen werde, dass mit mir etwas nicht stimmt und dass ich mein Leben lang beeinträchtigt sein werde.«

»Ed. Willst du mich nicht unterstützen? Willst du einfach dasitzen und dir anhören, wie sie auf diese Weise über mich spricht? Was bist du bloß für ein Mann, dass du dir das alles anhörst und nichts unternimmst, um mich zu verteidigen?«

»Aber Sandy, sie sagt doch gar nichts gegen dich, nur, dass du Sachen mit ihr gemacht hast, die sie nicht richtig findet, und dass sie glaubt, du würdest mit Tina das Gleiche tun. Aber das ist ja nur ihre Meinung.«

»O mein Gott, ich glaube es nicht. Was soll das alles?« Meine Mutter steigert sich in einen ihrer hysterischen Anfälle hinein. Ihr Gesicht verfinstert sich, als ihr klar wird, dass sie einem schrecklichen, dunklen Geheimnis auf der Spur ist. »Das ist ja wohl das Allerletzte!« Sie wirkt verblüfft, höchst erstaunt. »Du bist also nur gekommen, um mir meinen Mann wegzunehmen! Du und er, ihr habt was miteinander, stimmt's oder hab ich recht?« Sie schlägt sich auf die Schenkel. »Mein Gott, ich wusste ja, dass ich dir nicht trauen kann!« Ihr Gehirn rechnet blitzschnell aus, welche Auswirkungen meine Affäre mit Ed haben wird. »Du kannst sie haben, Ed«, kreischt sie dann. »Du kannst mit ihr zusammenleben, und ich krieche einfach davon und sterbe.« Es ist ein Uhr morgens. Sie stürmt durch die Zimmer, ringt die Hände und schnappt sich Gegenstände, um damit zu werfen. Ed sitzt im Sessel und versucht, sie zu beruhigen.

»Ach, lass mich doch in Ruhe!«, keift sie. »Du und sie, ihr könnt zusammen abhauen, ihr beide. Ich bleibe hier und bringe mich um!«

Und schon hat sie gewonnen. Sie stürzt in ihr Schlafzimmer, wo die Schrotflinte an der Wand lehnt. Sie wird das Gewehr nehmen, und Ed wird sie retten. Gerade produziert sie den Klebstoff, der sie beide zusammenschweißt und zugleich ihr angeknackstes Selbstbewusstsein kitten wird. Und niemand wird sie zur Rede stellen, denn sie hat uns die Verantwortung dafür zugeschoben, ob sie Selbstmord begeht oder nicht. Über den heutigen Abend wird nie wieder ein Wort verloren werden. Es geht nicht um Tina oder darum, was Mom mir angetan hat. Es geht nicht um die Würstchen oder um das Hungern oder um das Herbeiführen von Krankheit und Operationen. Man wird sich nur daran erinnern, dass ich damals versucht habe, ihre Ehe mit einem guten Mann zu zerstören.

Ich laufe in mein Zimmer und blockiere die Klinke mit einem Stuhl. Sie kreischt hysterisch und rennt im Trailer auf und ab, während Ed versucht, ihr die Waffe zu entwinden. Ich stemme mich in Todesangst mit dem Rücken gegen die Tür. Mein Atem geht stoßweise. Es ist nicht meine Aufgabe, hinauszugehen und ihr die Flinte abzunehmen. Es ist nicht meine Verantwortung, sie zu retten. Und heute Abend komme ich zu einer neuen Erkenntnis, ich begreife etwas, was mir bisher nicht klar war: Ich habe das sichere Gefühl, dass wir, meine Mutter und ich, uns inzwischen so weit voneinander entfernt und so unterschiedlich entwickelt haben, dass die Waffe, mit der sie droht, vielleicht gar nicht für sie bestimmt ist, sondern für mich.

Am nächsten Morgen fährt Ed mich zum Flughafen. Ich bin wie vom Blitz getroffen. Drei Tage lang habe ich es bei meiner Mutter ausgehalten. Den Hund, die Kleider, die Bücher nehme ich wieder mit. Die Geschenke lasse ich zurück, der Kuchen ist umgestürzt und liegt als klebrige Masse auf dem Fußabstreifer in der Küche. Als wir aus der Einfahrt fahren, sitzt Sandy mit Tina in dem Minivan am Ende der Straße. Sie will mit mir, der Ruhestörerin, keine Minute mehr unter einem Dach verbringen. Sie will Ed aus der Ferne beobachten und Zeugin werden, wie er sie betrügt. Und Tina, wie damals ich, ist die Therapeutin, an die sie sich klammert.

Auf der eineinhalbstündigen Fahrt erfahre ich, dass Ed gar nicht ihr Ehemann ist. Den Ring hat sie sich selbst gekauft, und ein paar Jahre zuvor hat sie angefangen, seinen Familiennamen zu tragen. Die Steine sind aus Zirkon. Die Kinder sind nicht adoptiert, sondern entfernte Verwandte von Ed, und nachdem sie von einem Familienangehörigen zum anderen geschoben worden waren und niemand sie haben wollte, hat Mom die Gelegenheit genutzt, sie zu sich zu nehmen.

»Weißt du, deine Mutter hat diese Anfälle einfach manchmal«, sagt Ed. »Das Einzige, was man dann tun kann, ist, ihr recht zu geben und zu versuchen, sie zu beruhigen.« Wenn du nur wüsstest, Ed.

Aber er hat keine Ahnung. Sandy ist Eds erste richtige Freundin. Ed war sein Leben lang Viehfarmer in Montana, außer Reichweite selbst des *Sweethearts Magazine*. Noch mit mehr als dreißig Jahren lebte er bei seinen Eltern, bis er bei einer Tanzveranstaltung Sandy kennenlernte. Ed und ich sind keine zehn Jahre auseinander. Meine Mutter und seine Mutter ebenso. Und Ed würde Kindesmisshandlung nicht einmal dann erkennen, wenn man ihn direkt mit der Nase darauf stoßen würde.

Er setzt mich am Flughafen ab, und wir wechseln hölzerne Abschiedsfloskeln. Es tue ihm leid, dass es nicht geklappt hat. Sandy habe sich ja so darauf gefreut, mich bei sich zu haben. Bei der ganzen Arbeit, die sie mit den Pferden hat, wäre es gut gewesen, wenn das Mädchen ihr etwas hätte abnehmen können.

»Ich weiß, Ed, ich weiß.«

Während ich dies aufschreibe, schlafe ich einfach ein. Es ist, als würde mir die Arbeit das Füllmaterial aus dem Leib zupfen oder alles Mark aus den Knochen saugen. Ungefähr eine Stunde lang kann ich mich noch wach halten, dann falle ich in einen traumlosen, unruhigen Schlaf, betäubt von den Pfeilspitzen der Erinnerung, die ihr Gift in meinen Blutkreislauf abgeben.

Alles, was ich mir während des Schreibens wünsche, ist, als Patientin in einem Krankenhausbett zu liegen. Ich will mit niemandem sprechen. Ich will niemanden sehen. Aber ich will auch nicht allein sein. Ich will, dass irgendwo in der Ferne Menschen geschäftig ihren Alltagsverrichtungen nachgehen, aber doch für mich da sind, wenn ich sie brauche. Über mein Leben zu schreiben ist, als würde ich ein feines Haar aus den Tiefen meiner Kehle ziehen. Ich ziehe und ziehe, und es nimmt kein Ende. Das ist anstrengend. Darum ruhe ich mich aus. Manchmal bleibe ich den ganzen Tag im Bett und schreibe und schlafe. Manchmal schlafe ich, während ich schreibe, und manchmal schreibe ich, während ich schlafe. Wenn ich darüber schreibe, wie ich Dad die Pistole an die Schläfe gedrückt habe, schließe ich die Augen und versinke in einer erinnerungs- und traumlosen Leere. Die Finger noch immer auf der Tastatur, komme ich eine Stunde später zu mir. Im Schlaf schreibe ich perfekt ausformulierte Texte, die direkt von einem Ort ganz weit unten kommen, ohne dass ich Hände oder Mund zu Hilfe nehmen müsste, während im Zuge der Übertragung immer etwas verloren geht. Ich sehe den Text vor mir: genau das, was ich zu vermitteln suche, in seiner reinsten Form – Absatzeinrückungen, Pinselstriche des Gefühls, deren Schönheit mich vor Stolz erröten lässt. Wenn ich erwache, setzt der Strom von Worten meine Hände in Bewegung, und angestaute Gedanken, die sich in meinem Inneren gesammelt haben, drängen nach außen.

Mitten in der Nacht wache ich auf, weil mich in einem Albtraum Tina in Montana heimgesucht hat. Mein Herz trommelt gegen die Brust. Was mache ich eigentlich noch hier? Ich muss sie da rausholen. Ich kann doch nicht einfach herumsitzen und so tun, als wäre nichts geschehen, als würde es nicht mit jedem Tag schlimmer. Ich muss sie da rausholen.

Aber meine Mutter hat mir schreckliche Angst eingejagt. Während ich auf dem Flughafen von Great Falls auf den nächsten Flug wartete, hatte sie alle Leute, deren Nummer sie besaß, abtelefoniert und ihnen erzählt, ich hätte Schwierigkeiten mit der Polizei und gegen mich sei Haftbefehl erlassen worden. Als ich wieder in L.A. eintraf, war mein Anrufbeantworter voller Nachrichten von Leuten, die mich kennen, doch kein Ton von Sandy. Von Leuten, die normale Moms und Dads haben und die nicht begreifen können, zu was eine biologische Mutter fähig ist, wenn sie ihr Kind in Misskredit bringen und den eigenen Realitätsverlust untermauern will.

Ich weiß, dass meine Mutter, wenn ich das Jugendamt in Montana anrufe und einen Sozialarbeiter zu ihr schicke, wissen wird, dass ich es war. Dass sie sich anfangs schockiert geben, dann aber leise in sich hineinlachen wird, während sie im Beisein des Sozialarbeiters die Puzzleteile zusammensetzt und ihr langsam dämmert: Oh, das muss das Werk meiner obdachlosen Tochter sein. Sie wird sich ein paar Tränen herausquetschen und die Geschichte ihrer Ältesten erzählen, die immer wieder in psychiatrischen Kliniken gelandet ist. Für den Sozialarbeiter in Montana wird es sehr viel einfacher sein, das zu glauben, als sich in den pastellfarben gestrichenen Räumen voller Spielzeug und Stofftiere richtig umzusehen und den kaum wahrnehmbaren Geruch giftiger Gase zu bemerken.

Ich weiß auch, dass Tina alle Fragen im Sinne meiner Mutter beantworten wird, weil ihr eingeschärft worden ist, dass man sie vergewaltigen wird, wenn man sie dort wegholt. Ich weiß, dass Ed er selbst sein wird, ein gutherziger, aber grenzenlos naiver Bauernjunge. Ich weiß, dass Paul sich an Mutters Bein klammern und greinen wird: »Mommmmy«. Ich weiß, dass der Fall zu den Akten gelegt werden wird, während meine Mutter einfach ihre Sicherheitsmaßnahmen gegenüber den Kindern verschärft oder, schlimmer noch, mit ihnen an einen Ort zieht, wo ich überhaupt nicht mehr nach dem Rechten sehen kann. Ich muss zurück nach Ohio, wo alles anfing. Und ich muss genauso raffiniert vorgehen wie meine Mutter mit dem Münchhausen-Stellvertreter-Syndrom.

Danny holt mich am Flughafen ab. Wir freuen uns zwar sehr, einander wiederzusehen, aber zu sagen haben wir uns wenig. Seit unserer letzten Begegnung sind zwei Jahre vergangen, und Sandy hat er noch länger nicht getroffen. Sein Gedächtnis hat sich, wie meins einstmals auch, für das Bild entschieden, auf dem mehr Sterne funkeln. Erst letztes Jahr – Danny war vierundzwanzig – hat er sich zu Weihnachten nichts anderes gewünscht als eine Kassette mit von Mom gesungenen Liedern, eines der wenigen guten Dinge, die uns von unserem Leben mit ihr geblieben sind.

Noch immer braucht er eine Mom und einen Dad. Seine Psyche hat über den scharfen Kanten der Einzelheiten einen dicken Stoffmantel drapiert. Die Vergangenheit versucht er mithilfe von Arbeitssucht und Asthmaanfällen, die mit Moms seltenen Anrufen bei ihm zusammentreffen, in Schach zu halten. Er ist Rennwagenfahrer, arbeitet Vollzeit als Ingenieur, restauriert Oldtimer – alles ist recht, wenn es nur die Sekunden seines Tages verschlingt und seine Gedanken auf Planungen für die Zukunft richtet. Er besitzt ein Eigenheim und Land, einen John-Deere-Traktor und fünfzig Oldtimer, die darauf warten, restauriert zu werden und die ihm in jeder Minute, die er sich ihnen nicht widmen kann, im Kopf herumgehen. Mir kommt er viel älter vor, als er eigentlich jung ist.

Ich hingegen bin eine Schriftstellerin, die nichts weiter hat als endlose innere Flure, in denen sie auf und ab gehen kann. An materiellen Gütern besitze ich so gut wie gar nichts, und in dem leeren Raum, den ich mir erschaffe, habe ich mich auf ein Leben ohne eine Mom und einen Dad eingestellt. Ich hatte sowieso nie Eltern. Meine Bücher haben mich erwachsen werden lassen, und meine Spiegel verrieten mir die Wahrheit. Die falschen Überzeugungen, die mich in dunklen Höhlen gehalten hatten, sind noch einmal auf die

Töpferscheibe gelegt und zu hohen, soliden Kegeln gedreht worden, die in lichte Himmel hinaufwachsen. Ich habe schon eine Menge erlebt. Ich weiß, wie man sich fühlt, wenn man seinem Vater eine Waffe an die Schläfe hält. Ich weiß, wie man sich fühlt, wenn man glaubt, man werde durch die Hand eines anderen Menschen sterben. Ich weiß, wie man sich fühlt, wenn man verletzt, eingesperrt oder vergewaltigt wird, und ich weiß, wie man sich fühlt, wenn man flieht. Ich weiß, wie es sich anfühlt, in der Person, zu der man gemacht wurde, gefangen zu sein, und wie es sich anfühlt, den Durchbruch zu schaffen und der Mensch zu werden, der man wirklich ist.

Außerdem habe ich zu Gott zurückgefunden. Das Wesen Gottes ist überall. Das fühle ich, wenn ein Marienkäfer auf meinem Handgelenk landet. Ich spüre es im wässerigen, glühenden Blick der ehrfürchtigen Augen eines alten Mannes. Ich weiß es, wenn der Himmel von feurigen Farben entflammt wird und es scheint, als sei ich auf dieser geplagten Erde die Einzige, die das wirklich zur Kenntnis nimmt.

In meiner Vorstellung stehe ich am Ufer eines Ozeans, um mit emporgereckten, ausgebreiteten Armen all die Wahrheit, die Schönheit und die Liebe entgegenzunehmen, die das Leben mir zu schenken hat. Ich habe endlich zu meinem reinen, weißen Frieden gefunden.

Mein Bruder und ich gleiten in seinem kirschroten Mustang-Cabrio mit hundertdreißig Stundenkilometern sanft über den breiten, offenen Highway. Das Radio entführt mich zurück in die endlosen Weiten des Mittleren Westens, und wir, mein Bruder und ich, singen mit, als Eddie Vedder mit seiner Brummstimme »Jeremy« intoniert. Danny betätigt die Schaltung, drückt aufs Gas und rast den Highway entlang, genau wie mein Vater damals, wenn wir die Flucht ergriffen. Ich lehne mich in meinem schwarzledernen Schalensitz zurück, den Blick aus dem Fenster gerichtet, und eine dicke Träne stiehlt sich aus einem meiner Augen und kullert über meine Wange. Zwei der zähesten Kinder von Ohio jagen einen leer gefegten Highway entlang, und aus ihren Kehlen dringen die Lieder einer verlorenen Kindheit, gesungen ohne ein Lächeln und bar jeder Ironie.

Ich bin zurückgekehrt, um gegen meine Mutter Anzeige zu erstatten, um ihre Geheimnisse zu verraten, um ihr den tief eingebrannten Schleier herunterzureißen, der mit ihrer Haut verwachsen und verschorft ist. Ich weiß nicht, wie der Prozess ablaufen wird, aber ich muss meiner Mutter Einhalt gebieten. Ich muss verhindern, dass sie weiterhin Mädchen aufnimmt, die sie unter falschen Vorgaben und geändertem Familiennamen in ihr Leben lockt und zunächst mit Glacéhandschuhen anfasst, um sie dann zu ihrem treuen Anhängsel zu machen, das sie von Arzt zu Arzt schleppen kann wie einen abgenutzten Lieblingsteddy oder eine satingepaspelte Schmusedecke. Ich habe mein letztes Quäntchen Schuldgefühl hinter den Falten der Tapete deponiert. Ich bin ihr nichts schuldig. Ich werde die Unterlagen aufstöbern, die besagen, dass ihr ihre Lizenz zur Aufnahme von Pflegekindern in Ohio weggenommen worden ist; ich werde die Sozialarbeiterin finden, die an jenem Tag die Kinder fortgeholt hat; ich werde dafür sorgen, dass die Sozialversicherungsnummer meiner Mutter überprüft wird. Ich werde das elfjährige Mädchen retten, meine um eine Generation jüngere Kopie. Und ich werde das alles durch die Hintertür in die Wege leiten.

Weil meine Mutter immer noch nicht am Ende ist. Und es nie sein wird.

Ich greife zum Telefonhörer und rufe das Jugendamt an.

Anhang

[redacted]

NAME *Gregory, Julie* *#1798.18* DATE OF BIRTH *5-16-69*

DATE	EYE 1 · ENT 2 · NECK 3 · CHEST 4 · HEART 5 · ABD 6 · G.U. 7 · MUSC SKEL 8 · NERV 9 · SKIN 10	ASSESSMENT	PLAN
1978			
4-6	*cc: Sore throat, dry cough, ears hurt,*		
54#	*back of neck hurts. Fever - 102° since Tues.*		
T-101.4°	S- 2D Hx severe sore throat, cough, fever to 102	Pharangitis prob. strep	Pen VK 250 qid X10D
	O TM's clear, throat very hyperemic including uvula, no exudate, tender anterior cervical adenopathy clear		fluids, rest, ASA
			Call if not improvi[ng] next wk
			WF
8-1-78	*cc Sore Throat 2 day, headache*		
56#	S- in last 2D started with xonset of sore throat,	Tonsillitis	Penicillin V X10D
T·100.6	H/A, gen. malaise, some fever as well.		
		Motion Sickness	Recommended Ruvert 1 AM, samples given
	xxx Mother also mentions had problems with motion sickness. Particularly troublesome with riding school bus. Has used dramamine as OTC but finds that doesn't work well in dose that doesn't promote drowsiness		BH
	O - X - TM's clear, nose clear but throat reveals tonsillar enlargement, erythema and exudate, submandibular tender adenoapthy		
	supple		
	N N N		
9-19-78	*cc: T104-102° for 2-3 days*		
51½#	*sore throat - tops of gums red, sides*		
T·100.8°	*been taking aspirin - stomach aches*		
	S - Mother has belated that over the past 48 hrs. whe has had temps. from 102-104 with increased soreness of throat. Also Cx of her glands being swollen, gen. H/A, DC activity. Relates to no ear congest., no cough, gen. feeling of tiredness.	Recurrent tonsilitis	Pen VK 250, 1 tid
			Fluids, rest, ASA
			Throat culture *Neg.*
			Will call results o[f] throat culture to-morrow.
	O - Does not appear acutely ill.		
	Bilat. TM's clear and intact. Nasal passages clear. Oral mucosa, the gums are somewhat redened but no real hypertrophy noted. There is about 2+ tonsilar enlargement with erythema and extreme of yellowish exudate. There is anterior cervical node lymphadanopathy which is tender.		
	N N N Skin warm and dry with good color.		
			CT

[redacted]

NAME Gregory, Julie #179818 DATE OF BIRTH 5-16-69

DATE	EYE 1 · ENT 2 · NECK 3 · CHEST 4 · HEART 5 · ABD 6 · G.U. 7 · MUSC SKEL 8 · NERV 9 · SKIN 10	ASSESSMENT	PLAN
12-6-78	S - Mother relates that over past several wks. she has been Cx of intermittent sore throat. Appetite has still not been good but has been common over the past few yrs. Over the past 48 hrs. has been Cx of the throat becoming more sore, glands slightly swollen and been Cx of H/A almost daily. Had a recent opthalmology exam in which her glasses seemed to be the right prescription and was advised to cont. wearing them. Also relates to some Sx of tiredness. Has had no nausea, vomiting or diarrhea but been Cx of some generalized abd. discomfort. She has been running a low grade temp. over the past wk. never being more than 99.4 - 99.6.	Prob. recurrant mild tonsilitis. R/O mono. R/O any rheumatic fever.	CSR 11mm/hr. Monospot neg, CBC, sed rat, throat culture neg 20min./hr. Pen VK 250, 1 qid Fluids, ASA. Will consult with Dr. H. after results come back.
	O - Does not appear in any acute distress. Bilat/ TM's clear and intact. Nasal pass. clear. There is no rhinorrea. There again is about a 1+ tonsilar enlarg. with extreme erythema and some patchy yellow exudate bilat. There is some very small ant. cerv. node lymphadenopathy which is non-tender. GROM, no rigidity. Clear to A & P. Good vessicular sounds, Good expansion. Reg. sinus rhythm. Rate approx. 88. Soft, no palpable organomegly or tenderness. Without rashes. Warm and color is good. Good skin turger.		
12-15-78	cancelled		CT
12-19-78 59# 98/52 T.98	CC: School called—sent her home today (had appt. for 12/22) nauseated pale "green" T. 100° last aspirin 10:45 Am—throat still sore—off Pen VK for 3 days only. Severe daily headaches — takes ASA daily.		
12-19-78	~~Pen VK 250mg x10 days~~		
	S - Today a Hx of almost daily problems with H/A's, nausea, abd. pain, vomiting, fever of 99-100 range and sore throats, have been present for almost 2 yrs. - seemingly from the time of an A/A in Nov. 1976. Says that she will get Sx's for a day or 2, then seem better, then come down with them time and time again. Does not generally bring her in for this because it always seems to get better.		CONT:

[redacted], M.D.
[redacted], M.D.
[redacted], M.D.

[redacted] MEDICAL CENTER
[redacted]

TO [redacted]

PATIENT Julie Gregory #1798.18

CC

HX: See attached form.
This patient has had documented tonsilitis in August, September and now persistant troubles in December. There are many other symptoms the mother relates, some of which are probably totally unrelated to this. I would appreciate your evaluation of the throat problem. She did have a normal upper GI in March of this year.

Other Problems:

Physical Findings:

Lab:

I would appreciate knowing the results of your evaluation. Please inform me prior to any further referral or hospitalization.

DATE December 20, 1978 SIGNED

[redacted] M.D.

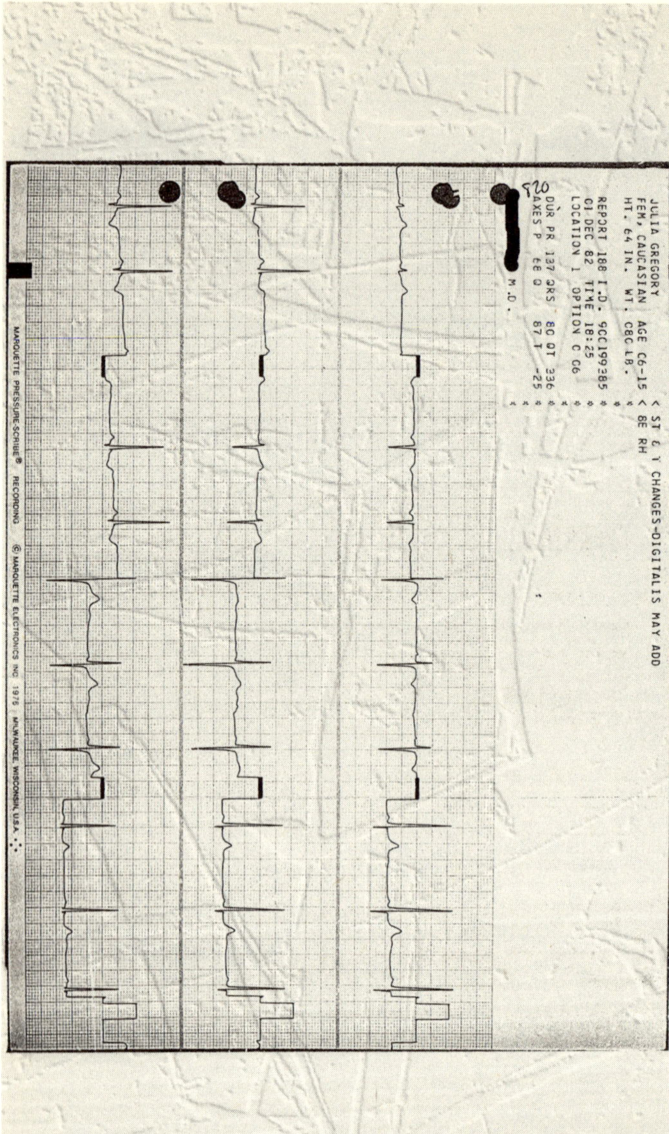
JULIA GREGORY
FEM, CAUCASIAN AGE C6-15 < ST & T CHANGES-DIGITALIS MAY ADD
HT. 64 IN. WT. C8C LB. < 8E RH
REPORT 188 I.D. 9CC199385
01 DEC 82 TIME 18:25
LOCATION 1 OPTION C C6
DUR PR 137 QRS 80 QT 336
AXES P 68 Q 87 T -25
[redacted] M.D.
MARQUETTE PRESSURE-SCRIBE® RECORDING © MARQUETTE ELECTRONICS INC 1975 MILWAUKEE, WISCONSIN, U.S.A.

THE OH ATE ERSITY
UNIVE .Y HOS LS
PREOPERATIVE CHECKLIST

Date 12/3/82

Procedure Cath

EVENING BEFORE SURGERY

Ward Clerk Responsibilities:

- -Voucher Card Packet on chart yes (✓)
- -Initial Postop order sheets in front of chart yes (✓)
- -All order sheets in back of chart yes (✓)
- -Disposition form signed yes () n/a(✓)
- -Type and crossmatch drawn yes () n/a(✓)
- -Chest x-rays done yes (✓)
- -Additional x-rays done yes () n/a(✓)
- -EKG done yes (✓)
- -Consent signed and witnessed yes (✓)

[redacted] 12/2/82
Ward Clerk Signature Date

MORNING OF SURGERY

- -Embosser plate on chart yes (✓)
- -Preop urinalysis and blood results on chart yes (✓)
- -Preop x-rays report on chart yes (✓)
- -EKG strip on chart yes (✓)

[redacted]
Ward Clerk Signature Date

Comments:

Ward Clerk Signature Date

Pharmacy Technician:
-Preop medications administered

Date ________ Time ________

Pharmacy Technician Signature

1/81

MORNING OF SURGERY

Professional Nurse Responsibilities:

- -Temperature 98 Pulse 70
- -Respiration 88 Blood Pressure 130/70
- -Weight 90#
- -Allergies yes() no()
  Specify IVP DYE
- -ID Band on Patient yes()
- -Consent signed and witnessed yes() not on chart
- -Isolation precautions yes() no()
  If yes, type
- -Danger List patient yes() no()
- -Voided yes() time 6A
- -Wearing hospital gown only yes() no)
  If no, explain
- -Elastic stockings yes() n/a()
- -Wig removed yes() n/a()
- -Glasses removed yes() n/a()
- -Contact lenses removed yes() n/a()
- -Hearing aid removed yes() n/a()
- -Prosthetic device removed yes() n/a()
- -Dentures removed yes() n/a()
- -All cosmetics removed yes() n/a()
- -All jewelry removed yes() n/a()
- -All items removed from hair yes() n/a()
- -All nail polish removed yes() n/a()

Comments:

Specific Patient Considerations:
Pt very Emotional & fearful of test.

Directions: All responsibilities must be completed prior to signature of RN/GN and before patient departure to OR.

[redacted] 12-3-82
RN/GN Signature Date

OSU The Ohio State University

Department of Medicine
Cardiology
[redacted]

December 15, 1982

[redacted] M.D.
[redacted]

RE: Julia Gregory

Dear Dr. [redacted]

As mentioned to you on the telephone, we had the pleasure of having Ms. Julia Gregory on our Cardiology Service between December 1, 1982 and her discharge on the evening of December 6, 1982. We were most impressed with her history of periodic rapid heart action, and we reviewed carefully her previously completed Holter Monitor showing a number of episodes of supraventricular tachycardia with periods of "warm-up" and "slow down" plus secondary T-wave changes.

Her physical examination was remarkable in terms of her asthenic habitus, joint laxity, and general Marfanoid appearance. More remarkable than that was her postural tachycardia, many occasions consisting of supine heart rates of 70 rising to as high as 140 upon standing. She variously had a subtle mid systolic click, but never a murmur and not a distinctive examination for mitral valve prolapse. We recognised her previously negative echo in terms of prolapse.

Her electrocardiogram was of special interest in terms of her borderline short PR interval, and the suggestion that she had Delta waves in anterior precordial leads.

We did complete electrophysiologic testing and found her totally normal without evidence of Wolff-Parkinson-White or other forms of pre-excitation. She had no underlying, no induceable dysrhythmia either supraventricular or ventricular in nature.

We completed an exercise nuclear angiographic study demonstrating no provocable dysrhythmia and excellent exercise tolerance as well as normal ventricular contractility. We demonstrated normal thyroid function tests, normal VMA in a 24 hour urine specimen, normal 5-HIAA, also in a 24 hour urine specimen, and a normal response to ACTH testing. We also measured her plasma volume and found it to be normal, (41cc's/kgm), this excluding volume depletion as the cause of her postural tachycardia.

As mentioned to you on the telephone, we therefore felt we had defined the syndrome of dysautonomia most often responsible for the postural tachycardia syndrome and usually seen in prolapse patients. In my own mind, I think she has "pre-prolapse", and by this I mean that by the time she is 18 or so, this will be manifest as a more distinctive auscultitory exam, etc.

Page 2

RE: Julia Gregory

For the time being, she certainly doesn't need endocarditis prophylaxis, and I believe her treatment should include the following:

1. No activity restriction.
2. Salt liberalization.
3. Periodic Atenolol in low doses, (25 to 50mg., per day), this designed to blunt the effect of hyperactive beta receptors. The latter of course is a presumptive diagnosis, but I believe the most appropriate one in her regard at this time.

She will have sought suture removal in your office, and she expects to return here for follow-up as you requested in January of 1983. I will be very pleased to continue to follow this patient, and I discussed this in considerable detail with both the patient and both parents.

Thank you very much for allowing us to see this most fascinating patient. A copy of the electrophysiologic study will be forwarded to you upon its completion, as will a copy of the hospital discharge summary when typed.

Please call at any time if there should be further developments.

Sincerely, [redacted]

[redacted] M.D.
[redacted]
Department of Cardiology
[redacted]

cc: [redacted] M.D.
[redacted] M.D.
chart

OSU

The Ohio State University

Department of Medicine
Cardiology
[redacted]

July 6, 1984

Dr. [redacted]
[redacted]

Re: Julia Gregory

Dear Dr. [redacted]

I saw Julie Gregory this morning in the clinic and find her doing extremely well. She wanted to double her 25 mgm dose of atenolol taken as bid, and I wasn't opposed to this although wanted to recheck her systolic intervals and echocardiogram before doing so. She continues to have particularly exercise-related rapid heart action, and I therefore rechecked her thyroid function tests and CBC wanting to exclude contributors to the hyperdynamic circulatory state.

Her EKG is as before and still shows small subtle delta waves and borderline shortening of the PR interval. Unless there is some striking finding in her noninvasive data, I would feel comfortable in her doubling her present dose of beta blockade.

Her mother had questions about school-related travel this summer, and I see no real reason to limit this patient's activities.

I'll see her again in a year with your permission.

Sincerely, [redacted]

[redacted], M.D.
[redacted]
Division of Cardiology

[redacted]

Enclosures

Bildnachweis

Sofern in der Legende nicht anders angegeben, stammen alle Fotos des Tafelteils und die Dokumente im Anhang aus dem Privatbesitz der Autorin.

Danksagungen

Meinen tief empfundenen Dank an Katherine Boyle – Agentin, Freundin, Vertraute –, die mich auf meinem Weg um all die dunklen Ecken mit ihren Ermutigungen und Anregungen begleitet hat. Aus vollem Herzen danke ich auch Ben, der an mich glaubte, sowie den Autoren, die mir mit folgenden Büchern auf die Beine halfen: *I Had It All the Times; Weight Loss for the Mind; The Four Agreements.*

www.juliegregory.com

Sollten Sie Hilfe brauchen oder einen Verdacht auf Misshandlung haben, dann wenden Sie sich bitte an das Kinder- und Jugendtelefon. Die Telefonnummer lautet bundesweit: 0800-1110333. Die Anrufe sind kostenlos und werden vertraulich behandelt.